正統とは何か

G.K.チェスタトン

安西徹雄 訳

春秋社

目次

正統とは何か

1 本書以外のあらゆる物のための弁明 003
2 脳病院からの出発 013
3 思想の自殺 043
4 おとぎの国の倫理学 071
5 世界の旗 111
6 キリスト教の逆説 141

7 ― 永遠の革命 183
8 ― 正統のロマンス 225
9 ― 権威と冒険 255
解題　生涯と作品　ピーター・ミルワード 295
訳者あとがき　安西徹雄 303
新装版（二〇〇九年）のための序　西部　邁 304

Gibert Keith Chesterton

Orthodoxy

The Bodley Head, 1908

正統とは何か

1
本書以外の
あらゆる物のための弁明

こんな書物を書かねばならぬ理由はどこにあるのか。答えはただ一つ、挑戦を受けたからというにつきる。決闘を受けて立ったのである以上、たとえ少々手許が狂ってもこちらの面目は立とうというものだ。数年前のことである。『異端者の群れ』と題して一連の論考を一本にまとめて上梓したことがある。急いで書いたものではあったが、不真面目に書いたつもりはない。ところでこの書物にたいして、何人かの批評家筋からお叱りを蒙った（ちなみに言うが、みな、その知性には私が深甚の敬意を払う批評家ばかりである。特にG・S・ストリート氏の名を挙げておこう）。さて、そのお叱りとはこうである。つまり、私が誰かれとなく相手をつかまえて、包括的な世界観を明示せよと迫るのは結構だが、それなら私自身はどんな世界観を抱いているのか、その点は周到に言明を避けている、自分で自分の要求に実例をもって答えておらぬではないか、というのである。「私の哲学のことを心配するのは、チェスタトン氏がまず彼自身の哲学を披瀝してからでも遅くはあるまい」――ストリート氏はこう言われる。だが、おそらく氏は、もう少し慎重に相手を見てからこの言を吐かれるべきであったろう。何しろその相手たるや、ほんの瑣細なきっかけさえ与えられれば、たちどころに数巻の書物をものしようと待ちかまえている私だからだ。それはともかく、この書物は、なるほどストリート氏にきっかけを与えられ、いわば彼を産婆として生まれたものにはちがいないが、しかし別に彼に是非とも読んでいただくには及ばない。もしご酔狂にも事実読んでみたところで、とても氏のお眼鏡にかなうような代物でないのは目に見えている。私は、およそ茫漠として個人的な説明を試みた。推論を重ねるというよりはイメージを積み重ねて、私の信ずるに到った哲学を開陳した。あえて「私の」哲学とは言わぬ。私が作った哲学ではないからだ。神と人類がそれを作った。私はそれによって作られたのである。

私が前々から書きたいと夢みてきた物語がある。主人公はイギリスのヨット乗りで、ほんの僅か進路の計算をまちがえたばっかりに、実はイギリスに漂着しながら、これはてっきり新発見の南海の孤島にちがいないと思いこんだのだ。これは当然傑作となるはずだが、しかし私はあまりに忙しすぎて（あるいは、怠けすぎてかもしれないが）、まだ一字も書くに到っていない。少々惜しいが、仕方がない。思いきってこの挿話を、本書の哲学的説明の例証として流用することに踏み切ろう。さてこの男、完全武装で上陸して、南海の孤島のことだから言葉は通じまいと、身ぶり手ぶりで意志表示を試みながら、野蛮きわまる宮殿にイギリス国旗を打ち立てたところ、あにはからんやこの宮殿、実は南英の保養地ブライトンの数奇をこらしたパビリオンであったというのだから、一般の読者の印象としては、この男、いかにも馬鹿を見たということになるのかもしれぬ。馬鹿らしく見えることはなるほど確かだ。それを否定しようというのではない。ただ読者が、もし、この男、いかにも馬鹿を見たと恥ずかしく思い、愚行を演じたという思いに支配された——少なくともそれが彼の最大の感情だったと想像するとしたならば、それはまだ読みが浅いというものだ。この物語の主人公の、あふれるばかりのロマンスを十二分に洞察してはいないのだ。この男のやらかしたまちがいは、まこと羨むべきまちがいなのである。そしてもし、この男が事実私の思うとおりの人物ならば、彼自身にもこのことはわかっていたはずである。なぜといって、見知らぬ国へ行く魅惑に満ちた怖れと、故国に帰るなつかしい安堵のすべてを、同時に瞬時にして味わえるというほど歓ばしい経験がまたとあろうか。南アフリカを発見する楽しみを、ご苦労千万にもわざわざそこまで出かけずに得られるのなら、これよりありがたいことがまたとありえようか。緊張に身を固くしてニュー・サウス・ウェールズを発見したと思ったとたん、実はこれが本国の古いサウス・ウェールズだったと知り、随喜の涙にうちむせぶというほどの栄光がまたとありうるはずがない。これこそ哲学者の課題とすべき最大の問題である。少なくとも私にはそう思われるのだ。そして本書の最大の課題とするところも、やはりこの同じ問題にほかならぬ。いかにしてわれわれは、われわれの住むこの世界に驚嘆しながら、しかも同時にそこに安住することができるのか。いかにすればわれわれは、この宇宙という奇怪な町――二本脚やら四本脚やら、はては百本足の市民の住むこの町、物凄まじくも太古から輝きつづける無数のランプに照らされるこの町にあって、見知らぬ町の魅惑と同時に、ふるさとの町の慰めと栄誉を感ずることができるのか。

一つの信念なり哲学なりが、ありとあらゆる見地から見て真であることを立証するというのは、あまりに厖大な企てで、とうてい本書のごとき小冊子のよくなしうるところではない。議論の道筋をどれか一つ選び取るほかあるまいが、私がここで選ぼうとする道筋はこうである。私は、特にこの二重の精神的要求に応えるものとして私の信念を吐露したい。つまり、未知なるものと既知なるものと、その両方を同時に必要とするという要求である。キリスト教世界では、古来これに「ロマンス」という名を冠しているが、けだし正当と言わねばならぬ。というのも、「ロマンス」という言葉自体の中に、「ローマ」の持つ神秘と永遠の意味がこめられているからだ。そもそも何事かを議論しようとする者は、まずもって議論の余地のないことから語り始めるほかはない。何事かを立証しようとする以上、立証しようとしていない前提を明らかにすることは不可欠である。私が立証しようとしていない前提とは何か、一般読者と共通の土俵にしようとしている前提とは何かといえば、それはつまり、活動的で想像力にあふれた生き方こそ望ましいという信念である。波瀾万丈、山あり谷あり、詩的興趣に満ち満ちた生活こそ望ましい。少なくとも西欧世界では、古来連綿としてそう考えられてきた。もしここに、無は有よりも上だと言い、空白の生活は波瀾や変化にまさると言う人があるとすれば、要するに本書の読者としては高尚の士にすぎる。私の相手はもっとありきたりの読者なのだ。無のほうがよいとおっしゃるのなら、こちらも無しか差し上げかねる。だが、私の住むこの西欧社会では、そういう御仁にはまずお目にかかったためしがない。大抵の読者はこの前提を認めて下さることであろう。つまりわれわれは、実際的ロマンスとでも言うべき生活を必要とするという前提である。不思議なものと、確実なものとの結合——われわれは、驚異の念と親和の念と、その二つを結びつけてこの世界を眺めなければならぬのだ。この宇宙という不思議の国にあって、単に住みなれて安閑としているばかりでなく、真に幸福でなければならぬのである。私が以下本書で追求しようとするのは、何よりもまず、いかにしてこのことを成し遂げるかという一事につきる。

けれども、ヨットに乗ってイギリスを発見した男の話をまず持ち出したのには、実は特別な理由があったのである。ほかならぬ私こそその男だからである。私はイギリスを発見したのだ。どうもこの書物、どう考えても私中心になる惧れがありそうである。それに（ここだけの話だが）、どう見ても退屈になりそうな気がして仕方がない。しかし退屈にもそれなりの効用がある。退屈な本だとあれば、軽佻浮薄という非難は受けずにすむだろう。そして実は、この非難こそ私の最も悲しむものにほかならぬ。どういうわけか、単なる軽薄な詭弁ほど私の唾棄するものはほかにない。ところがここで、読者も私も思い起こしておいてしかるべきなのは、どういうわけか私がいちばん非難されるのは、きまってこの、単なる詭弁を弄するという点なのである。私は、単なる逆説ほど軽蔑すべきものをほかに知らない。弁護しえないものを単に巧妙に弁護するというにすぎぬからだ。もしバーナード・ショー氏が、人の言うように事実逆説を生活の糧としているのなら、今ごろ彼は立派な百万長者におさまり返っていなければならないはずである。彼ほどの知的活力の持主ならば、五分ごとに詭弁を発明することもできるはずだからである。詭弁は嘘言と同様に容易である。なぜなら詭弁は嘘言にほかならぬのだから。事実はもちろんそんなことではない。ショー氏にとって残酷な手かせ足かせとなっているのは、彼が自分で真実と信じないかぎり、彼には一片の嘘言も吐けぬという一事なのである。私自身もまたこの同じ足かせにかかって身も世もあらぬ思いをしている。私はいまだかつて、単に人を笑わせようと思って何事かを語ったことは一度としてない。もちろん私にも人並みの見栄はある。だから、俺が言ったのだから人が笑うのも当然だと思ったことはあるかもしれぬ。それはともかく、もともと現実に生存しない怪獣や怪鳥とのインタヴューを書き連ねるのと、犀が現実に生存していることを知りながら、いかにも現実にはいそうにもない顔つきなのを面白がるのとは、実はまったく別のことなのである。人間は真実を追求する。けれども、同じ真実のうちでも特に目を見はるような真実をよけいに求めたがるというのも、おそらくは人間の本能というものであろう。ともかく私は、私の書く物など大嫌いだという人びとに本書をすすめたい。こんなものは、哀れな道化の悪ふざけにすぎぬ、単なる退屈な冗談だと言う人びとに——というのも、この評価は私の知るかぎり正当と言うほかないのだから——私は満腔の親愛の情をこめて本書を献じたいと思う。

何となれば、もしこの書物が冗談だとしたならば、冗談の種は私自身にほかならぬからである。ほかならぬこの私こそ、すでにとうの昔に発見ずみの真実を、今さら大勇猛心をふるって発見したというその男なのである。本書の中にいささか道化芝居じみたところがあるとすれば、道化役は誰あろうこの私である。なぜかと言えば、本書の眼目は要するに、われこそはブライトンに人類最初の第一歩を印した男と勇み立っていたこの私が、実は人類最後のどんじりだったと発見する経緯を説明するにあるからだ。

巨象のごとく無器用に、初めから自明の結論を今さらのそのそ探し回る一部始終が本書の物語にほかならぬ。私の経験の馬鹿馬鹿しさを、私自身ほどよく知っている人はほかにありえない。どんな読者も、私が読者を馬鹿にしていると文句をつけることはよもやできまい。私こそこの物語の馬鹿なのだ。私こそ馬鹿の王様なのだから、どんな馬鹿がやって来たところでこの馬鹿の玉座をゆずり渡す気は毛頭ない。つつみ隠さず白状するが、私は十九世紀末葉の馬鹿げた野心のことごとくを抱いていた。当時の真面目くさった青二才どもの例に洩れず、時代を一歩先んずることに無上の情熱を傾けていた。真理の十分か十五分ばかり先を進むことに汲々としていたのである。何のことはない。気がついてみれば、私は千八百年も遅れを取っていたのだった。私は声をふりしぼり、痛ましくも青くさい興奮に肩を怒らせ、私一人の真理を発見したと叫んでいたものだ。私はもののみごとに罰をくった。滑稽きわまる罰であった。後生大事にその真理を手許においていたために受けた罰だ。ただし私は新しい発見をした。それが真理でないことを知ったのではない。「私の」真理でないことを知らされたのだ。私は唯一人、予言者のごとく立っていると思いこんでいた。あにはからんや、まこと赤面の到り、実は私の背後には、全キリスト教徒が私を見守って立っていてくれたのである。私はおそらく独創的であろうと懸命になっていたのであろう。だが私が成功したことは何であったか。現に精妙な宗教の伝統が存在していることに気がつかず、気がついた時には、独力で苦心惨憺作り上げた物たるや、その宗教の貧弱きわまるコピーにしかすぎぬことを発見したのである。ヨットの男は、われこそはイギリスを最初に発見したものと思いこんだ。私は、われこそはヨーロッパを発見した最初の人間と信じこんだ。私は自己一流の異端を建立しようと努めていたのだが、仕上げの一筆をおいた時、何とこれが、まさに正統にほかならぬことに気がついたというわけである。

この歓ばしい大失策の物語を読んで、面白いと思う読者もあるいはありうるかもしれない。伝説の切れ端に宿る真理にみちびかれ、あるいは当代流行の哲学の誤魔化しを発見して、しだいに学びとって行った真実なるものが、実は子供のころに習った教理問答(カテキズム)に――私が真面目に習っていたらの話だが――ちゃんと書いてある真理であったというような話を読んで、面白いと思ってくれる友人もあるだろうし、思わずほくそ笑む論敵もあるだろう。結局私が、アナーキスト・クラブや異教の寺院で発見したことが、実はどこの教区の教会へ行っても発見できたはずだったという話に、興味があるのかないのか、私自身にはわからない。野の草の姿、ふと見かけたバスの行先表示の札、偶発的な政治上の事件、あるいは若者の真剣な努力——そうしたものがいかにして一つにまとまり、ある一つの秩序を成して、キリスト教的正統の確信を生み出すに到ったか、その一部始終を読んだら面白かろうと思う読者があれば、別に本書を読んでいけない理由は一つもない。しかし何事であれ分業というものがあるのは理の当然で、私はこの本を書いた側である以上、私自身はテコでも絶対に読むつもりはないことを念のためにお断りしておく。

　もう一つ、純粋にペダンティックな注を加えておきたい（だいたい注というものは、書物の最初につけておくのが当然というものだ）。本書で問題とするところは、厳然たる事実として、キリスト教信仰の核心が、現実生活のエネルギー源として、また健全な道徳の根源として、最善最上のものだという点を示すこと以外にはない（キリスト教の核心は、使徒信経に十二分に要約されている）。つまり、この信仰を宣べ伝えるべき権威が、現在どこに属しているかという問題ではないのである。この問題は実に興味津々たるものではあるが、まったく別個の問題であって、本書では扱わない。ここで「正統」と言う時には、これは使徒信経の意味で使っているのだとご理解願いたい。使徒信経にも議論の余地があるというのであれば、さらにこう定義をしておこう。つまり、つい最近まで、みずからキリスト教徒と名乗る人なら誰でも理解していたとおりの信仰であり、こうした信仰を抱いた人びとが実際に歴史上行なってきた行動全般によって理解される信仰をさすのだと。本書では、私がこの信仰から何を得たかということしか語れなかったが、別に他意はない。スペースがなかったのである。どこからわれわれはこの信仰を得たのであるか——これは、現代のキリスト教徒の間で大いに論じられている問題だが、これには触れる余裕がない。要するに、本書は教会論ではなくて、一種だらしのない自叙伝なのである。だがもし、この権威の本来の性格について私の意見を知りたいという人があるならば、必要なことは唯一つ、ストリート氏がもう一度私に挑戦してさえくれればよろしい。もう一冊書物をものして彼に答えよう。

2

脳病院からの出発

徹底して現世的な人びとには、現世そのものを理解することさえできぬものだ。彼らの頼りにしているのは、ほんの一握りのシニックな格言にすぎず、そしてその格言はみな嘘っぱちなのである。ある時私は、大いに売れている出版社の社長と通りを歩いていた。その社長が、ふとこんなことを言ったのである（その言葉たるや、実はそれまで私が何度も耳にした言葉であった。ほとんど現代の合言葉と言ってもよい。それにしても少々聞きあきた言い草だったのだが、その時私は、この言葉にはその実何の内容もないことを卒然として語ったのだ）。社長はある人物を評してこう言ったのである。「あの男なら成功しますよ。自己を信じていますからな」。今でもはっきり憶えている。相手の言葉を聞き取ろうと、私はひょいと頭を上げたのだ。通りかかったバスが目に入った。その行先札に、「ハンウェル」という文字が見えたのである。私は言った。「自己を最も信じきっている人間がどこにいるかご存知ですか。私は知っている。ナポレオンやシーザーなんぞ及びもつかぬ、それほど雄大に自己を信じきっている人間どもだ。成功の恒星が輝く所、超人の玉座にご案内しよう。ハンウェルに行くのです。本当に自己を信じきった人間は、あそこの脳病院にみな勢揃いして待ってますよ」。すると社長はもの柔らかにこう言うのだ。いやいや、自己を信じる人間が、みながみな脳病院にいるとはかぎらない。外にだっておりますよ。私はすかさずやりかえした。「そのとおり。誰よりあなた自身がよくご存知だ。あなたのまわりにゴロゴロしている。たとえばあの酔いどれの詩人がそれだ。あなたのところへ読むにたえぬ悲劇を持ちこんで、あなたも辟易していましたな。彼こそ自己を信じている。それからあの教師。いい年をして、叙事詩の原稿なんぞ持って来た。あなた、奥の部屋へ逃げこんで居留守を使っていたじゃありませんか。あの男も自己を信じこんでいる。あなた、醜悪な個人主義思想なぞ頼りにせずに、ご自分の商売の経験に照らして正直に考えてみればいい。すぐに納得がいくはずだ。自己を信じるなぞということは、ろくでなしの何よりの証拠にほかならぬ。芝居のできぬ役者にかぎって自己を信じている。金を借りても返そうとしないのは自己を信じているからだ。自己を信じているから成功するのではない。自己を信じているからこそ必ず失敗するというほうがずっと正しい。自己を信じて疑わぬというのは罪であるばかりか、それは一つの弱さなのだ。まったく自己を信じきるなどということは、怪しげな神霊学者を信じきるのと同じことで、ヒステリックな迷信というほかない。そんな迷信を信じている男の額には、デカデカと《ハンウェル》と書いてある。先刻のバスと同じことですよ」。この長広舌を聞き終わって、例の社長はまこと深遠な返答をした。手応え十分の返答だった。「なるほど。しかしもし自己を信じるべきでないとすれば、いったい何を信じればよいのですか」。長い沈黙の後に私の言った答えはこうだ。「家へ帰って、その質問の返答に本を一冊書きましょう」。こうして生まれたのが実は本書なのである。

だが本書の議論を始めるには、まずわれわれ二人の議論の始まったところから始めるのが順序というものだろう。つまり、あの脳病院の近辺からである。現代科学の大家たちは、いやしくも何らかの研究を始めるに当たっては、まず事実から出発すべきことをやかましく力説なさる。古来宗教の大家たちも、その点を力説するについてはいささかも変わりがない。彼らはまず罪という事実から出発する。申し分なく現実的な事実である。人間がはたして奇蹟の水によって洗い清められうるか否かはしばらくおき、ともかく人間が洗い清められねばならぬことだけは何人も疑わなかった。ところが今日の宗教家の中には——単なる唯物論者ではなく、いやしくも宗教家と呼ばれる人びとの中にである——大いに議論の余地のあるはずの水のほうは否定もしないで、まったく議論の余地のないはずの汚れのほうを否定しようとする者がいる。要するに新しい神学者の中には、原罪を疑問視する連中がいるのだけれども、実はキリスト教神学の中で、本当に疑問の余地がないのは原罪だけなのだ。R・J・キャンベル師の一派などは、少々消毒のききすぎた信仰の持主だが、神の無原罪は無条件に認めている（そんなものは、しかし、彼らには夢の中でだってお目にかかれるはずなのに）。ところが人間の原罪は根本的に認めようとはしないのである（これならどこの町の通りでだってお目にかかれはしないのだ）。かつては、最大の聖者も最大の無神論者も同様に、議論の出発点として、厳然として存在する悪を問題としたものだ。もし人間が、猫の皮をひんむくことに言いようのない愉快を感じるとしたならば（事実人間はそう感じるのだけれども）、この事実から神学者が引き出しうる結論は二つのうちの一つしかない。一つは神の存在を否定すること——これが無神論者の立場である。そうでなければ、現在のところ神と人とが一つに結ばれてはいないと考えること——これがキリスト教徒の立場である。ところが新しい神学者の結論はこのどちらでもない。最も合理的な解決は猫の存在を否定することだと言うのである。

こういう妙な事情であってみれば、同じく事実から出発するとはいってみても、かつてのように、罪という事実から出発することは無理である。とても万人の共感を得られぬことは明らかだ。昔の人には（そして私にも）白日のごとく明々白々たる一個の事実が、今日ではほかの何物よりも疑われ、打ち消されている事実にほかならぬ。しかしながら、たとえ現代人が罪の実在を否定しているとはいえ、まさか彼らもまだ脳病院の実在まで否定はしていまい。理性の崩壊が実在することについては、家屋の倒壊の実在と同様、今日でもなお意見の一致が実在している。地獄の存在を信じぬ人も、まだ脳病院の存在は疑わない。だから、われわれの議論の出発点として利用するのには、かつての地獄のかわりに今日の脳病院を持って来ても十分ものの役には立つだろう。かつては、あらゆる思想も哲学も、人間の魂を奪うかどうかで判断されたものである。それと同様、当面われわれの議論では、すべての近代の思想も哲学も、人間の正気を奪うかどうかで判断してよろしかろうということだ。

もっとも、狂気がそれ自体として魅力的であるというような御仁もある。それは事実だ。しかしそんな連中はいい加減いい気なもので、そのことはちょっと考えてみればすぐわかる。病気が美しいというのは他人の病気の時だけである。老いた盲乞食は一幅の絵になるかもしれないが、その絵を見るためにはこちらの目が見えなければ話にならぬ。同じことで、狂気には一種異様な詩美があるとしたところで、それを味わうのにはこちらが正気でなければ始まらぬのだ。狂人自身にとっては、自分の狂気などまったく散文的でしかありえない。なぜならそれは事実そのものなのだから。自分が鶏だと思いこんでいる男には、自分はただの鶏で、珍しくも何ともない。自分はガラスだと思いこんでいる男には、自分はただのガラスのように平板で、面白くも何ともありはせぬ。自分と自分の心に思いこんでいる物とが同んなじだから、彼には自分がつまらないのであって、狂気とはつまりそういうものなのだ。われわれにとって彼が面白く見えるのは、実は彼と物との間の皮肉なズレがわかるからで、彼がそもそもハンウェルに入れられている理由も、彼にはこの皮肉がわからないという事実につきる。要するに異常を異常と思うのは尋常の人だけで、異常な人は異常を異常とは思わない。異常な人が人生はつまらぬとこぼしてばかりいるのにひきかえて、尋常の人のほうが人生をずっと楽しいと思うのはこのためだ。あるいはまた、昔ながらのおとぎ話が永遠の生命を持っているのにひきかえて、新しい小説があんなにも早く生命を失うのもこのためである。昔ながらのおとぎ話では、主人公はいつでも尋常一様な少年で、びっくりさせるのは彼の出会う異様な事件のほうである。子供が尋常であるからこそ事件が彼をびっくりさせる。ところが現代の心理小説では、逆に主人公のほうが異様で異常なのだ。正常の中心が欠けているから正常が正常ではなくなって、異常が正常になってしまっている。だからどんなびっくりするような事件が起こっても主人公は一向にびっくりせず、当然その小説は平板きわまりないものとなる。竜の群の中に人間が迷いこんでこそ話にもなるが、竜の群の中に竜がいたって話は始まらぬ。おとぎ話が問題にするのは、正気の人間が狂気の世の中で何をするかということだ。現代の真面目くさったリアリズム小説が描くのは、そもそも気ちがいである男が、味気ない世の中でいったい何をするかということである。

だから、まず気ちがい病院から始めよう。この悪と幻影の旅籠から出発して、われらの知的遍歴に旅立とう。さて、かりそめにも正気の哲学を論じようとする以上、まず第一に、世人が往々にして抱く大きな誤りを正しておく必要がある。想像力——殊に神秘的想像力は、人間の精神の平静に有害だという観念である。この謬見は到るところにはびこっている。大抵の人は、詩人は心理的には怪しげな人種だと思いこんでいる。詩人の頭にいただく美の花輪は、左巻きに編みあげてあると想像する人びとは少なくない。だが事実を見ても史実を見ても、これがまったくの誤りであることにはまず疑問の余地がない。本当に偉大な詩人たちは、ほとんどみながみな、単に正気であるばかりか、おそろしく実務の才に恵まれた人びとだった。もしシェイクスピアが伝えられるように事実お客の馬を預る役をしていたとするならば、それはほかでもない、彼に預けておけば安心この上なしだったからのはずである。想像は狂気を生みはしない。狂気を生むのは実は理性なのである。詩人は気ちがいになりはしない。気ちがいになるのはチェスの名人だ。数学者は気ちがいになる。それに出納係。だが創造的芸術家はめったにならない。私は別に論理を攻撃しているのでは毛頭ない。そのことはいずれわかる。ただ、気のふれる危険は論理にあって想像にはないと言うだけだ。詩を生むことは子を生むことと同様健康の印である。さらにもう一つ注目に値する事実がある。実際に少々おかしい詩人も今までなかったわけではないが、そういう場合をよく観察してみると、大抵は異常に合理性を好む人であったことが思い当たるのだ。たとえばE・A・ポウは実際に少々おかしかったが、別に詩的であったからではない。異常に理知的、論理的であったからである。彼にはチェスさえ詩的にすぎた。詩のように、騎士（ナイト）や城（カースル）がやたらにあるからチェスを嫌ったのである。彼にはむしろチェッカーのほうが好ましかった。自分でもそう言っている。なぜなら、チェッカーのあの黒い丸いコマのほうが、幾何の図形の純粋な点に近いからである。だが、ポウよりさらに有力な例証はウィリアム・クーパーの場合だろう。イギリスの大詩人の中で気がちがったのは彼一人だが、その彼が論理に追い立てられて発狂したことは確実である。彼はカルヴィンの予定説を信じたが、この教義の醜悪で非人間的な論理性が彼を狂気に追いやったのだ。詩は病いであるどころか薬であった。詩のおかげでこそ、彼は一条の正気を保つことができたのだ。カルヴィニズムの醜怪な運命論のとりことなって、彼は、今にも自分を呑みこもうと待ちかまえている地獄の焔の恐怖にさいなまれていたが、ウーズ河の豊かな流れや、岸辺に咲く白いユリを詩に歌うことで、ようやく彼もこの恐怖を時おり忘れることができたのである。彼はジョン・カルヴィンによって地獄落ちを宣告されたが、自分の作品の主人公、陽気で呑気なジョン・ギルピンによってほとんど天国行きを得られるところだったわけである。とにかく人間は、夢を見ることで気がふれたりすることはない。これは、われわれが到るところで見ることのできる一個の事実だ。批評家のほうが詩人よりもずっと気ちがいだ。ホーマーは完璧に冷静である。完膚なきまでに彼をズタズタに切り裂いたのは彼の批評家のほうである。シェイクスピアは自若として彼の本性を守っている。彼の本性を疑って、彼は実は彼ではなくて誰かほかの人間だったなどと言い出したのは、彼の批評家の中のある一派の連中だけである。ヨハネの『黙示録』にはさまざまな怪物が現われるが、その注解者たちほどに物すごい怪物はさすがに出てこない。要するに事実は単純なのだ。詩が正気であるのは、無限の海原に悠然として漂っているからである。ところが理性は、この無限の海の向こう岸まで渡ろうとする。そのことによって無限を有限に変えようとする。その結果は精神がまいってしまうほかはない。大西洋を泳いで渡ろうとした男の肉体がまいってしまったのと同じことだ。あらゆるものを受け容れることは適度の運動となる。あらゆるものを理解しようとすることは過度の緊張となる。詩人の望みはただ高揚と拡大である。世界の中にのびのびと身を伸ばすことだけだ。詩人はただ天空の中に頭を入れようとする。ところが論理家は自分の頭の中に天空を入れようとする。張り裂けるのが頭のほうであることは言うまでもない。

小さなことかもしれないが、しかしこの点に関連の深いのは、詩人と狂人は縁つづきだということの誤った観念の例証に、誤った引用句がよく引きあいに出されることだ。ジョン・ドライデンの有名な句で、「天才は狂気に深くつながる」という文句である。しかしドライデンは天才が狂気に深くつながると言ったのではない。ドライデン自身が天才だったから、こんな理屈にあわぬことは言いはしない。彼ほどロマンティックで、彼ほど分別のある男はそうざらには見つからぬ。実はドライデンはこう言ったのだ。「偉大なる頭脳は往々にして狂気と深くつながる」。これが正しい引用で、そしてこれはたしかに正しい理屈である。知性の機敏さそのものが崩壊の危険をはらんでいるのだ。それに、ドライデンがこの句で念頭に置いていたのがどういう連中か、誰にも容易に察しがつくだろう。ヘンリ・ヴォーンやジョージ・ハーバートのような神秘家の詩人ではない。彼が言っているのは、シニックな世間知の人、他人をまず疑ってかかる人、外交的手腕にたけた、現実政治の達人といった連中のことなのだ。こういう連中ならたしかに狂気に深くつながる。連中はいつも自分の頭脳を計算し、他人の頭脳を計算しつづける。これは危険な商売だ。精神を測りつくそうという企ては、いつでも精神にとって危険きわまる企てである。ある軽佻浮薄な人がかつてたずねたことがある。なぜ英語には、「帽子屋のように気がふれている」などという表現があるのだろうか。問われたほうはもうひとまわり軽佻浮薄な人間だが、答えて曰く、「帽子屋が気がふれるのは、いつも人間の頭を測る商売柄であるからである」。

偉大な論理家がしばしば気ちがいじみているとすれば、気ちがいがしばしば偉大な論理家であるということも同様に事実だ。私はかつて、左翼の雑誌『クラリオン』と自由意志の問題について論争したことがある。その時、名だたる論客のR・B・サザーズ氏はこう言ったものだ。自由意志は狂気である、なぜならそれは原因なき行為を意味するから、そして原因なき行為とは、まさに狂人の行為にほかならぬ――そう言うのである。私はここで、決定論の重大な論理的欠陥を詳論するつもりはない。詳論するまでもなく明らかだ。どんな行為であろうと、たとえ狂人の行為でも、もし原因なしに行なわれうるものであるとしたら、決定論はぜんぜん成り立たなくなるではないか。気のふれた人間にとってさえ因果の鎖が破られうるのである以上、正常の人間にとっても当然破られうるはずである。だが、私が指摘したいのはもっと実際的なことである。マルクス主義者が自由意志について何も知らぬのは、おそらく当然のことでもあろう。しかし、マルクス主義者が気ちがいについて何も知らぬのは、これは少々驚かされる。サザーズ氏が気ちがいについてまったく無知なのは明白である。気ちがいについて何を言うにしても、その行動に原因がないなどというのは嘘もはなはだしい。まったく逆で、人間の行為でかりに原因のないものがあるとすれば、それは健康な人間が無意識にする瑣細な行動のほかにはないのだ。たとえば、散歩しながら口笛を吹く。ステッキで草をさっとばかりになぎ払う。踵で地面を打ち鳴らす。あるいは、両手をすり合わせる――こういう無意味なことをするのはその人が幸福であるからだ。病人はのんびり無意味なことなどやっている余裕はない。狂人に何ができないといって、こうした無意味で無原因な行為を理解することほど無理なことはない。なぜなら狂人は（決定論者も同じだが）、あらゆる物の中にあまりにも多くの原因を見るのが常であるからだ。何の意味もないこういう行動に、狂人は必ず何らかの悪意ある意味を読み取り、陰謀が隠されていると思いこまずにはいられない。草をなぎ倒すのは私有財産の侵害だと言うだろう。踵で地面を打ち鳴らせば、これは悪事を仲間に知らせる合図だと思うだろう。もし狂人が一瞬の間でも無意味な気軽さを取りもどせたら、それはつまり彼が正気に返ったということにほかならぬ。多少にかかわらず精神に異常をきたしている人間と話した経験がある人なら（不幸な経験と言うほかないが）、誰でも思い当たるはずである。彼らのいちばん不気味なところは、身の毛もよだつほど話の細部が明確だということだ。彼らの頭の中の地図では、一つ一つの事柄がこと細かく、実に入念に結びつけられていて、とても迷路などの比ではない。気ちがいと議論をしてみたまえ。諸君が勝つ見込みはおそらく百に一つもない。健全な判断には、さまざまの手かせ足かせがつきまとう。しかし狂人の精神はそんなものにはお構いなしだから、それだけすばやく疾走できるのだ。ヒューマーの感覚とか、相手にたいするいたわりだとか、あるいは経験の無言の重みなどにわずらわされることがない。狂人は正気の人間の感情や愛憎を失っているから、それだけ論理的でありうるのである。実際、この意味では、狂人のことを理性を失った人と言うのは誤解を招く。狂人とは理性を失った人ではない。狂人とは理性以外のあらゆる物を失った人である。

気ちがいが何かを説明するのを聞いていると、それはいつでも間然するところがなく、純粋に合理的に見れば文句のつけようがない。というか、もっと厳密に言うならば、気ちがいの説明は、動かしがたいとは言えぬにしても、返答しがたいことは事実なのだ。狂気のいちばんありきたりの種類について試してみれば、このことは特に明らかにわかるだろう。たとえば、ある男が、みんなは俺にたいして陰謀をたくらんでいると言うとする。それに返答するにはどうすればよいか。みんな、自分たちは陰謀なんかしていないと言って聞かせるほかあるまい。だが、そんなことを言ってみたって反駁にはならぬ。俺たちは陰謀をたくらんでいるなどと初めから公言する陰謀などありはしないからである。狂人氏の説明も、諸君の説明とまったく同様に事実にたいして辻褄があっている。あるいはまた、俺は正統のイギリス王だと言う男がいるとしよう。彼に答えて、当局はお前のことを気ちがいだと言っている、などと説明してみても、ぜんぜん答えにも何もなってはいない。そうではないか。もし彼が本当にイギリスの王だとしたら、当局がそんな王を気ちがいだと言う以上に賢明なことはまたとあるまい。あるいはまた、私はキリストだと名乗る男がいるとしよう。彼に何と応酬するか。世の人は彼を神の子だとは認めていないと言ったところで答えにはならぬ。現に世の人はキリストが神の子だとは認めなかったではないか。

だが、それでもやはり彼がまちがっていることには変わりがない。けれども、そのまちがいの根源がそもそもどこにあるのか、正確にたどろうとすると意外に難しいことがわかるだろう。せいぜい正確を期してみても、結局こうとでも言うしかあるまいと思う。つまり、彼の精神は、完全な、しかし偏狭な円を描いているのだ、と。小さな円も、大きな円とまったく同様に無限にはちがいない。だが、まったく同様に無限ではあるとしても、まったく同様に大きいわけではないのである。狂人の説明も同じことだ。常人の説明に劣らず完全だが、負けず劣らず大きくはない。砲丸も地球も丸いことでは甲乙ないが、だからといって砲丸は砲丸で地球とはちがう。偏狭な普遍性というものもある。窮屈な永遠というものもありうるのだ。現代の疑似宗教にはその実例には事欠かない。さて、ごく大まかに実際の問題として言うならば、狂気の最大にして見まごうかたなき兆候は、完璧の論理性と精神の偏狭とがかく結合していることにあると言えよう。狂人にも多くのことが説明できるが、大きなことは説明できぬ。つまり、要するにこういうことだ。狂気に陥りかかった精神を相手にする場合、われわれの努めねばならぬのは、相手の論理の穴を突くことではなくて、空気抜きの穴を開けてやることなのである。同じ一つの論理に固執しつづければ窒息してしまう。だから、この論理の密室の一歩外には、晴れ渡ったすがすがしい世界が広がっていることを知らせてやらねばならないのだ。たとえば、先程第一に挙げた例の場合ならどうするか。つまり、誰もが自分に陰謀を企てていると妄想している男の場合である。こういう妄想にたいして、思い切って腹蔵なく抗議し説得するとすれば、まずこう言うことになるだろう。「いや、なるほど君の言うことは筋が通っている。宙で憶えているほど練りに練った理屈だからな。そしてたしかに、いろんなことがみなぴったり君の説明に当てはまる。それは認める。君の理屈で説明のつくことは実に多い。だが、その説明では取り逃してしまうことも実に多いではないか。世の中には、君の理屈以外に理屈はないのか。誰もかれも、みんな君一人のことにかまけきっていると君は言うのか。なるほど瑣細な事件はいちいち君の言うとおりだとしよう。往来で君とすれちがう男が、君のほうを見ないとして、それは奴が陰謀を洩らさぬために、わざとそうしているのだと認めよう。あるいは警官が君の名前を訊いたとして、知っているのにわざわざ訊いたのだと認めてもよい。だが、こういう連中は、実は君のことなどてんで気にもとめてはいないのだと君が知ったら、そのほうがどれだけ幸福か、君は考えてみたことはないのだろうか。君がこの世の中でいかにちっぽけな存在かを知れば、この世の中が君にとってどれほど広々した存在となることか。普通の人間は、他人にたいして、ただ普通の好奇心と喜びを持っているだけだ。君もただ、その普通の関心を持って他人を見さえすればそれでいい。普通の人間は、ただ普通に自分自身にしか関心がなく、他人のことには無関心で、それで晴れ晴れと力強く生きている。君はただ虚心にそれを眺めさえすればそれでいい。他人は君に興味など持ってはいないからこそ、君は彼らに興味を持つことができるのだ。今の君は、せせこましくもけばけばしい劇場だ。やっている芝居は相も変わらず、いつでも君が作者で、君が主役で、そして君が観客だときている。こんな息のつまる劇場は叩き壊して、思いきりよく外へ飛び出せ。そこにはのびやかな空が広がり、街路の見知らぬ人びとの群が無限の歓びを君に与えてくれるだろう」。あるいはまた、第二に挙げた狂人の例ならどうか。自分はイギリス王だと言う男である。この男にはこう言ってやりたい。「よろしい。君はたしかにイギリスの王様にちがいあるまい。しかし、だから一体どうだというのだ。もう一つ乾坤一擲の大事業をやってのけて、ただの人間になったらどうだ。そして地上のあらゆる王を見下したらいいではないか」。第三の男はどうだろう。自分のことをキリストだと名乗る男である。言いたいことを言うとすれば、こう言うほかはないだろう。「すると君はこの世界を創造し、贖う者というわけだ。しかし君のこの世界は何とせせこましい世界でなければならぬのか。君の住まねばならぬ天は何と小さく、天使はほんの蝶ほどしかない。神であるとは何と哀れなことだろう。何と頼りない神ではないか。君の生命が最高の生命であると言うのか。君の愛が究極の愛だというのか。そして君のこのちっぽけで哀れな憐れみに、全人類は希望を託さなければならぬというのか。君のこんな小さな宇宙なぞ、より高い神の鉄槌が粉々に打ち砕いて下さればいいのだ。星屑をガラス玉のように千々に壊してまき散らして下さればよいのだ。その時はじめて君は大きな幸福に満たされる。その時ようやく君は真の君自身と対面する。君はその時自由となり、今までのように下を見おろすだけではなく、あらゆる人びとと一緒に上を見あげることも学ぶのだ」。

ここで、改めて読者に注意をうながしておきたいのは、厳密に実際的な科学でも、狂気について同じような見方をしているということである。つまり、異端を相手にするように、論理によって論破するのではなく、魔法を相手にするように、とにかく狂気の糸を断ち切ろうとするのである。現代の科学も古来の宗教も、何から何まで思想の自由を認めるのでない点では変わりがない。神学にとっては、ある種の思想は神にたいする冒瀆であり、断固として否定されねばならない。現代の科学によれば、ある種の思想は不健康であり異常であって、断固として否定されている。たとえば性について考えることを事実上禁じる宗派がある。一方、科学では、死について考えることを固く禁じている団体がある。死は事実にはちがいないが、しかし不健康で異常な事実であって、健全な人間の思いめぐらすべきことではないというのである。そして狂気の気味のある不健康な人間を相手にする場合、現代科学が純粋な論理を無視するのは、踊り狂う回教の修道僧が論理を無視するのにまさるとも劣りはしない。こういう場合、患者は真実を求めるだけでは駄目で、健康を求めなければ回復の見込みはないのだ。動物のように完璧な健康と正常をとにかくしゃにむに切望しなければ、とても回復の望みはないのである。そのはずである。頭に異常がある以上、その頭でいくら考えてみたところでその異常から脱け出せるわけがない。現に考える器官そのものが病気にかかっていて、無政府状態に陥り、勝手に独走しているのだから手がつけられぬ。病気から脱出するためには、だから、何としても意志の力、信念の力が必要なのだ。単に理性を働かせているかぎり、理性は相も変わらず同じ堂々めぐりを繰り返しているだけである。同じ論理の輪をいつまでも回りつづけるだけである。ロンドンの地下鉄の環状線に乗っているのと同じ理屈だ。思いきって決断し、自由意志という人間の神秘を発揮して、たとえばガワー・ストリートで降りなければ、いつまでたっても環状線の外へは出られない。必要なのはただ決断の一事である。決然として悪循環の鎖を断ち切るよりほかに手はない。生ぬるい治療は治療にならぬ。奇蹟的な回復以外に回復はありえない。狂人を治療するには哲学的論議は無用の長物だ。要するに悪魔払いと同じことだ。医者や心理学者の仕事ぶりが表面どれほどもの静かでも、根本的には彼らの態度は一切の妥協を許さぬ態度である。魔女裁判の判事と異なるところはない。彼らの立場は、実はこういうことなのだ。つまり、もし患者を生かしておかねばならぬとすれば、患者はすべからく思考を停止しなければならないのである。いわば精神的な四肢切断を要求するのだ。もし汝の頭、汝に悪をなす時は、切りて捨つるべし。子として天国に入るは言うまでもなく、能なしとなって天国に入らんは、理知のゆえに地獄（つまりハンウェル）に入らんよりも幸なればなり、である。

われわれが実際に経験する狂人は、ほぼ以上のごときものである。概して狂人は論理家であり、しかも優秀な理論家であることがきわめて多い。彼の論理にたいするに論理をもってし、純粋に論理によって彼の論理を論破することもまったく不可能ではないだろう。しかし、論理を越えたより広い立場から、さらには審美的な立場からする時、論駁はもっと明確となる。狂人はたった一つの観念のとりことなっている。その牢獄は清潔無比、理性によってあかあかと照明されてはいるけれども、それが牢獄であることには変わりがない。彼の意識は痛ましくも鋭敏にとぎすまされている。健康人の持つ躊躇も、健康人の持つ曖昧さも、彼にはまったく欠けているのだ。さて、序章でも説明しておいたように、私は、少なくとも最初の数章では、一個の世界観を整然と提示するというよりは、むしろいくつかのイメージを積み重ねて、一つの物の見方を具体的に示したいと思っている。私にとって気ちがいがどう見えるのか、今まで長々と述べて来たのも、実は、単なる脱線ではなく、現代のほとんどの思想家が、私には気ちがいと同じように見えるからにほかならない。ハンウェルから響いて来るあの独特の声音、まごうかたなきあの声が、今日の科学や学問の府から聞こえて来るように思えて仕方がないのだ。「気ちがい病院の先生」というのには、二重の意味があるように思えて仕方がないのである。われわれはすでに、狂人の最大の特徴が何であるかを見た。無限の理性と偏狭な常識との結合である。ところがこの特徴は、気ちがい病院の患者の間だけではなく、先生の間にもかなり広がっているように見えてしようがないのだ。彼らの論理にも一種の普遍性がなくはないが、それはただ、彼がたった一つのせせこましい理論にしがみつき、それをとことんまで突きつめて得ている普遍性にしかすぎない。同じ一つの模様をどこまでもつづけて行くことはできるけれども、もともと小さな模様がそれで大きくなったというわけではないのだ。彼らの目には、チェス板は黒地に白の市松模様に見える。たとえ宇宙全体をこの模様で敷きつめても、彼らには依然としてそれは黒地に白なのだ。狂人と同様に、彼らには自分の見方を変えるということがどうしてもできない。精神を一転して、実は模様は白地に黒だと発見することはどうしても不可能なのである。

現代思想の第一の例として、まず唯物論を取り上げてみる。ごく単純な例である。唯物論が世界を説明するやりかたには、狂人の単純さと一種似通ったところがある。狂人の議論のしかたと共通の性格がある。あらゆるものを説明しつくしていながら、同時にあらゆるものを説明し残していると感じざるをえない。たとえば当代有数の唯物論者、マケイブ氏の議論をつぶさに検討してみるがいい。有能で真面目な唯物論者だが、しかし彼の言うところを聞いてみれば、まさしくこの狂人独特の性格が感じられるにちがいない。彼はあらゆることを理解している。だが、彼の説明を聞いていると、あらゆることが理解する値うちもないように思えてくる。彼の宇宙は、一つ一つの鋲や歯車の隅々まで、まことと完璧に完成しているかもしれぬ。それにもかかわらず彼の宇宙は、われわれの宇宙よりはるかにちっぽけなのである。彼の理論はまったく自閉的で、おそろしく透明な狂人の理論と同様に、外部の世界のエネルギーの存在などはまるで無視している。広闊たる大地が、彼の小宇宙などはまったく超越として実在していることを忘れ果てているのだ。彼の小宇宙では、現に大地に存在するさまざまの事物は完全に考慮の外にある。国々の戦、誇り高い母親たち、あるいは初恋にしろ船旅の不安にしろ、そういうものは一切眼中にないのである。大地はこれほどにも巨大であるのに、彼の宇宙はこれほどにも狭小である。それもそのはず、彼の宇宙は、たった一人の男の頭一つを隠せるだけの小さな穴にすぎぬのだ。

誤解しないで頂きたい。私は今、こういう思想が正しいかどうかを問題にしているのではないのだ。今のところはただ、健康かどうかを論じているだけなのである。客観的に正しいかどうか、それもいずれ後で論じたいと思ってはいるが、今はただ一個の心理現象を解剖しているだけの話である。唯物論的進化論者のヘッケルを向こうにまわして、唯物論の虚妄を立証するのが今の問題ではない。自分はキリストだと思いこんでいる男にたいして、彼の妄想が虚妄であると立証しようとはしなかったのと同様である。ここで言いたいのは、ただ、どちらも完全だがどちらも不完全であるということ、そして、どちらも同じ性格の完全であり不完全であるということにすぎない。ただこの一つの事実を事実として示したいだけなのだ。自称キリスト氏は言うだろう。世間の人が私をハンウェルに閉じこめておいて知らん顔をしているのは、世間が私が神であることを認めようとしないからであり、世間は私の真の値うちを知らないからであって、私はこんな世間の人びとによっていわば十字架にかけられているのである、と。なるほどこの説明、説明としてはまことに筋が通っている。進化論にしても同じことである。宇宙には厳然として一つの秩序が存在する。その秩序をこう説明することもできるだろう。宇宙の万物は、人間の魂に到るまで、まったく無意味の木に開く葉っぱである——つまり、盲目的な宿命という木の枝に、万物は一つ一つ、必然の命ずるままに開いて行く葉っぱにすぎぬというのである。説明としては、これはこれで一応の説明にはなっている（もちろん、狂人の説明ほど徹底して完璧な説明というわけにはいかないが）。だが、ここで重要なのは、平常な精神の持ち主ならこのどちらにも納得しがたいばかりでなく、どちらにも同じ理由で納得しがたいという事実である。その理由をかいつまんで言うとすればこういうことになるだろう。もしハンウェルの男が真の神であるならば、彼はあまりにも神らしくない。同様に、唯物論の宇宙が真の宇宙であるならば、それはあまりにも宇宙らしくない。あまりにもちぢこまりすぎているからだ。この神と比べれば、大抵の人間のほうがよっぽど神らしい。そしてヘッケルの描く灰色の、せせこましくもこせこせした生命の全体に比べれば、個々の生命のほうがよほど生気にあふれている。部分のほうが全体よりもはるかに大きく見えるのだ。

考えてみればそれも当然のことだろう。唯物主義は、正しいか正しくないかはしばらくおき、どんな宗教よりも偏狭であることだけは確かだからだ。もちろんある意味では、どんな知的な観念もみな狭いことには変わりはない。観念は観念以上に大きくなることはできはしない。キリスト教徒も、無神論者が束縛されているのと同じ意味で束縛されている面はある。キリスト教は嘘だと考えながら、なおかつキリスト教徒であることはできかねる。無神論者も同んなじで、無神論は嘘だと思いながら、なおかつ無神論者であることはできかねる。しかしながら、無神論にはたまたま有神論よりも束縛の多い面がたしかに存在するのだ。そしてそれは非常に重要な面での話なのである。マケイブ氏は私が奴隷であると言う。私が運命論を信ずる自由がないからだ。私はマケイブ氏が奴隷であると考える。彼には妖精を信ずる自由がないからである。だが、この二つの禁制をよくよく吟味してみれば、彼の場合のほうが私よりはるかに厳密な禁制であることが明らかになる。キリスト教徒といえども、宇宙にはたしかに大きな秩序が存在し、必然的な展開のあることを信ずるのはまったく自由だ。しかし唯物論者にとっては、完璧に磨き上げられた機械のごとき彼らの宇宙に、ほんの一かけらの精神性も奇蹟も受け入れる自由はない。マケイブ氏の宇宙には、ほんのケシ粒ほどの妖精の子供さえ残しておくことはできぬのだ。たとえ紅ハコベの花に隠れていようとも断じて追い出さねばならぬのだ。哀れな話ではないか。キリスト教徒は宇宙が多様であることを認める。雑多であることさえ認める。正気の人間なら、自分の性格にはさまざまな側面があるのを認めるのと同じことだ。正気な人間ならみな知っている。自分の中には動物的な一面があり、悪魔的な一面があり、聖者の一面があり、そして市民としての一面がある。いや、その男が本当に正気なら、自分の中には狂人の一面さえあることを知っているはずだ。ところが唯物論者の宇宙は純粋無垢であり、完璧に一面的であり、堅牢この上ない。狂人が自分は完全に正気だと信じているのと同様である。唯物論によれば、歴史は単純にして単一な因果の鎖にほかならぬ。ちょうど、先程ご登場願ったかの興味ある紳士によれば、彼は単純にして単一に鶏にほかならぬのと同然である。唯物論者と精神病者は、ともに疑うということを絶対に知らぬのである。

唯物論者は、宗教のドグマが人間を束縛すると言う。しかし、唯物論がドグマを否定したからといって、それで現に人間が解放されるなどというわけはない。むしろ逆なのだ。私が霊魂の不滅を信じているとしても、いつもいつもそのことばかり考えている必要はさらさらない。だがもし私が霊魂不滅を否定したとしたらどうなるか。私はそのことを片時も考えてはならないことになる。前者の場合には道は開かれていて、私は自由に好きなだけ進むことができるけれども、後者の場合には道は初めから閉ざされている。いや、それどころではない。もっと大事なことがある。そして、狂気との類似はさらに驚くべき意味を持つ。そもそも、われわれが狂人の理屈の徹底した論理性に反対した理由は、狂人の論理が、正しいか正しくないかは別にして、当人の人間性を次第に破壊して行くという事実にあったはずである。そこで、われわれが唯物論者の結論に反対するのも、やはりこの結論が、正しいか正しくないかは別として、当人の人間性を次第に破壊して行くという事実のためにほかならない。単にやさしさといった意味で人間性と言うのではない。希望と、勇気と、詩と、自発性と、あらゆる人間的なるものの意味で言うのである。たとえば唯物論のおかげで人間が完全な宿命論に陥るとするならば（そして実際そうなるのが普通だが）、唯物論がどんな意味でも人間を解放すると言うのはでたらめもはなはだしい。自由を前進させると言いながら、自由になった頭で考えた結論が、ただ自由意志を破壊することにしか使えぬというのでは話にもならぬ。決定論者は、人間を縛ることはできても解くことはできない。彼らの法が因果律の「鎖」と呼ばれるのはけだし当然だ。これほど邪悪な鎖が人間を縛ったことはかつてなかった。唯物論の教義に「自由」という言葉を使うのはご自由でもあろう。しかしそれなら、脳病院に閉じこめられている男だって「自由」なはずである。自分はユデ卵だと思いこんでいる男があるとして、そう考えるのはたしかに本人の自由ではあろう。だがもっと動かしがたい重大な事実がある。もしその男がユデ卵なら、彼には食う自由も、飲む自由も、寝たり、歩いたり、あるいはタバコをのむ自由もないということだ。同じように、大胆な唯物論的宿命論者が、現に存在する意志というものを否定する理論を編み出したとして、そう考えるのもたしかに本人の自由ではあるだろう。しかしもっと動かしがたい重大な事実がある。彼には賞める自由も、けなす自由も、感謝する自由もない。自己を主張する自由も、他人に頼む自由も、人を叱る自由も、誘惑に抵抗したり、群衆を煽動したり、新年にあたって決心をしたり、罪人を許し、暴君を攻撃する自由もなければ、あるいは食卓でカラシを取ってもらって、有難うと礼を言う自由さえないということである。

　そろそろ次の問題に移らねばならないが、その前にもう一つ、世間には唯物論について奇妙な謬見が行なわれていることを指摘しておきたい。つまり、唯物論的宿命論は寛容を促進し、残酷な刑罰、さらには一般に処罰というものを全面的に廃止するのに効果があるという見方である。しかしこれほど驚くべき謬見はない。事実はまさに正反対である。純粋に理論的に言えば、宿命論が広まったからといって、この問題には何の変化も生じないというのが本当だろう。宿命論のおかげで笞打ち役人が笞打ちをやめるわけはないし、親切な友人は相変わらず忠告を惜しみはしない。だが現実には、宿命論が笞打ちか忠告か、そのどちらかを止めるとすれば、止まるのは忠告のほうであることは明らかだ。罪が宿命であるからといって、処罰がなくなる理屈はない。何がなくなるかと言えば、罪を犯させまいと説得することがなくなる理屈だ。宿命論が臆病を生むのが現実だとするならば、宿命論が残酷を生むことも同様に確実である。宿命論と、罪人を残酷に扱うこととは少しも矛盾しない。矛盾することがあるとすれば、それは罪人を寛大に扱うということであるはずだ。彼らの人間的な感情に訴え、悪を克服しようとする彼らの努力を助けてやることであるはずだ。宿命論者は人間の意志に訴えても無駄だと信じている。ただ環境を変えることしか意味がないと言う。罪人に向かって、「もう罪を犯すんじゃないぞ」などと言ってみたところで、何の役にも立たないと考える。なぜなら、罪が宿命である以上、罪人はいやでも罪を犯すほかないからだ。そのかわり宿命論者は罪人を煮え湯の中にほうり込む。煮え湯は環境だからというわけだ。だから、唯物論者の姿勢は、狂人の姿勢と奇妙にぴったり輪郭が一致する。彼らの立場には誰も反論の余地がない。そして彼らの立場には、誰にも同情の余地がないのである。

さて、今まで述べてきたことがすべて当てはまるのは、言うまでもなくただに唯物論者だけではない。思弁的な論理のもう一方の極端にも同じことが当てはまる。懐疑論である。懐疑家の中には、一切は物質に始まると信じている連中なぞよりはるかに恐ろしい手合がいる。一切は俺自身に始まると信じている懐疑家がいるからである。こういう手合は、天使や悪魔の存在を疑うのではない。人間や牛の実在を懐疑する。現に自分の友だちでさえ、自分が作り上げた神話だと思っている。友だちどころではない。自分の父や母でさえもが、実は自分の生み出したものだと言うのである。こういう空恐ろしい妄想には、今日の変に神秘的なエゴイズム熱にどこかぴったりくるところがあるらしい。たとえばあの、自己を信じている人間は成功するとおっしゃる例の出版屋にしても、いつも鏡の中に超人の姿を探し求めていらっしゃるかたがたも、あるいはまた、新しい生命を創造するかわりに、自分の個性を世間にひけらかすことばかり考えている小説家の先生がたにしたところで、実はみな、この物凄い妄想に即かず離れずつきあっている連中ばかりなのである。だがやがて、人間を取り巻くこの温い世界が嘘のように闇に消え、友だちは亡霊のように薄れて行き、この世の土台が崩れ去る時が来るだろう。そして、何も信じず誰も信じぬこの男が、自分自身の悪夢の中にたった一人で立ちつくす時が来るだろう。その時、かの偉大なるエゴイズムの格言は、皮肉な復讐の意味をこめて彼の目の上に書き記されるにちがいない。星辰は彼の脳髄の暗闇に散らばる白点にすぎなくなるだろう。母親の面影さえ、彼の狂った鉛筆がその脳髄の独房の壁になぐり書きしたスケッチにすぎなくなるだろう。だが彼の独房の宙空には、恐るべき真実をこめてこう書き記されるにちがいない――「彼は自己を信じている」と。

けれども、今ここでわれわれの注目しておかねばならぬのは、実はたった一つのことである。つまり、この極端なエゴイズムは、もう一方の極端にある唯物論と同じパラドックスを示すということだ。唯物論とまったく同様、エゴイズムもまた、理論においては完璧でありながら、実際においてはまことに偏頗なのである。話をわかりやすくするために、エゴイズムの妄想を簡単にこう説明してもよろしかろう。つまりこれは、人間はいつでも夢を見ていると信じることができるという理論なのだ。さてこれにたいして、お前は夢なんぞ見ていないという確固たる反証をつきつけることは明らかに不可能である。理由は簡単だ。どんな証拠を出してみたところで、それもやっぱり夢の中に出て来る証拠にすぎぬかもしれないからである。しかしながら、夢を見ているその男が、もしロンドン全市に火を放っておきながら、もうそろそろ家政婦が朝食ができたと呼びに来るにちがいないなどと言い始めたら、もう放ってはおけない。ただちにその男を例の場所に放りこまねばならないだろう。つまり、本章ですでに何度も登場した例の場所に、論理一点ばりの例の先生がたとご同室願うほかないのである。みずからの五感を信じることのできぬ人間は、五感以外の何物も信じることのできぬ人間同様狂人である。しかし彼らの狂気を証明するのは、彼らの推論の論理的欠陥ではなく、彼らの生活全体が明らかにまちがっているという事実にほかならない。どちらの型の狂人も、それぞれ自分の箱の中に自分を閉じこめてしまっている。どちらの箱の内側にも太陽と星が描かれていて、彼らはそれが全宇宙であると信じこんでいる。どちらもこの箱から外へはただの一歩も出ることができない。一方は天国の健康と幸福の中へ出て行くことはできないし、もう一方は地上の健康と幸福の中へさえ出て行くことができない。彼らの立場はまったく合理的である。いや、ある意味では無限に合理的と言ってもいい。ちょうど銅貨が無限に円いのと同様である。しかし、愚劣な無限性、下劣で卑劣な永遠というものも世の中にはあるのだ。面白いことに、現代の思想家の中には、懐疑派であると神秘派であるとを問わず、東洋的なあるシンボルを好んで使う者が少なくない。究極の虚無を象徴するシンボルである。永遠を象徴的に表現しようとする時、彼らは、ヘビが自分の尾を口にくわえている図を好んで使う。自分の腹を満たすために自分の尻尾を食らうとは、いかにも間尺にあわぬ食事と言うべきだが、このイメージには実に驚くべき皮肉がある。唯物論的宿命論者、東洋的ペシミスト、高慢ちきな見神論者、あるいは今日の高遠な自然科学者たち——そういう連中の思い描く永遠の観念を表わすのには、自分の尻尾を食っているヘビのイメージはまさに打ってつけではないか。天国を追われた邪悪な動物が、さらに自分自身をさえ食い滅ぼしている図なのだから。

本章はまったく実際的なものであって、その目的とするところは、実際に狂気の第一の特徴は何か、実際に狂気を形作っているものは何かを示すことである。さて、では、それはいったい何か。要約してこう言ってよろしかろう。つまり、根なし草の理性、虚空の中で酷使される理性である。正しい第一原理なしに物を考え始めれば、人間はかならず狂気に陥ってしまう。出発点を誤っているからだ。では正しい出発点とは何なのか。それは本書で以下発見すべき問題である。だが、本章のしめくくりとして、ここで一つの疑問を呈しておいてもよろしかろう。人間を狂気に駆り立てるものは今まで見てきたとおりであるとして、それでは人間を正気に保つものはいったい何か。この疑問にたいする最後的な回答は、本書の中でじっくり考えてみたい問題だが（もっとも読者の中には、私の回答はあまりにも断定的だと思われるむきもあるかもしれぬが)、今ここで、まったく実際的な観点から、ごく一般的な回答を出しておくこともできなくはない。現実の人間の歴史を通じて、人間を正気に保ってきたものは何であるのか。神秘主義なのである。心に神秘を持っているかぎり、人間は健康であることができる。神秘を破壊する時、すなわち狂気が創られる。平常平凡な人間がいつでも正気であったのは、平常平凡な人間がいつでも神秘家であったためである。薄明の存在の余地を認めたからである。一方の足を大地に置き、一方の足をおとぎの国に置いてきたからである。平常平凡な人間は、いつでも神々を疑う自由を残してきた。しかし、今日の不可知論者とちがって、同時に神々を信ずる自由も残してきた。大事なのは真実であって、論理の首尾一貫性は二の次だったのである。かりに真実が二つ存在し、お互いに矛盾するように思えた場合でも、矛盾もひっくるめて二つの真実をそのまま受け入れてきたのである。人間には目が二つある。二つの目で見る時はじめて物が立体的に見える。それと同じことで、精神的にも、平常人の視覚は立体的なのだ。二つのちがった物の姿が同時に見えていて、それでそれだけよけいに物がよく見えるのだ。こうして彼は、運命というものがあると信じながら、同時に自由意思というものもあることを信じてきたのである。こうして彼は、子供は天使であると信じながら、同時に、子供は大人の言うことを聞かねばならぬと信じてきたのである。若さのゆえに青春を讃美しながら、同時に、若くはないゆえに老年を讃美してきた。このように、一見矛盾するものを互いに釣り合わしてきたからこそ、健康な人間は晴れ晴れと世を送ることができたのである。神秘主義の偉力の秘密は結局こういうことである。つまり、人間は、理解しえないものの力を借りることで、はじめてあらゆるものを理解することができるのだ。狂気の論理家はあらゆるものを明快にしようとして、かえってあらゆるものを神秘不可解にしてしまう。神秘家はただ一つのことを神秘不可思議と認めることによって、実はそのほかのあらゆるものが明快きわまりないものとなる。運命論者は因果の神秘を明らかにするけれども、その結果、女中にものを頼むことさえできなくなる。一切が運命に支配されている以上、人に何かしてくれと頼むことなど何の意味もありえないからである。だがキリスト教徒は、自由意志を一個の聖なる神秘と認めることによって、女中との関係は輝くばかりあくまでも明らかとなる。キリスト教徒は、宇宙の中心の神秘の闇のうちにドグマの種子を置く。だがその種子からは、あふれるばかり自然の生気に満ち満ちた枝々が、あらゆる方向に向かって力強く伸び広がるのだ。われわれは、円環をもって理性と狂気のシンボルとした。これにたいするに、神秘と生気の象徴として、今ここに十字架を取るに如くはあるまい。仏教は求心的だが、キリスト教は遠心的である。それは輪を突き破って四方にあふれ出る。円環は、その本来の性格として、完璧であり無限であるが、永遠にその大きさが決まっている。大きくなることも小さくなることもできぬ。ところが十字架は、その中心には衝突と矛盾を持ちながら、四つの腕をどこまでも、しかも全体の形を変えぬままに遠く、遠く伸ばしてゆくことができるのだ。中心に逆説を持てばこそ、それは形を変えずに成長してゆくことができるのである。円環は永劫に自己に回帰し、閉じられている。十字架は四つの方位に腕を広げ、腕を伸ばす。それは自由の旅人の道標なのだ。

　これほど深い問題を語るのに、象徴だけでは雲のように曇った意味しかないかもしれぬが、もう一つ、自然界から象徴を借りてきたいと思う。人類にとって、神秘主義が本来どういう位置にあるものか、十分に示してくれると思うからだ。自然界をくまなく探しても、われわれが直接目で見ることのできぬ物は一つしかない。われわれが物を見る光の光源そのものである。真昼の太陽と同じように、神秘主義は、みずからは誇らかに人間の視覚の彼方にありながら、他の一切を明らかに人間の目に示してくれる。論理万能の主和主義は、これにたいして月光と言うことができるだろう。月光のごとく冷やかに実体がない。光は見えても熱がない。それにまた、死の世界から反射されてくるかりそめの光にすぎぬ。ギリシア人は正しかった。アポロを、想像力の神ばかりでなく正気の神ともしたからだ。アポロは、詩の神であるだけでなく、また治癒の守り神でもあったのである。これらのことを言うためには、ドグマとある特定の信仰が必要であるけれども、それについては後で語ることにする。ただ、ともかくも第一に、あらゆる人間は神秘主義によって生き、そしてその神秘主義は空に輝く太陽ときわめて相似た位置にあることだけはまず言っておかねばならない。われわれの意識には、この神秘は一種卓絶した混乱のように映る。煌々と輝きながら昏々として形なく、燦然たる光でありながら同時に黯然たる陰でもあると見える。これにたいして月の円環は、黒板に書いたユークリッドの円環と同様に明快で歴然とし、循環的でありまた必然的である。というのも月は完璧に理性的であるからだ。そして月はいつも狂気の生みの親なのである。古来、狂気を、月の引き起こす病いと言いならわすのは、けだし古人の知恵の伝えるところと言うべきであろう。

3

思想の自殺

巷間に行なわれるいわゆる下世話の表現には、力強いばかりでなくなかなかうがったものがある。普通の言葉の定義では入りこめないような小さな意味の割れ目にも、言葉のあやはやすやすともぐり込むことが多いからだ。たとえば「気を挫く」とか「色がさめる」などという言いまわしは、言葉にかけては人一倍むずかし屋のヘンリー・ジェイムズ氏が、苦心惨憺考えついた表現にまさるとも劣らぬ妙味がある。そういう中でも殊にうがって真実をついていると思うのは、「あるべき所に心臓のある」人という慣用句であろう。心やさしく思いやりのある人というほどの意味だが、この表現の根本にあるのは、物本来のあるべき釣り合いという観念である。単にある物がある機能を果たすだけでは駄目なので、ほかのさまざまな機能と正しく釣り合っていなければ、それが正しく機能を果たしているとは言えないという観念だ。まったくの話、この表現を否定形にして、「あるべき所に心臓のない」人と言ってみれば、現代の代表的な人物たちの立場をいみじくも言い当てたことになるのは面白い。彼らの一種病的な博愛主義、つむじ曲がりのやさしさを表現するのに、これ以上うがった言葉はちょっと想像できかねる。たとえばバーナード・ショー氏の性格を正確に言い表わすとして、これ以上の正確さは望むべくもないだろう。つまり、ショー氏は英雄的に巨大で広大な心の持主だが、しかしその心はあるべき所にないのである。そしてこれまた、実は今日の社会一般を通じて見られる特徴にほかならぬ。

　今日の世界はけっして悪くはない。ある意味ではあまりによすぎる。さまざまの美徳に満ちてはいるのだが、ただその美徳は常軌を逸し、正しい目的を逸脱しているだけだ。一つの宗教的秩序が破壊されると（宗教改革はまさにそれだったのだが）、単に悪徳が野放しになるだけではない。たしかに悪徳は野放しになり、到るところにさまよって害悪をもたらすけれども、それればかりではなく、実は美徳もまた野放しになる。そして野放しとなった美徳は常軌を逸して到るところをさまよい歩き、悪徳にもまさるほどの恐るべき害悪をもたらすのだ。現代の世界は、古来のキリスト教的美徳が発狂して到るところに満ちあふれている。なぜ発狂したのか。美徳と美徳とを結びつける糸が切れ、孤立した美徳が、狂い凧のようにあてどもなく、風のまにまにうろついているからだ。科学者は真を求める。だが彼らの真には慈悲がない。博愛主義者は慈悲だけを求める。だが彼らの慈悲は、遺憾ながら真実を欠くことがあまりに多い。たとえば博愛主義者ブラッチフォード氏はキリスト教を攻撃するが、実はそれは、キリスト教的美徳のただ一面ばかりを気ちがいのように強調した結果なのである。愛の美徳だけを、常軌を逸して神秘化し、ほとんど不条理に到るまで誇張した結果にほかならぬ。彼の言うには、罪の許しに別に神様を担ぎ出すには及ばない、なぜなら許すべき罪なるものは本来存在しないからだという。奇妙な理屈だ。ブラッチフォード氏はただ初期のキリスト教徒というだけではない。ライオンに食われて然るべきだったただ一人の初期キリスト教徒と言うべきだろう。そうではないか。彼のような場合には、異教徒の非難はたしかに当を得ているからである。彼の言う慈悲が慈悲ならば、それはまったくの無政府状態以外の何物でもない。彼こそはまさに人類の敵である。彼があまりにも常軌を逸して人間的である結果がこれなのだ。あるいはまた、まったく正反対の例として、いわゆるリアリストの悲観主義の場合を取ってみよう。話がハッピー・エンドに終わるのでは彼らの気にいらぬ。心の病いが癒されるのではこの連中のお気には召さぬ。心の中に、あらゆる人間的な喜びをことごとくしめ殺さねば腹の虫のおさまらぬ連中だ。スペインの宗教裁判官は、道徳的な真のために人びとを肉体的に苦しめた。ところがゾラは、肉体的な真のために人びとを道徳的に苦しめた。けれども、宗教裁判の時代には、ともかくも正義と許しとを抱き合わせる制度だけは存在していた。だが現代では、この二つはお互いにお辞儀さえしようとしない。真と慈悲と、孤立して勝手に一人歩きを始めるとどんなことになるか、二つの場合を見たわけだが、しかしもっと強力な例がある。あるべき場所を逸脱した謙虚の例がそれである。これはまことに目ざましい例である。

ここでわれわれの問題とするのは、謙虚のある一つの局面だけであることにご注意願いたい。もともと謙虚というものは、人間の欲望の傲慢をおさえ、それが際限もなくふくれあがることを抑制するのがその第一の意味であった。人間はいつも、自分で新しい必要を発明しては、自分の謙虚な慈善の業を踏み越えることばかり繰り返してきた。楽しみを味わえるという能力そのものが、楽しみを半分は破壊してしまうのであった。快楽を求めることで、実は第一の快楽を失ってきたのである。なぜなら、第一の楽しみは発見の喜びそのものにほかならないのだから。そこで一つの真理が明らかとなってきた。人間は、自己の世界を大きくしようとすれば、いつでも自分自身を小さくしなければならないという逆説である。誇り高き野望も、豪奢をきわめた都市も、雲を摩する高楼も、かくしてすべて謙虚の生み出したものなのだ。森林を雑草のごとく踏み倒す巨人も、孤高の星のさらに彼方に消えさる塔楼も、ひとしく謙虚の創りなすものにほかならぬ。どんなに高い塔楼も、われわれが見上げるのでなければ高くはないからだ。どんな巨人も、人間より大きくなければ巨人ではないからである。すべてこの巨人的なる想像は、おそらく人間の快楽のうちもっとも大いなるものであろうが、根底においてはまったく、謙虚なのである。謙虚なくしては、いかなるものの楽しみを味わうことも不可能である——傲慢そのものでさえも。

ところが今日の病弊は、謙虚があるべき所にないというところにある。謙虚は今や野心の座を去った。謙虚は今や信念の座に居すわった。謙虚は本来そんな所にいるべきものではない。人間は自分自身を疑って然るべきものだった。しかし真実を疑うべきではないはずだった。ところが今や事態はまさに正反対に逆転した。今日、人間が現に主張しているものは、人間がけっして主張すべきではないはずのもの——自我である。人間が現に疑っているものは、けっして疑うべきではないはずのもの——神にも似たその理性なのである。ハックスリーは謙虚を説いて、人間は自然から学ぶべきであると説教する。ところが最新式の懐疑論者は、もっと糞真面目に謙虚を実践して、そもそも人間にはものを学ぶことができるかどうかさえ疑っている。だからわれわれは、現代には謙虚はないなどと慌てて結論を下してはならないのである。事実はむしろ、現代にしかない文字どおりの謙虚があるということだ。ただしこの謙虚たるや、どんな禁欲主義者の度外れた自己否定も顔負けするほど有毒な謙虚だというだけである。昔の謙虚は、人間をせき立てる拍車のごときものであった。人間を一歩も先へ進ませない靴底の釘のごときものではなかった。昔の謙虚は、人間に自分の努力の意味を疑わせたものである。だからこそ人間は、一層の力をつくして努力を重ねたものである。ところが今日の謙虚は、人間に自分の目的そのものを疑わせるのである。だからこそ人間は、まるきり努力をやめてしまうことになるのである。

今日の世界では到るところで、自分はまちがっているかもしれぬと吹聴してまわる御仁にお目にかかる。実に気ちがいじみたと言うか、神を恐れぬと言うか、驚きいった言葉ではある。言うまでもなく自分の立場は正しくはないかもしれぬ——そうしゃべり歩く御仁にお目にかからぬ日とてはない。言うまでもなく彼の立場は正しいにきまっている。そうでなければそれは彼の立場ではありえない。この分で行くと、遠からず人類はあまりに知的に謙虚となりすぎて、掛算の九九さえ信じられなくなるだろう。やがて哲学者の中には、重力の法則さえ、実は自分の妄想の産物だと言い出す連中が現われかねない。昔の懐疑家が神を信じなかったのは高慢ゆえであった。今の懐疑家が自分自身さえ信じないのは謙虚ゆえである。「柔和なる者は国を継がん」と詩篇にあるが、現代の懐疑論者はあまりに柔和でありすぎて、自分の国を自分の国と言うことでさえ遠慮している。この知的な無為無力こそ、本書でわれわれの扱う第二の問題にほかならぬ。

前章で問題としたのは、ただ観察によって一つの事実を示すことだけであった。つまり、人間にとって狂気の危険があるとすれば、それは理性に由来するのであって想像力に由来するのではないという事実である。しかし前章の目的は、けっして理性そのものを攻撃することではなかったのである。むしろ理性を弁護することが究極の目的だったのだ。そして現に理性は弁護を必要としている。現代の世界全体が理性に戦いを挑んでいて、そして理性の城の塔は、すでに危うく揺らぎ始めているからである。

賢者も宗教の謎には答えられぬとはよく言われることだ。しかし現代の賢者の困ったところは、その答えがわからぬということではなく、そもそも謎の存在そのものが理解できぬということである。たとえば子供に向かって冗談に、ドアはドアではないと逆説を言ってみたとして、現代の賢者は、てんでその逆説に気づきもしない愚かな子供みたいなものである。現代の自由主義者が宗教の権威ということについて語っているのを聞くと、そんな権威には何の論理的根拠もないかのごとく言うばかりではない。かつて一度も根拠のあったためしはないようなことを言う。哲学的な根拠を理解しないどころか、歴史的根拠さえ理解しないのである。なるほど宗教的権威が、圧政的であったり、非理性的であったりした例は古来珍しくはないだろう。どんな法律組織でも（殊に今日の法律が）、冷酷でしばしば人間性を残酷に無視してきたのと同じことだ。警察を攻撃するのは理屈に合っている。いや、大いに名誉なことでさえある。だが今日宗教の権威を批判する連中は、強盗のことなど聞いたこともないのに警察を攻撃しているようなものである。しかし人間の魂を襲う危険は現に存在する。強盗と同じくらい現実的な危険が存在している。この危険にたいする防壁として立てられたのが、善悪は今のところ一応別として、宗教的権威というものなのである。そしてこの危険にたいしては、何らかの防壁は是が非でも立てなければならぬのだ。もっとも、人類が滅びてしまってもかまわぬというなら話は別である。

その危険とは何か。人間の知性には自己破壊の力があるということだ。もしある一つの世代が、すべて修道院に入るか海に飛びこんだとしたならば、次の世代はついに存在さえしなくなるだろうが、同じように、ある一群の思想家が次の世代に向かって、人間の思考にはまったく何の意味もないのだと教えこんだとしたならば、結局人類がそれ以上物を考えるのをやめてしまうということもありえないことではない。いつもいつも、理性か信仰か、どちらを取るかなどと言って暮らすのは愚論もいいところであろう。理性そのものが信仰の問題だからである。われわれの思考が現実と何らかの関係を持つと信じること自体、一つの信仰のわざにほかならないからだ。もしいやしくも懐疑に徹したなら、やがては当然この問題につき当たる。「この世に何事かただ一つでも正しいものがありうるのか。観察も推論もあてにはならぬ。正しい論理も誤てる論理も、正しい結論に達しえぬ点では同じではないか。ともに狼狽した類人猿の脳髄の自己運動にすぎぬではないか」。新米の懐疑家は言うかもしれぬ、「私には一人で考える権利がある」と。だが年古りさびた懐疑家、徹底した懐疑家は言うにちがいない、「私には一人で考える権利はない。私にはそもそも物を考える権利など一切ない」と。

思想を破壊する思想がある。もし破壊されねばならぬ思想があるとすれば、まずこの思想こそ破壊されねばならぬ思想だ。これこそ究極の悪であり、あらゆる宗教的権威はこの悪と対決することを目的としたのである。この種の悪が現われるのは、今日のような退廃の時代の末期にかぎられる。そしてすでにH・G・ウェルズ氏は、この破滅の旗印を高く掲げている。「道具にたいする懐疑」と題して、彼は精妙な懐疑論を書いている。この中で彼は頭脳そのものを疑問視し、過去、現在、未来を通じて、彼自身のあらゆる主張から一切の現実性を払拭しようと懸命なのだ。だが、本来この遠大な破壊から人類を護るためにこそ、戦う教会の戦列はすべて組まれ統(す)べられてきたのである。十字架も十字軍も教会の位階の組織も、あるいは宗教裁判や迫害の恐怖も、その本来の目的は、無知な世間が言うように理性の抑圧にあったのではけっしてない。すべて、理性を守るという困難きわまる事業を目的として設けられたのだ。人びとは本能的に悟っていたのだ、もしやみくもに万事を疑うとするならば、まず疑われるのが理性であることを。告解によって罪を許す神父の権威も、その権威を定める教皇の権威も、あるいは宗教裁判官の脅迫の権威さえ、すべてみな、中心となる一つの権威を守るために立てられた影の城壁であったのだ。何物にもまして証明しがたい権威、何物にもまして超自然的な一つの権威、つまり人間の「考える」という権威を守る楯だったのである。今日われわれはこのことを知っている。知らぬという言い訳は通用しない。なぜなら今日、懐疑の軍勢が古来の権威の城壁を押し破り、理性の玉座が危うく揺れていることは誰の目にも明らかであるからだ。宗教が滅べば、理性もまた滅ぶ。どちらも共に、同じ根源の権威に属するものであるからだ。どちらも共に、それ自身は証明しえない証明の手段である。そして、神によって与えられた権威を破壊することによって、われわれは人間の権威という観念まであらかた破壊してしまったのだ。この観念がなければ、われわれには割算をすることさえできなくなる。われわれは長い間懸命の努力をつづけて、ようやく教皇の頭から帽子を引き抜いた――と思ったとたん、実はその首まで引っこ抜いてしまっていたということか。

こんな言い草はすべて無責任な放言だと思われるむきもあるかもしれぬ。念のために、当代流行の現代思想を大急ぎでおさらいしてみよう。みな、思想そのものを破壊する思想ばかりである。第一に唯物論。それに、あらゆるものは個人の見る幻影にすぎぬと考える不可知論。両者とも同じく思想破壊の結果を生む。というのも、もし精神さえも物質にすぎぬとすれば、思想は別に面白くも何ともなくなるはずであるし、また、もし宇宙が非現実にすぎぬとすれば、そもそも思考の材料さえなくなってしまうからだ。しかしこういう場合には、その結果は間接的で、決定的ではない。だが直接、決定的に思想を破壊する場合がある。特にいわゆる進化論の場合にそれが著しい。

現代の知性は、もし何物かを破壊するとすれば、何よりもまずそれ自身を破壊すると述べてきたが、進化論はまさにその絶好の実例である。進化論は二つの意味を持つことがある。第一は無邪気な科学的仮説としての意味であって、ある種の地上の生物の発生の由来を説明しようとするにすぎない。だが、もう一歩進化した意味での進化論となると、これは明らかに思考そのものにたいする攻撃となる。もし進化論が何物かを破壊するとすれば、それが破壊するのは宗教ではなく、実に理性そのものなのである。進化論なるものが、単に、類人猿というものが徐々に人類というものに変化したという、ただそれだけの議論であるのなら、それなら正統的宗教にたいしては何の脅威もない。神の御業は、遅くも早くも自由自在であるからだ。特にキリスト教の神のように、時間の外に立つ神ならばなおさらである。しかし進化論というものが単にこれだけのものではないとすれば、それはつまり、変化すべき類人猿というものもなければ、誕生すべき人類というものもないということになる。いや、物というような物は一切存在しないということにさえなる。せいぜい存在するとしても、ただ一つ、あらゆる物がことごとく流転するという、その流転だけということになる。これは信仰にたいする攻撃などというものではない。精神にたいする攻撃だ。いったい、考えるべきものが存在せぬ以上、考えること自体存在できるはずがない。思考の主体が思考の対象と分かれていなければ、思考そのものが成り立つわけがない。「われ考う、故にわれ在り」とデカルトは言った。ところが進化論者はこの命題を逆転し、しかも否定形に置き変える。「われ在らず、故にわれ考え得ず」。

まったく逆の立場から思考を攻撃している主張もある。たとえば、H・G・ウェルズ氏がそれだ。彼によれば、あらゆる個々の物象は「唯一無二」であり、カテゴリーなるものは一切存在せぬという。これもまた単なる破壊にほかならぬ。そもそも思考は物と物とを結びつけることを意味する以上、物が結びつけえぬとすれば思考もまたありえない。言うまでもなかろうが、この懐疑論は、思考を禁ずるがゆえに当然言語もまた禁ずることになる。口を開いて何かを言えば、かならず自己矛盾に陥らざるをえぬということになる。たとえばウェルズ氏はどこかで、「あらゆる椅子は相互いにまったく別物である」と言っているが、これは単に虚偽の陳述であるばかりでなく言語矛盾だ。もしあらゆる椅子が相互いにまったく別物であるのなら、それを一緒くたに「あらゆる椅子」などとどうして呼べるか。

進歩主義の似而非理論もこれらによく似ている。その主張は要するに、試験に受かろうとするのではなくて試験のほうを変えるべきだということである。たとえば、よく聞く言い草に、「時代によって正否は変化する」というのがある。もしこれが、時代を通じて目的は一定でも、時代によって方法は変化する、というほどの意味なのならば、それはなるほど道理というものだろう。ご婦人が美しくなりたいと願うのは変わらぬとして、ある時代には肥っているのがいいとされ、時代が変われば痩せているのがいいとされる、というのなら話はわかる。けれども、美しいと思うことをやめてしまい、楕円形になりたいと思うようになったからといって、それで前よりよくなった、進歩したのだと言われたのでは話がわからぬ。基準が変化したのでは、進歩のありようがないではないか。進歩という以上、何らかの基準が前提にあるはずだ。ニーチェの始めた妙な考えに、昔は善として求めたものが今は悪と呼ばれている、という考えがあるが、しかしもし本当にそうならば、進歩も退歩も意味をなさぬ。ある人が東へ向かって歩いているのに、西へ向かって追いかけたって追いつけるはずがあるまい。ある国民が幸福になることに成功したとして、別の国民が悲惨になることにもっと成功したかどうかなどという論題は、とてものことに論じようにも論じかねる。ミルトンは、豚が肥っているよりももっと清教徒的であったかどうか、というようなものだろう。

なるほど（馬鹿馬鹿しいことではあるが）、変化そのものを目標、理想にすることもできなくはない。しかし、一つの理想となったとたん、変化そのものは不変となる。変化の崇拝者が自分の進歩を測ろうとしたならば、どうしても変化という理想そのものだけは頑固に守るよりしかたがない。途中で「単調」という新しい理想に色目を使ったりしてはならないのである。進歩そのものは進歩しえない。ここでついでに、テニソンの詩句を引いても場ちがいではないだろう。彼が少々興奮して、しかし妙に力なく、社会の無限の改変という観念に肩を入れた時、彼が本能的に選んだ比喩が、無限の倦怠に閉じこめられる感覚を表わしているのは面白い。彼はこう書いている。

大いなる世界をして、不変なる変化の輪だちを轟然と
永遠に進ましめよ。

彼は、変化そのものを不変の輪だちと考えたわけである。そして変化は事実そうしたものなのだ。人間が落ちこむ輪だちの中で、変化ほど狭く苦しいものはまずあるまい。

だが、今ここで問題にしているのは、テニソンの詩の巧拙ではない。基準そのものが根本的に変化すると考えるとするならば、過去を考えることも未来を考えることも要するに不可能となる、ということだ。人間の歴史において完全に基準が変化するという理論に従えば、われわれは祖先を敬慕する喜びを奪われるばかりではない。当世流行の、もっと貴族的な楽しみ、祖先を馬鹿にするという楽しみまで奪われることになる。

以上、思想を破壊する現代の思想をかいつまんで概観してきたわけだが、もう一つ忘れてはならない大事な流派が残っている。プラグマティズムである。ただし、プラグマティズムが一から十までみな悪いというのではない。現に私自身、本書で、真理に到る第一歩の導きとしてプラグマティックな方法を使ってきたし、また到るところでそれを弁護することにもなるだろう。ただ、この方法を極端にまで用いると、真理の影も形もなくなってしまうことになりかねない。簡単に言えばこういうことである。なるほどプラグマティストも主張するように、見かけの客観的真理なるものが問題のすべてではない。人間の精神に必要なある種のことは、推論以前の前提としてまず信じてかからなければ何事も始まらぬ。ここまでは私も同意できる。ただ私は、こういう必要事の一つが、まさしく客観的真理を信ずることにほかならぬと考えるのだ。プラグマティストの主張によれば、人間は考えねばならぬことだけを考えればよろしい、絶対者などは気にしなくてよろしい、という。けれども実は、人間が考えねばならぬことの一つは、まさしく絶対者のことにほかならぬのである。この哲学は、実際、いわば一種の言葉の上での逆説である。プラグマティズムは人間の現実的必要を問題にする。けれども、人間の現実的必要の第一は、単なるプラグマティスト以上のものになることなのだ。プラグマティズムは唯物論的運命論をはげしく攻撃するが、しかし極端なプラグマティズムは、運命論と同様に非人間的となる。運命論者は——彼らの名誉のために一言しておくが、彼らは人間的であろうとは初めから企てもしていないけれども——人間の現実的な決断の意味を無意味にする。プラグマティストは——断じて人間的たらんとすると自称しているけれども——人間の現実的な事実の意味を無意味にするのである。

　今まで論じてきたことを要約すれば、まずこういうことになるだろう。もっとも現代的な哲学は、単に狂気の気味があるだけでなく、自殺狂の気味があるということだ。懐疑の専門家は、人間の思考の限界に頭をぶつけ、そして頭はもう割れてしまっているのである。正統派の人びとの警告にしても、進歩派の高言にしても、自由思想の危険なきざしなどを論じているかぎり、まったく間が抜けてしまうのはこのためである。今日われわれの目にしているのは、自由思想の成長期であるどころか、実は自由思想の老年期であり、最後の崩壊の相であるからだ。司教様がたや信者のお偉がたの皆様が、もし懐疑論が行き着くところまで行けばどんな恐ろしいことになることか、などと論じてみたとて始まらぬ。現にもう行き着くところまで行きつくしているのである。雄弁な無神論が声高に、もし自由思想が始まればいかに偉大な真理が明らかにされるだろう、などと言ってみたとてラチもない。始まるどころか、もう終わってしまっている。もう懐疑しようにも懐疑するべきものがない。自分自身を懐疑してしまったのだから。どれほど荒唐無稽な空想をたくましくしてみても、自分には自分というものがあるのかどうか、市民がみんな自分で疑っている都市などという以上の荒唐無稽はありえまい。どんなに懐疑的な世界を想像してみても、世界なるものがあるのかどうか、みんなが懐疑している世界にはかなうまい。今でもイギリスがキリスト教国であるというような馬鹿な見せかけをやめて、瀆神行為を処罰するなどという間の抜けたことさえやめていれば、自由思想はそんな僅かの抵抗さえも受けないで、それだけ早く確実に破産に到達していただろう。だが、いずれにしても破産は時間の問題だった。攻撃的な無神論者は今でも迫害を受けている。不当なこと言うべきである。けれどもそれは、彼らが昔の少数派だからであって、今日の少数派であるからではない。自由思想はみずからの自由をすでに使い果たしてしまっている。自分の成功にもう厭気がさしている。もしまだ今でも熱烈な自由思想家がいて、思想の自由を黎明と見なして歓呼しているとするならば、彼はまさにマーク・トウェインに出てくるあの男にほかならぬ。毛布にくるまって日の出を見ようと起き出して来てみれば、何のことはない、ちょうど日の入りに間にあったというあの男である。もしまだ今でも怖れをなした神学生がいて、自由思想の闇が世をおおえばどんな恐ろしいことになるだろう、などと言っているとすれば、ベロック氏の高らかに力強い言葉を借りてこう答えてやればよい。「こういう勢力の増大に願わくば心を悩まさずにいて頂きたい。すでに崩れつつある勢力にすぎぬからだ。今は夜の何時であるか、君は勘ちがいをしているらしい。今はもう朝なのだ」。もうこれ以上問われるべき疑問は残っていない。いちばん暗い谷底にも、いちばん荒涼とした山の峰でも、疑問の探索はすべて終わった。もうこれ以上は、見つけようにも見つけるべき疑問はない。今はもう疑問を探すのはやめるべき時が来た。回答を探すべき時が来たのだ。

もう一つ付け加えておくべきことがある。私は今、本書のいわば第一部として、現代思想のマイナス面をスケッチしているわけだが、その最初にこう書いた。つまり、今日の精神的破綻をもたらしているのは、理性の暴走であって想像力の暴走ではないのだ、と。高さ一マイルの銅像を作るからといって気ちがいにはならないが、その銅像が全部で何インチ平方になるのか、いちいち考えていたのでは気ちがいになる、というわけだ。ところで現代の思想家の中には、このことに気がついて、この発見に飛びつき、世界の健康を異教的信念によって回復しようとする一派がある。理性は破壊する。だが彼らが言うには、意志は創造する。究極の権威は、理性ではなくて意志にあるという。つまり、もっとも重要な問題は、なぜ人間が何かを求めるかという点ではなく、人間が何かを求めるという、その事実そのものだというのである。この意志の哲学の系譜を詳しくたどり、その性格をつぶさに詳述する余裕は今はない。ともかくこれが、ニーチェからきていると考えて大過なかろう。ニーチェはいわゆるエゴイズムの哲学を説教した。だがこれはいかにも無邪気というほかない。なぜならニーチェは、エゴイズムを説教することでまさしくエゴイズムを否定しているからである。何かを説教するということは、何かを他人に与えるということである。エゴイストは人生を仮借ない戦いと見るはずだ。ところがエゴイストたるニーチェは、その戦いで自分の敵となるはずの人間に、ご苦労千万にも十分な訓練を与えてやろうとするのである。利己主義を説教することは利他主義を実践することにほかならぬ。だが、エゴイズムの起源はともかくとして、この哲学が当今の文学で一つの流行をなしていることは争えない。この思想を信奉する連中が持ち出す最大の論拠は、自分たちは思想家ではないということだ。自分たちは行動家だというのである。決断そのものが無上の一事だというのである。たとえばバーナード・ショー氏がこれだ。彼は、人間の行為を判断するのに、幸福でありたいという願望を基準にするのは旧式の謬見だと主張する。人間は幸福を求めて行動するのではなく、ただ意志によって行動するのだと彼は言う。「ジャムはうまい」と言うのは誤りで、「私はジャムを意志する」と言うのが正しいというわけだ。ほかの連中は、彼自身よりもっと熱狂的に彼の哲学に追随している。たとえばジョン・デイヴィドソン氏は、なかなかの詩人なのだが、きわめて熱烈にこの説に熱狂して、お陰でわざわざ散文を書き出す始末である。いくつかの長大な序文をつけて短い戯曲を発表したのだ。ショー氏の戯曲は長い序文がついているので有名だが、しかしショー氏の場合にはこれはごく当然の理屈である。なぜなら、彼の戯曲自体が序文にほかならないからだ。思うにショー氏は、生まれてこのかた一度も詩を書いたことのない地上唯一の男ではないか。けれども、デイヴィドソン氏は結構な詩の書ける人物である。ところがこの人物が、意志の哲学を弁護するために、艱難辛苦、長たらしい哲学論文を書くというのだから、いかにこの哲学が人びとをとりこにしているか、ほぼ想像もつこうというものだ。H・G・ウェルズ氏さえ、少々この派の用語を借用しているくらいである。つまり、彼が言うのは、人間の行為を判断する場合、われわれは思想家としてではなく、芸術家のごとくなければならぬ。たとえば、「この曲線は正しいと感ずる」とか、「この直線はこうなるべきだ」などと言うべきだというのである。みなさん少々興奮の態でいらっしゃる。それもそのはずだろう。意志こそ無上の権威だとするこの哲学に従えば、宿命的な理性の独房から脱出できると信じているからだ。ついに待望の逃げ道ができたと信じているからだ。

けれども、実は逃げ道などどこにもない。単なる意志の讃美は、単なる論理の追求同様、破綻と虚無に終わるしかない。徹底した思想自由が思想そのものの懐疑に到るのとまったく同様、単なる意志を良しとすれば実は意志そのものを麻痺させることに到り着くのだ。バーナード・ショー氏は気がついていないけれども、彼の提唱する意志による判断と、昔ながらの幸福を基準とした実利的な判断との間には、たしかに一つの本質的な相違が存在する（なるほど、昔ながらの基準は泥くさいし、誤解されることも少なくはないのだが、それでも二つの基準が根本的にちがっていることには変わりがない）。幸福の基準と意志の基準との真の相違は、要するに、幸福の基準は基準だが意志の基準は基準にならぬということだ。たとえばここに、一人の男が崖から身を躍らせて跳んだとする。この行為が幸福を目ざしたものであるかどうかは論ずることができるけれども、意志にもとづくものかどうかは論じることができかねる。あんまり当然のことであるからだ。ある行為を賞めようとする場合、真実発見の喜びを求めた行為であるとか、霊魂救済の苦しみを求めたものだとか言うことは可能である。しかしある行為を賞めるのに、それが意志を示していると言ったところで意味をなさぬ。それはつまり、それが行為であると言っていることでしかないからだ。意志を讃美してみても、二つの行動のうちどちらがよいか、決断を下すには何の役にも立ちはしない。ところが実は、二つの行動のうちどちらがよいか、その決断を下すということこそ、まさに彼らの讃美する意志というものの本質であるはずなのだ。

意志の崇拝は意志の否定にほかならぬ。単なる決断を讃美することは決断を拒否することである。バーナード・ショー氏が私のところにやって来て、「何かを意志せよ」と言ったとする。それはつまり、「君が何を意志しようが私には関心がない」というのと同じことだ。ということはつまり、「私はその問題には何の意志もない」というのと同じことである。一般論として意志を賞讃することなどはできるわけがない。意志の本質はその個別性にあるからだ。デイヴィドソン氏のような秀才のアナーキストは、世間一般の道徳などというものに我慢がならず、そこで意志という新しいお題目を担ぎ出してくる。何でもよろしい、何かを意志せよというご託宣である。とにかく人類が何かを意志すればそれでよいとおっしゃるのだ。しかし人類は現にある物を意志している。実は世間一般の道徳というものを意志しているのだ。彼は法に反逆して、何かを意志せよとわれわれに迫るのだが、われわれ自身はすでに何かを意志ずみだ。その何かとは、彼が反逆しているまさにその法にほかならぬ。

意志の崇拝者たちはすべて、ニーチェからデイヴィドソン氏に到るまで、実はまったく意志を欠いている。彼らには意志するということができない――いや、ほとんどその意欲さえもない。その証明が欲しいと言うのなら、しごく簡単に見せて進ぜよう。ただ次の事実さえ見ればよろしい。彼らは意志というものを、何か拡大するもの、何かを破って出て行くもののように語っているが、これはまったく逆なのだ。意志の行為はことごとく自己限定の行為である。ある行動を望むとは、すなわちある限定を望むことなのだ。この意味で、あらゆる行為はすべて自己犠牲の行為にほかならぬ。何物かを選ぶとは、他の一切を捨てることである。この派の論客は、いつも結婚という行為に反対してきたが、これは実はすべての行為に反対することだ。あらゆる行為は取り返しのつかぬ選択であり、それ以外のあらゆるものを除外することであるからだ。一人の女と結婚するということは、他の一切の女を諦めるということである。それとまったく同様に、ある一つの行動を取るということは、つまり他の一切の行動を諦めるということにほかならない。英国王になったならば、ブロンプトンで市長の露払いになることは諦めなければならぬ。ローマに行けば、ウィンブルドンの快適な暮しは犠牲にするほかない。意志を崇拝するアナーキスト連中が、実に無意味にひとしい妄言しか吐けぬことが多いのは、意志には本来この否定的な面、限定の面のあることを知らぬからにほかならぬ。たとえば、デイヴィドソン氏のおっしゃるには、われわれは「汝……すべからず」などという戒律はよろしく無視すべきであるという。しかしどう見ても明らかなのは、「汝……すべからず」は、「われ……を欲す」と切っても切れない関係にあるということだ。「われロンドン市長の就任行列に赴かんと欲す、ゆえに汝われを押しとどむべからず」ということである。アナーキズムの命ずるところに従えば、人間はみな勇気ある芸術家であるべきであって、法則とか限定などには一顧も与えるべきではないという。しかし芸術家でありながら法則や限定を顧慮しないことは要するに不可能である。芸術とは限定である。絵の本質は額縁にある。キリンを描く時は、ぜひとも首を長く描かねばならぬ。もし勇気ある芸術家の特権を行使して、首の短いキリンを描くのは自由だと主張するならば、つまりはキリンを描く自由がないことを発見するだろう。事実の世界に一歩足を踏みこむことは限定の世界に一歩足を踏みこむことにほかならぬ。法則が外部から与えられたものであり、偶然のものであるならば、法則から事物を解放することも自由であるかもしれないが、その事物に本来そなわる法則からその事物を解放することは自由とは言いかねる。お望みとあらば、虎を檻から解放するのは自由であろう。しかし虎をその縞から解放するのは自由ではない。ラクダをその瘤の重荷から解放するのはよしたほうがよい。ひょっとするとラクダをラクダであることから解放することになりそうだ。民衆をアジるのはいいとしても、三角形に向かってその三角の牢獄から脱走せよとアジるのはやめたほうがよい。三角の牢獄を脱け出たとたん、三角形の命も哀れ一巻の終りとなる。たしか『愛の三角関係』という書物があったと思う。読んだことはないが、しかしもし三角を愛するとしたら、それは三角の三角性を愛することであることだけは確実だろう。このことは、芸術的創造の場合特に確実なことである。そして芸術的創造は、ある点で、純粋な意志というもののもっとも決定的な実例なのである。芸術家は自己の与えられた限定を愛する。芸術家が相手にするその物自体が限定である。画家はカンヴァスが平板であることを喜ぶ。彫刻家は粘土が無色であることがうれしいのだ。

私の論点がまだよく呑みこめぬというかたがたのために、今度は歴史上の実例を借りて説明してみてもよい。フランス革命が本当に英雄的で決然たるものとなりえたのは、ジャコバン党が明確で限定された目的を意図していたからである。彼らは民主主義の自由を求めたが、同時に民主主義の禁制をすべて求めることも忘れなかった。彼らは投票権を求めたが爵位を求めはしなかった。共和主義には、ダントンやウィルクスに見られる解放の側面と同時に、フランクリンやロベスピエールに見られる禁欲的側面も持っていたのだ。だからこそ彼らは、明確な実体と輪郭を持った成果を作り出すことができたのだ。つまり、公明にして正大な社会的平等と、フランス農民の経済的繁栄という成果である。しかしそれ以後というものは、ヨーロッパの革命思想は衰弱し、なんらの具体的な事業も提唱していない。どんな具体的な事業にも限定があるが、彼らはその限定から尻ごみしているからである。自由主義は自由放任主義に堕落し去った。「革命する」という動詞を、本来の他動詞から自動詞に変えようとしてきたのだ。ジャコバン党は、みずからが反逆しようとするその当の相手の体制を明確に示したばかりではない。もっと重要なことだが、みずからが反逆しようとはしていない体制、みずからの信ずる体系を明らかにもした。ところが新しい反逆者の連中は懐疑家であり、何事も完全に信ずるものは一つとしてない。彼らは何事にたいしても忠誠を持たず、したがって真の革命家となることはたえてできない。あらゆるものを懐疑するという事実自体、何事かを否定しようとする時その障害となるのだ。なぜならば、あらゆる否定は何らかの道徳体系を必要とする。ところが現代の革命家は、みずからが否定する相手の体制を否定するばかりではなく、その否定の根拠となるべき価値体系そのものまで否定するからだ。たとえば彼らは、女性蔑視は女性の純潔にたいする侮辱だと攻撃しながら、他方ではセックスの自由を主張して、みずから女性の純潔を侮辱する。一方ではハーレムを攻撃し、娘どもが身を売ることを非難しながら、他方では口やかましい世間を攻撃し、娘どもが身を守ると言って非難するというわけだ。政治家としては、戦争は生命の浪費だと声を大にして糾弾しながら、哲学者としては、すべて生命は時間の浪費だと糾弾して平然としている。あるいはたとえばロシアのペシミストは、警官が百姓を虐殺したと言って憤然としておきながら、一方深遠きわまる哲学的原理から推論して、その百姓はもともと自殺してしかるべきだったなどと宣う次第である。結婚などはすべからく反古にすべしと言った口の下から、今度はまた、ご乱行の貴族が結婚を反古にするのはけしからんと憤激する。国旗などは子供だましの玩具だと言った舌の根も乾かぬうちに、ポーランドやアイルランドを植民地にするのはもっての外、ただちに住民に国旗を返せと息まくという始末。この派の連中の前後矛盾ぶりたるや、朝に政治集会に参加して、未開人が野獣にひとしい扱いを受けていると非を鳴らし、さて夕には山高帽にコウモリ傘をたずさえて科学講演会に出席し、未開人は事実上野獣にひとしいことを立証するという有様である。要するに現代の革命家の先生がたは、底知れぬ懐疑家であるからして、いつでも自分の立場の足場を自分で打ち壊すことに躍起になっているのである。政治論では、人間が道徳を踏みつけにしていると攻撃しながら、倫理論では、道徳が人間を踏みつけにしていると攻撃する。だから現代の反逆者は、実際あらゆる意味で反逆者の用をなさなくなっている。あらゆるものに反逆することで、何らかのものに反逆する権利まで失ってしまっているのだ。

もう一つ付け加えておこう。今日では、雄々しく恐るべきタイプの文学、殊に諷刺にも、この同じ虚無と破産が認められる。諷刺は時に狂おしくアナーキックになることもある。しかしその前提には、物の上下についてある共通の基準がなければならない。往来の悪童どもが、ある高名なジャーナリストの太鼓腹を笑う時、彼らは無意識にギリシア彫刻を基準にしているのである。大理石のアポロと引きくらべて笑っているのだ。今日の文学から不思議に諷刺が姿を消したのも、ほかでもない、雄々しく戦うべき原理がなくなって、雄々しい行動一般が姿を消したその一例なのである。ニーチェには、生まれながらの嘲弄の才能があったらしい。哄笑することはできなくても、冷笑することはできたのだ。しかし彼の諷刺には、何か肉体を欠いた、実体感のなさとも言うべきものがある。その理由は単純である。要するに彼の諷刺の背後には、世間一般の道徳という巨大な実体が存在しないからである。彼自身が、彼の攻撃した何物にもまして馬鹿馬鹿しいのだ。しかしながらニーチェは、実際、実体を持たぬ観念的暴力主義全体の失敗を、いかにも端的に代表する典型と言っていいだろう。彼は晩年脳軟化症にとりつかれたが、これは単なる肉体的な偶発事ではない。かりにニーチェ自身が痴呆症に陥らなかったとしても、ニーチェ主義はかならずや痴呆症に陥るほかはないからだ。孤立した傲慢な思考は白痴に終わる。柔かい心を持とうとせぬ者は、ついには柔かい脳を持つことに到りつくのである。

こうして、主知主義を脱出しようとする最後の足掻きも、結局あえなく主知主義に到りつき、したがって死に終わる。包囲突破作戦は失敗に帰したのである。無法を崇拝するアナーキズムも、法則を崇拝する唯物論的決定論も、同じ虚無に終着するのだ。ニーチェは目もくらむ山々によじ登って、結局チベットに姿を現わす。この無と涅槃の国に到着して、彼はトルストイの傍に腰を下すのだ。二人の巨人はともにまったく途方に暮れている。一人は何物にも取りすがってはならぬために、一人は何物も取り逃がしてはならぬために、二人は何物もなすところを知らぬのである。トルストイの意志を凍結させているのは、何らかの行動を起こすことはすべて悪だという仏教的本能である。ニーチェの意志を同様にまったく凍結させているのは、何らかの行動を起こすことはすべて善だという彼の思想である。二人は十字路に立っている。一人はあらゆる道を憎み、一人はあらゆる道を好む。その結果はどうなるか。それを想像するのはそうむずかしくはない。読者のご想像にまかせよう。要するに十字路で途方に暮れたのだ。

さて、ようやくこれで、有難いことに、本書の第一部、いちばん退屈な部分が終わった。現代思潮概観の部分である。これ以後、私は、読者には興味がないかもしれないが、少なくとも私には興味のある人生観を語る仕事に取りかかるわけだ。このページを終える今、私の前には、参照のためにひっくり返してきた現代思想の書物が山と積まれている。明敏な頭脳の生み出した瓦礫の山だ。今この山を後にして旅立って行く私には、現代思想の混乱ぶりが、まるで気球から眺める地上の景色さながら、手に取るようによく見える。気球から見おろせば、二つの列車が一つのポイントに向かって驀進して来て、まさに衝突は避けがたい有様がありありと見えるにちがいない。現代思想の鳥瞰図にも、同じくまさに避けがたい衝突がありありと見て取れる。ショーペンハウエルとトルストイの哲学、ニーチェとショーの思想が轟音とともに今まさに衝突しようとしている。同じ一つの地点、精神病院の虚無を目ざしてつっ走っているからだ。狂気とは、知的無力に帰着する知的活動であると定義することができるだろう。そして現代思想は今まさにその終着駅に到着寸前のところまで来ている。自分がガラスだと思いこんでいる人間は、思考の破壊のために思考していると しか言いようがない。ガラスは思考できないからである。同じことなのだ。何物も拒否すまいと意志する者は、意志の破壊を意志する者にほかならぬ。なぜなら、意志とは何物かを選択することであるばかりでなく、他のほとんど一切を拒否することでもあるからだ。こうした明敏で優秀で、退屈で無益な書物をあれこれひっくり返しているうちに、ある一つの題名がふと私の目を引きとめた。『ジャンヌ・ダルク』、アナトール・フランス著。一目見て、すぐルナンの『キリスト伝』を思い出した。どちらも、うやうやしげな不可知論者共通の不思議な手法を駆使している。事実にもとづく超自然的な物語の真実を曇らせるために、何の事実にももとづかぬ自然的な物語を語って聞かせようという魂胆だ。聖人の行為を信じないからこそ、聖人の感情は正確に理解できるような顔をするのだ。しかしこの二冊の名を挙げたのは、別に文句をつけるのが目的というわけではない。実はこの二つの名前が結びついた時、私の胸には驚くべき正気の姿がまざまざと呼び起こされ、目の前の書物の山などことごとく吹き飛ばしてしまったからである。ジャンヌ・ダルクは十字路で途方に暮れてなどいなかった。トルストイのようにすべての道を拒否することもなく、ニーチェのようにすべての道を良しとすることもなかった。彼女はただ一つの道を選び、電光のようにまっしぐらに突き進んで行ったのだ。けれどもジャンヌは、彼女のことを改めてよく考えてみれば思い当たるのだが、トルストイの思想にせめても発見できる真実も、ニーチェの思想にせめても発見できる真実も、すべて彼女自身のうちに兼ねそなえていたのである。いや、真実とまで言わずとも、ともかくもトルストイについて許すべき点、ニーチェについて許すべき点、そのどちらもジャンヌは二つながら兼ねそなえていた。トルストイにおいて気高いと考えるべき点とは何か。素朴な物事に喜び、殊に素朴な憐れみを喜ぶということ。地上の日常のくさぐさの事物にたいする愛、貧しい人びとにたいする尊崇、謙虚の尊厳にたいする敬意——そういう点であろう。ジャンヌはこれらすべてを持っていた。そればかりではない。これに加えてもう一つ、重大なものを持っていた。彼女は貧困を賞讃したばかりではない。みずから貧困に耐えたのである。これに比べれば、トルストイはただ、貧困に幸福の秘訣を見つけようとした貴族のよくある例の一つにすぎない。ではあの哀れなニーチェの、勇気と誇りと悲壮感はどうだろう。現代の虚脱と怯懦にたいする彼の反逆はどうだろう。危険の拮抗のさなかにのみある恍惚、雄々しい軍馬の驀進、戦場の雄叫び——そういうものを渇望したニーチェの勇猛心はどうだろう。言うまでもない。ジャンヌはこれらすべてを持っていた。そればかりではない。またしても大きな相違が残っている。彼女は戦いを賞讃しただけではなく、みずから戦い抜いたのだ。彼女が大軍をも怖れなかったことを、われわれは事実知っている。しかしわれわれの知るかぎりでは、ニーチェは乳牛さえも怖れたのだ。トルストイは百姓を讃えたにすぎぬ。ところが彼女は自身百姓だった。ニーチェは戦士を讃えたにすぎぬ。ところが彼女は自身戦士であった。トルストイの理想はニーチェの理想と衝突するが、ジャンヌはその両方の理想を共に実践し、二人を同時にやっつけたのだ。やさしさにおいてトルストイにまさり、猛々しさにおいてニーチェを打ち負かしたのである。同時に彼女は完璧な現実家で、たしかに何事かを成し遂げた。ところが二人はあられもない夢想家で、たしかに何事もなしえなかった。改めて思い当たるところがある。彼女と、彼女の信仰には、生きて働く道徳的統一があったにちがいない。だが、その秘密は今は喪われてしまっているのだ。この思いにつれてもう一つ、さらに大きな思いが私の胸に湧く。そして、ジャンヌのつかえたあの大いなる方(かた)の巨大な御姿が、私の心の劇場に登場なさるのだ。現代の小ざかしい思想が邪魔をして、アナトール・フランスの伝記の主人公を曇らせてしまったが、その同じものが邪魔となって、ルナンの伝記の主人公もまた曇らされてしまっている。ルナンもまた、彼の主人公の慈悲と怒りとを、まったく別個のものとして扱っている。エルサレムでの正義の怒りさえ、ルナンの手にかかると、単なる精神の錯乱として描き出され、牧歌的なガリラヤで思い描いた平和を裏切る行為だということになる。これではまるで、人間性を愛することと非人間性を憎むこととが矛盾すると言うようなものではないか。利他主義者たちは、か細く力弱い声をあげて、キリストは利己主義だと非難する。一方、利己主義者たちは、もっとか細く力ない声をあげて、キリストは利他主義者だと非難する。今日のような思想的な情況であってこそ、こんな無理解な攻撃も理解できるというものだ。真の英雄の愛は、暴君の憎悪などよりはるかに恐ろしいものだ。真の英雄の憎悪は、博愛主義者の愛などよりもはるかに心寛やかなものである。巨大で英雄的な正気はたしかに存在する。ただ現代人は、その断片を拾い集めることしかできぬというだけだ。巨人はたしかに存在する。ただわれわれに見えるのは、その腕や脚が切り離され、一人歩きしている姿だけなのだ。人びとは、キリストの魂を愚劣な断片に切り刻み、一つ一つに利己主義だの利他主義だのとレッテルを貼りつける。そうしておいて人びとは、キリストの超人的な壮大と超人的な謙虚にこもごも困惑しているという始末である。人びとはキリストの衣服を分けあい、籤を引いて自分の取り分を決めたのだ。しかしこの衣は、上から下までひとつづきで、一条の縫目も切れ目もないことを彼らは知らぬのである。

4

おとぎの国の倫理学

店の主人が小僧の理想主義に小言を言う場合、こんなふうに話すのがまず普通というものだろう。「ああ、なるほど、若い時分には、とかく絵にかいた餅みたいな理想を持つものだ。しかし中年になるとな、そんなものはみな霧か霞のように消えてなくなる。その時になれば人間は、現実政治のかけ引きを信じるようになり、今使っているカラクリで間に合わせ、今あるとおりの世の中とつき合って行く術をおぼえるものさ」。少なくとも私自身が聞かされた小言はこんなものだった。尊敬すべきご老体が、変に恩に着せるような物腰で（今は立派に墓に眠っていらっしゃるが）、子供の私にいつもこう言い聞かせたものである。けれども今こうして自分も大人になってみると、あの愛すべきご老体は実は嘘をついていたことを私は発見したのである。実際に起こったことは、ご老人が起こるだろうと言ったこととは正反対であったのだ。私は理想を失って、現実政治のかけ引きを信ずるようになると言われたが、今の私はいささかも理想を失ってなどいはしない。それどころか、人生の根本問題にたいする私の信念は、かつて抱いていた信念と寸分も変わってはいないのである。私が何かを失ったとするならば、それはむしろ子供の時に持っていた現実政治にたいする無邪気な信頼のほうなのだ。私は今でもかつてと少しも変わらず、世界の終末に国々の間で起こるというハルマゲドンの戦争には深い関心を持っている。けれども、たかが英国の総選挙にはもうそれほどの深い関心は持てない。赤ん坊のころには、総選挙と聞いただけで母親の膝に跳び上がったのも嘘のようである。そうなのだ。いつでも堅固で頼りになるのは直観なのだ。直観こそは一個の事実である。嘘っぱちであることが多いのはかえって現実のほうである。かつてと同じく、いや、かつてないほど深く、私は自由主義を信じている。だが、自由主義者を信じていたのは、かつてバラ色の夢に包まれて生きていた無邪気な昔だけだったのだ。

理想がけっして消えてはなくならぬ一つの実例として、自由主義にたいする私の信念を持ち出したのだが、これには実は一つの理由があったのだ。私の思索の根をたどるにあたって、この信念はどうしても無視するわけにはゆかぬ、というのも、おそらくこれが私の唯一の偏見とも言うべきものだからである。これ以外に、私が明確な理念として抱いてきた前提は一つもない。私は自由主義の教育を受け、いつでも民主主義の原則を信じてきた。つまり、人間が人間自身を治めるという自由主義の大原則である。こんな定義はあまりにも漠然としているとか、あまりに陳腐だと言う読者もあるかもしれない。そういう読者にたいしては、ごく簡単に、私の言う民主主義の原則とは何かを説明しておこう。それは二つの命題に要約できる。第一はこういうことだ。つまり、あらゆる人間に共通な物事は、ある特定の人間にしか関係のない物事よりも重要だということである。平凡なことは非凡なことよりも価値がある。いや、平凡なことのほうが非凡なことよりもよほど非凡なのである。人間そのもののほうが個々の人間よりはるかにわれわれの畏怖を引き起こす。権力や知力や芸術や、あるいは文明というものの驚異よりも、人間性そのものの奇蹟のほうが常に力強くわれわれの心を打つはずである。あるがままの、二本脚のただの人間のほうが、どんな音楽よりも感動で心を揺すり、どんなカリカチュアよりも驚きで心を躍らせるはずなのだ。死そのもののほうが、餓死よりもっと悲劇的であり、ただ鼻を持っていることのほうが、巨大なカギ鼻を持っているよりもっと喜劇的なのだ。

民主主義の第一原理とは要するにこういうことだ。つまり、人間にとって本質的に重要なことは、人間がみな共通に持っているものであって、人間が別々に持っていることではないという信条である。では第二の原理とはどういうことか。それはつまり、政治的本能ないし欲望というものが、この、人間が共通に持つものの一つだということにほかならぬ。恋に落ちるということは、詩作にふけることよりもっと詩的である。民主主義の主張するところでは、政治（あるいは統治）はむしろ恋に落ちるのに似ていて、詩作にふけることなどには似ていないというのである。似ていないと言えば、たとえば教会のオルガニストになるとか、羊皮紙に細密画を描くとか、北極の探険とか（飽きもせずに相変わらず跡を絶たないが）、飛行機の曲乗り、あるいは、王立天文台長になることとか——こういうことはみな民主主義とは似ても似つかぬ。というそのわけは、こういうことは、うまくやってくれるのでなければ、そもそも誰かにやって貰いたいなどとは誰も思わぬからである。民主主義が似ているものはむしろ正反対で、自分で恋文を書くとか、自分で鼻をかむといったことなのだ。こういうことは、別にうまくやってくれるのでなくとも、誰でもみな自分でやって貰いたいからである。しかし、誤解しないでいただきたい。私が今言わんとしているのは、自分の恋文は自分で書くとか、自分の鼻は自分でかむとか、そういうことが正しいとか正しくないとかいうことではないのである。現代人の中には、自分の奥さんを選ぶにも科学者に選んでもらうという人のあることは私といえども知っている。そして私の知るかぎり、遠からずこの連中は、鼻をかむにも看護婦にかんでもらうことになるらしい。私が今言わんとしているのは、ただこういうことだけだ。つまり人間は、人間に普通の人間的な仕事があることを認めており、そして民主主義に従えば、政治もその普遍的活動の部類に入る、ということである。要するに民主主義の信条とは、もっとも重要な物事は是非とも平凡人自身に任せろということにつきる。たとえば結婚、子供の養育、そして国家の法律といったことがらだ。これが民主主義である。そして私はその信条をいつでも信じつづけてきたのである。

けれども、若いころから私には一度も理解できないことが一つある。民主主義は、どういうわけか伝統と対立すると人は言う。どこからこんな考えが出てきたのか、それが私にはどうしても理解できぬのだ。伝統とは、民主主義を時間の軸にそって昔に押し広げたものにほかならぬではないか。それはどう見ても明らかなはずである。何か孤立した記録、偶然に選ばれた記録を信用するのではなく、過去の平凡な人間共通の輿論を信用する――それが伝統のはずである。たとえば、カトリック教会の伝統に反対して、誰かドイツの歴史家の学説を採用する男がいたならば、彼の立場は厳格な貴族主義だと言わねばならぬ。なぜならそれは、大衆の畏敬すべき権威に敵対して、たった一人の専門家の権威を優越させる立場だからである。なぜ伝説のほうが歴史書より尊敬され、また尊敬されねばならぬのか。その理由は容易に理解できる。伝説はどこでも、村の正気の大衆によって作られる。ところが書物はふつう、村のたった一人の気ちがいが書くものだからである。過去の人間は無知であったなどという伝統否定論は、保守党のクラブへでも行ってぶてばよろしい。ついでにもう一つ景気をつけて、貧民窟の選挙民は無知であるとぶち上げるのもご随意であろう。だが、われわれにはそんな議論は通用しかねる。現今の諸事雑事を問題にする場合、いやしくも平凡人の一致した意見を重視するのであれば、歴史や伝説を問題にする場合、いやしくもそれを無視すべき理由はない。つまり、伝統とは選挙権の時間的拡大と定義してよろしいのである。伝統とは、あらゆる階級のうちもっとも陽の目を見ぬ階級、われらが祖先に投票権を与えることを意味するのである。死者の民主主義なのだ。単にたまたま今生きて動いているというだけで、今の人間が投票権を独占するなどということは、生者の傲慢な寡頭政治以外の何物でもない。伝統はこれに屈服することを許さない。あらゆる民主主義者は、いかなる人間といえども単に出生の偶然によって権利を奪われてはならぬと主張する。伝統は、いかなる人間といえども死の偶然によって権利を奪われてはならぬと主張する。正しい人間の意見であれば、たとえその人間が自分の下僕であっても尊重する――それが民主主義というものだ。正しい人間の意見であれば、たとえその人間が自分の父であっても尊重する――それが伝統だ。民主主義と伝統――この二つの観念は、少なくとも私には切っても切れぬものに見える。二つが同じ一つの観念であることは、私には自明のことと思えるのだ。われわれは死者を会議に招かねばならない。古代のギリシア人は石で投票したというが、死者には墓石で投票して貰わなければならない。これは少しも異例でも略式でもない。なぜなら、ほとんどの墓石には、ほとんどの投票用紙と同様、十字の印がついているからである。

　だから、私はまず最初に言っておかねばならぬ。私が今まで何らかの偏向を持ってきたとすれば、それはいつでも民主主義を支持し、したがって伝統を支持する偏向であった。理論的あるいは論理的な論議を始める前に、私はまず、私自身としては民主主義と伝統とを一つものと考えていることをはっきりと認めておく。私が今までいつも変わらず持ちつづけてきた傾向は、日々の仕事に精を出す大衆を信じることであって、私がたまたま末席をけがしている文壇というこの特殊社会の、気むずかしい先生がたを信じる気にはどうもなれないのである。平凡人の空想や偏見のほうが、非凡人の明晰明快な論証よりも私には好ましく見えて仕方がない。平凡人は人生を内側から見ているからだ。ところが非凡の人びとは人生を外側からしか見ていない。ばあさん連中の無駄口のほうが、オールド・ミス連中の陰口よりよほど信用できる――私は今までいつもそう思ってきた。知識が常識を踏まえているかぎり、見た目にどれほど馬鹿げていようとも、けっして良識の大道を踏みはずすことはないのである。

さて、いよいよ私は私の一般的命題を提示しなければならぬ破目になってきた。しかし私はかかるこちたき哲学的論述などぜんぜん訓練を受けたおぼえがない。どうしていいかわからぬが、ともかくだから、私の発見した基本的な考えを三つか四つ、できるだけ私の発見の経緯に即して順々に書き並べてみることにする。それから大ざっぱに統括みたいなことをして、私一個の哲学というか、あるいは自然宗教というか、ともかくそれをまとめてみよう。そしてその次に、私の驚くべき発見のことを書くことにする。一切はすでに発見されてしまっていたという発見である。一切はキリスト教によってすでに発見されていたのである。だが、こういう深遠玄妙不可思議の信念の発見を順々に物語って行くとして、その第一の問題となったのが、実はつまり大衆の伝統ということであったのだ。今まで民主主義や伝統のことを説明してきたというのも、私の精神的な経験をいささかでも明確にするためにほかならなかったのである。とはいえ、実のところ、はたしてそれを明確にすることが私にできるのかどうか、私自身にも明確な自信があるわけではない。けれども、とにかくこれからやってみることにする。

私の最初にして最後の哲学、私が一点の曇りもなく信じて疑わぬ哲学——私はそれを子供部屋で学んだ。それをおおかた子守りから学んだ。つまり、民主主義と伝統につかえる巫女、厳粛にして抗しがたい女官から学んだのである。当時最も深く信じたもの、そして今も私が最も深く信じているものはおとぎ話なのだ。おとぎ話は、私には完全無欠に理屈にあったものに思われる。おとぎ話は空想ではない。おとぎ話に比べれば、ほかの一切のもののほうこそ空想的である。おとぎ話に比べれば、宗教も合理主義もともにきわめて異常である。ただし、その異常ぶりには相違がある。宗教は異常に正しく、合理主義は異常にまちがっている。おとぎの国とは、陽光に輝く常識の国にほかならない。天を裁くのは地ではなく、むしろ地を裁くのが天であるが、ちょうど同じに、少なくとも私にとっては、妖精の国を裁くのは地上の国ではなく、むしろ地上の国を裁くのが妖精の国であったのだ。私は実際に豆を食べるより前に、まず魔法の豆の木を知っていた。月のことなどよく知らぬうちに、月の兎のことはすでによく知っていた。これは民衆的な伝統とぴったり一致することだった。現代の二流詩人は好んで自然を描き、森や小川を好んで語る。しかし、いにしえの叙事詩人や物語詩人たちは、好んで超自然を描き、小川や林の神々のことを好んで語った。現代流に言えば、これは自然自体を観賞することではないという。なぜかといえば、古代人は自然のうちに神を見たからであるという。愚にもつかぬ屁理屈とはこのことだろう。いにしえの子守たちは、草のことを子供に話したりはしなかった。草に踊る妖精のことを話して聞かせたものである。木を見て森を見ずということがあるが、古代のギリシア人たちは、森の妖精を見て森を見なかったのである。

だが、今の問題は、おとぎ話に育まれることから、どんな倫理と哲学が出てくるかということだ。今それを一つ一つ細かに説き明かしているのであれば、おとぎ話から生まれてくる気高くもすこやかな原理をいくらでも書き記すこともできるだろう。たとえば、「ジャックと豆の木」の勇壮な教訓がある。巨人は巨大であるがゆえに倒さねばならぬという教訓だ。傲慢そのものにたいする雄々しい反逆である。というのも、反逆者はあらゆる王国よりも古い歴史を持ち、王朝にたいする反逆者は、あらゆる王朝の支持者よりも長い伝統を持つのである。それから「シンデレラ」の教訓がある。聖母讃歌(マグニフィカート)と同じ教訓、つまり、「賤しき者は高められた」のである。それから「美女と野獣」の教訓もある。真の愛とは、相手が愛すべきものとなるより前に愛することだという教訓である。「眠れる森の美女」の恐ろしいアレゴリーも忘れてはならない。その教えるところは、人間には誕生の恵みと同時に死の呪いがあるが、しかしその死もやわらげられて眠りと化することもあるという教訓である。しかし今私が問題にしているのは、妖精の国の法律の個々の条文のことではない。その法律の精神全体なのである。その精神を私は、ものをしゃべることもできぬうちから学んだし、そして、ものを書くことができぬ年になっても忘れはしない。私が今問題にするのは、一つの人生の見方なのである。私の心にこの観念を創りあげたのはおとぎ話だが、後になって、しがない現実界の、さまざまな事実もやはりこの観念をおとなしく承服することになった。

その人生観とはいかなるものか。ある種の事件のつながりとか展開とか――つまり、一つのことが起こり、それにつづいて次のことが起こる、その関係には、言葉の本当の意味での合理性があり、言葉の本当の意味で必然的な展開というものがある。たとえば数学的な、あるいは純粋の論理のつながりがそれである。われわれおとぎの国の住人は、あらゆる人間のうちもっとも合理的な人種である以上、そういう合理性、そういう必然性の存在を全面的に承認する。一例をあげれば、もし醜い姉たちがシンデレラよりも年上であるならば、シンデレラが醜い姉たちよりも若いということは、鋼鉄のごとく厳然たる意味において「必然的」である。この必然性を脱れる術はない。宿命論者のヘッケルが、この事実についてどれほど宿命を強調してもさしつかえない。これはまさしく必然そのものである。もしジャックが粉屋の息子であるならば、粉屋はジャックの父親である。宿命の女神は玉座の上から冷然とこれを宣言する。そしてわれわれおとぎの国の住人は諾々としてこの宣言に畏れ従う。もし三人の兄弟が三人とも馬に乗っているとするならば、三人と三頭で動物の数は六、脚の数は全部で十八本になる。これはまことの合理主義というものであり、そしておとぎの国はかかる合理主義に満ちている。けれども、私の背丈も少々伸びて、妖精たちの生垣の上に頭が出るころになり、初めて外の自然界をのぞいて見た時に、そこで実に異様なことが行なわれているのを発見した。眼鏡をかけた学者の先生がたが、現実に起こったさまざまなことを――たとえば、夜明けとか人間の死とかそのほか――まるで必然的で合理的なことであるかのように語っているではないか。まるで、木が実を結ぶのも、二本と一本で木が三本になるのと同じように必然的だといわんばかりの話しぶりなのだ。そんな馬鹿な話はない。おとぎの国の基準から見れば、この二つの事実の間には途轍もないちがいがある。おとぎの国では、すべてを想像力の基準によって判断するからだ。

二本と一本で木が三本にならないなどということは、とても想像することさえできはしない。けれども、木が実を結ばないということは容易に想像することができる。実がなるかわりに、金のローソク台がなったり、虎が尻尾で枝にぶらさがっていたりするというのは十二分に想像できるのだ。眼鏡をかけた先生がたの話には、ニュートンという名前が何度も出てきた。何でも落ちたリンゴが顔に当たって、それで何か法則を発見した大先生だということだ。けれどもこの先生がたには、本当の法則、本当の合理的な法則というものと、単にリンゴが落ちたという事実との間に、どうしても区別をつけて貰うことができなかった。もしリンゴがニュートン先生の鼻に当たったのなら、ニュートン先生の鼻もリンゴに当たったはずである。これが真の必然というものだ。一方が起こって、しかも他方が起こらないなどということは想像もできないからである。しかし、リンゴがそもそも彼の鼻に当たらないということは想像できる。勢よく空中を飛んで行って、もっと嫌いな奴の鼻に当たるということは十二分にありうるからである。われわれおとぎの国の住人は、いつまでもこの二つの間にはっきり区別をつけてきた。一つは精神的な関係の論理であって、これには本当の意味での法則がある。もう一つは物理的な事実の論理であって、ここには法則はぜんぜんなく、ただ気味の悪い繰り返しがあるにすぎない。肉体的な奇蹟は起こりうるが、精神においては不可能事はやはり不可能事だとわれわれは考える。豆の木が天にまで登るということは信じられる。けれども、だからといって、豆が何個と何個で五個になるか、そういう哲学的問題についてまで混乱するということはわれわれにはありえないことなのである。

これこそ、おとぎ話独特の完璧な語り口であり、真実の論理というものだ。科学者は言う――

「茎を切ればリンゴは落ちる」。けれどもその話しかたはあまりに平静で、それはまるで、茎を切るという観念が必然的にリンゴが落ちるという観念と結びついているかのごとくである。ところが、おとぎ話の魔法使いは言う――「角笛を吹けば怪物の城は落ちる」。その声音は科学者とはまるでちがう。この原因から当然この結果が生まれることは決まっているというような言いかたはしない。今までも魔法使いは、もう何度も英雄に同じことを教えてきたにちがいない。そして城が落ちるのを何度でも見てきたにちがいない。しかし彼女は、だからといって驚異の念を失いはしなかったし、正気の頭を失ったりもしなかった。変に頭の中をかき回して、角笛と落城との間に必然的な精神的連関があるなどと、変な結論を引き出したりはしなかった。ところが科学者は大いに頭の中をかき回して、リンゴが木から離れることと、リンゴが地面に落ちることと、この二つのことの間に必然的な精神的連関があるなどと、大いに変な結論を引き出すのである。二つのすばらしい事実を発見したばかりでなく、二つの事実を結びつける法則まで発見したと思っているのだ。二つの不思議なことが、物理的に結びついているからといって、哲学的にも結びついているかのような口ぶりなのだ。一つの不思議なことの後に、いつでももう一つ不思議なことがつづいて起こるから、それで二つの不思議が消えて一つの法則ができると思っている。二つの黒い謎を足すと、一つの白い答が出てくるというのである。

おとぎの国では「法則」という言葉は使わない。ところが科学の国では、みんなこの言葉が特別お気に入りのようである。たとえば、今は死に絶えた昔々の人びとがアルファベットをどう発音していたか、面白い仮説を作って「グリムの法則」と呼んでいる。しかし、グリムのおとぎ話のほうが、グリムの法則よりはよほど理屈として筋が通っている。お話のほうはともかくも話であるが、法則のほうは実は法則でも何でもない。いやしくも法則と言うからには、一般化ということの本質と、法則化ということの本質を正確に知っていなければならないはずである。たとえばこれが、スリは牢屋に入れるべしという法律の場合なら、話はなるほどよくわかる。スリをするという観念と、牢屋に入るという観念との間には、なるほどある種の精神的関連のあることはわれわれにも理解ができる。人の物を自由にする奴は、なるほど自由にさせてはおけぬ道理である。けれども、なぜ卵がヒヨコになるかという問題になると話は少々変わってくる。この問題は、なぜ熊が王子に変わったかという問題と同じくらいむずかしい。純粋に観念として見るならば、卵とヒヨコの関係は熊と王子の関係よりもっと無関係である。卵にはヒヨコを連想させるものは皆無であるのにたいして、王子の中には熊を連想させる例もなくはないからだ。さてそこで、ある種の変身というものが現に起こることは認めるとして、大事なことは、おとぎの国の哲学的方法によってこの変身を見ることである。科学といわゆる自然法則の、まことに非哲学的方法によって見ることは断じて許されない。では、なぜ卵は鳥になり果実は秋に落ちるのか。その答は、なぜシンデレラの鼠が馬になり、彼女のきらびやかな衣裳が十二時に落ちるのか、その答えとまったく同じである。魔法だからである。「法則」ではない。われわれにはその普遍的なきまりなど理解できないからである。必然ではない。なるほど実際には必ず起こるだろうと当てにはできるが、しかし絶対に起こらねばならぬという保証はまったくないからである。普通はそういうことが起こるからといって、それがハックスリーの言うような不変の法則の証明だということにはならぬ。われわれはそれを当然のこととして当てにすることはできない。われわれはそれに賭けているのである。おやつに食べるパンケーキには、いつ毒が入っていないともかぎらない。巨大な彗星がやって来て、いつ地球を粉々にしないともかぎらない。たとえその確率がどれほど小さくても、ともかくわれわれはいつでもその危険を冒して生きているのだ。いつ奇蹟が起こって、当り前のことが当り前のことでなくならないとは誰にも断言できはしない。どんなに小さな確率でも、われわれがいつもその危険に賭けていることは変わらない。われわれが普段はそれを考えないで暮らしているのは、それが奇蹟であり、したがって起こりえないことであるからではなくて、それが奇蹟であり、したがって例外にほかならないからなのである。科学で使う用語はみな「法則」にしろ「必然」にしろ、「順序」にしろ「傾向」にしろ、すべて本当は意味をなさぬ。みな内的な連関、統一を前提にした言葉だが、われわれにはそういうものは本当に理解はできないからである。自然を説明する言葉として、私が納得できた言葉はたった一つしかない。おとぎ話で使う言葉だ。つまり「魔法」という言葉だけである。事実というものが実はいかに気まぐれで、どれほど神秘に満ちたものか、その秘密をつぶさに語ってくれる言葉はこれ以外には一つもない。木に実がなるのはそれが魔法の木であるからだ。水が低きに流れるのはそれが魔法の水だからである。太陽があんなにきらきら光っているのも、実は魔法の力にほかならぬのだ。

もしこれが空想的だとか、さらには神秘的だなどと言う読者があれば、私は断固としてその謬見を否定する。神秘主義のことはまた後で論ずることになるだろうが、今ここで言っているこのおとぎの国の言葉については、それは完璧に合理的であり不可知論的であることをあくまでも強調しておかねばならぬ。私には、物と物とはどこまでも明確に別個のものと見える。鳥が飛ぶことと、鳥が卵を産むこととの間には、何の論理的関係もないとしか考えられぬ。その私の認識を言葉で表現するとすれば、私にはほかの表現はぜんぜん思いもつかないのである。神秘家などということを言うのなら、自分が一度も見たこともない「法則」を云々する連中のほうがよっぽど神秘家と言うべきだ。けれども実は、普通の科学者というのは、厳密な意味で感傷家なのである。単なる連想にひたり、単なる連想に足許をすくわれているという意味で、彼は本質的にセンチメンタリストなのである。鳥が飛ぶのと、卵を産むのとを何度も何度も見たことから、この二つの観念の間には何か必然的な関係があるものと思いこんでしまったわけだが、実は二つの間には何の関係もない以上、彼の「法則」はまるで夢見心地の、他愛のない感傷と言うほかない。捨てられた恋人は月を見るとどうしても失恋を連想しないわけにはゆかない。科学者が月を見て、どうしても潮を連想せざるをえないのも同じことなのである。どちらの場合も実は何の関係もありはしない。たまたま二つのことを同時に見たことがあると言うにすぎない。センチメンタリストは、リンゴの花の香りに涙を流すこともあるだろう。心の奥のひそかな連想の力によって、子供のころのことをそぞろ思い出すからでもあろう。同様に自然科学の大先生は（さすがに涙こそ見せないが）、センチメンタリストであることには変わりがない。心の奥のひそかな連想の力によって、リンゴの花からリンゴの実のことをそぞろ思い出すからである。しかしおとぎの国の冷静そのものの合理主義者は、原則として、なぜリンゴの木に真紅のチューリップが咲いてはならぬのか、その理由はまったくないと考える。事実彼の国では、そういうことも時に現実に起こるからである。

けれども、何物にも先立つこの根本的な驚異の感情は、けっして単におとぎ話に由来する空想というものではない。むしろまったく逆に、おとぎ話のエネルギーは人間の本性に由来しているのである。われわれがみな恋の物語を好むのは性の本能があるからだ。それと同じで、われわれがみな驚異の物語を好むのは、太古以来人間にひそむ驚異の本能を刺激されるからなのだ。その証拠に、ほんの小さな幼児のころには、われわれは別におとぎ話など聞きたがらない。ただのお話で十分なのである。人生そのものが面白くてたまらないのだ。七歳の子供なら、トムが戸を開けたら竜がいた、という話を聞いて面白がる。ところが三歳の幼児なら、トムは戸を開けた、という話だけで面白がる。少年になるとロマンティックな話が好きになるが、幼児はリアリスティックな話が好きなものだ。というのも、幼児にはリアリスティックな話そのものがロマンティックに見えるからである。実際、現代のリアリスティックな小説を読んで聞かせて退屈しないのは、おそらくは幼児だけなのではあるまいか。こういうことから考えてみれば、おとぎ話そのものも、実は、まだ母親のおなかの中にいる時小躍りした驚異の情の反響にすぎないことがわかるのである。おとぎ話でリンゴが金なのは、リンゴが赤いのをはじめて発見した瞬間の驚きを思い出させるためなのだ。川にブドウ酒が流れているのは、驚異の一瞬、川に水が流れていることをみずみずしく再発見させるためなのだ。前にも言ったとおり、これはことごとく合理主義的なことであり、ほとんど不可知論的でさえある。実際この点に関しては、私は最上の不可知論者とまったく意見を同じくしている。不可知論と言えば聞こえも悪かろうが、もっと正しく呼べば大いなる無知である。どんな科学の本にも出てくるが——そしてどんなロマンスにも出てくることだが——自分の名前を忘れてしまった男の話がある。この男、往来を歩きまわり、あらゆるものに目をとめて、そしてあらゆるものに感嘆し、驚異する。ただ自分が誰であるかが思い出せないだけである。実はわれわれは、みなこの男と同んなじことなのだ。みんな自分が誰だか忘れてしまっている。宇宙は理解できても、自己を知ることはできない。自己はどんな星よりもさらに遠い。汝は汝の神たる主を愛すべし、ただ汝自身を知るべからず。われわれはみな同じ精神の災厄にとらわれている。みな自己の名を忘れているのだ。自分が本当は誰であり何者なのか、われわれはみな忘れ去っているのである。常識と言い、理性と言い、現実と言い、実証と言う。けれどもそれが意味するのはただ、われわれの生命のある深い層においてわれわれが死んでおり、われわれが忘れたということさえ忘れているということにすぎぬ。精神と言い、芸術と言い、恍惚と言う。それが意味するところはただ、ある恐るべき一瞬において、われわれは忘れていたということを思い知るということにつきるのだ。

けれども、たとえわれわれが、記憶を失った例の物語の人物と同じように、馬鹿みたいに讃嘆しながら通りを歩いているのだとしても、それがやはり讃嘆であることには変わりはない。それはまさに英語の意味での讃嘆であって、ラテン語の語源のようにただ驚きという意味ではないのだ。つまりこの驚異には厳然として賞讃の意味がふくまれている。そしてこれこそ、妖精の国の旅路に印された第二の里程標にほかならぬ。要するにこれは楽天主義の哲学であるのだが、しかし楽天主義や悲観論の哲学的側面は――哲学的側面などと呼べるほどのものがあるとしての話だけれども――次の章で語ることにする。今ここで私が何とか言語に移し変えようとしているのは、ただ、言語に絶して巨大な感情のことにすぎない。そして、私が経験したもっとも強大な感情は何かと言えば、人生は驚異であると同時に貴重だという感情だったのだ。それは一つの恍惚であった。なぜならそれは冒険だったからである。そしてそれが冒険であったのは、それが一つの偶然であったからだった。おとぎ話には、お姫様より怪獣のほうがたくさん出てくるからといって、それでおとぎ話の楽しさが少しでも少なくなることはまるでなかった。とにかくおとぎの国にいることが楽しかったのである。あらゆる幸福の源は感謝である。そして私は感謝に満ちていたのである。誰に感謝するのか、それはよくわからなかったけれども、それは大した問題ではない。サンタ・クロースが靴下に玩具やお菓子の贈り物を入れてくれると、子供たちはただすなおに感謝する。それならサンタ・クロースが、私の靴下に玩具やお菓子の贈り物を入れてくれると、子供たちはただすなおに感謝する。それならサンタ・クロースが、私の靴下にこの二本の奇蹟的な脚という贈り物を入れてくれた時、私はどうしてすなおに感謝していけない理由があったろう。誕生日のプレゼントに葉巻やスリッパを貰ったら、われわれは贈ってくれた人に感謝する。それなら誕生日のプレゼントに誕生そのものを貰った時、誰にも感謝してはいけない理由がどこにあろうか。

だからつまり、最初にこの二つの感情があったのである。弁護の余地のない、しかし弁駁の余地のない二つの感情である。世界は一つのショックであった。けれども単にショッキングであったばかりではない。生きていること自体が一つの驚きであった。けれどもそれは歓びの驚きだったのである。実際、私がはじめて抱いた世界観を何より的確に言いえているものがあるとすれば、それは、子供の時から私の頭にこびりついて離れぬナゾナゾである。そのナゾナゾはこうである――「最初の蛙は何と言ったか」。答えはこうだ――「ああ、神様。あなたは僕を跳びはねさせました」。私の言わんとすることを、これほど端的に言いつくした言葉はない。神は蛙を跳びはねるものとして創られた。蛙はこの事実の不思議にびっくりして跳びはねたのである。だが、この問題は一応これで片づいたものとして、次に、おとぎの国の哲学の第二原理に移らねばならない。

第二原理などと言うとむずかしそうに聞こえるかもしれないが、グリムの童話集か、アンドルー・ラング氏の蒐集になるあのすばらしい童話集を読めば、誰にでもすぐ合点の行くものである。私にも少々ペダンチックになる贅沢をさせて貰って、私はそれを「条件的歓喜の原理」と呼ぶことにする。『お気に召すまま』の道化役タッチストーンは、「もし」という条件にいかに大きな功徳があるかを述べ立てているが（五幕四場）、おとぎの国の倫理学によれば、あらゆる美徳はすべてこの「もし」の中にある。思い出していただきたい。妖精はいつもこういう言いかたをする――「もし《牛》という言葉さえ言わなければ、あなたは金とサファイアの宮殿にお住みになれます」。あるいは、「もし王女様にタマネギさえ見せなければ、いつまでも王女様と一緒に幸せな暮しができるのです」。魔法の力はいつでもたった一つ、してはならない条件にかかっている。たった一つの小さなことだけが禁じられていて、その条件にさえ破らなければ、目も眩むような壮大なことがみな与えられるのだ。途方もない夢のようなことがみな自由になるのは、たった一つの禁止の条件次第なのである。妖精と言えば、読者の中にはW・B・イェイツ氏のことを思い出す人も多かろう。実に精妙胸をつく妖精の詩を書いている。ところが彼は妖精のことを無法だと書いている。イェイツ氏の描く妖精は、手綱を放たれた天馬にまたがり、無邪気な混沌の中に頭から飛びこんで――

髪ふり乱す大波の波頭にうちのり、
焔のごとく山々の峰に踊る。

W・B・イェイツ氏には妖精のことなどわかっておらぬ、などと言うのはいかにも畏れ多いことではある。だが私はあえて言う。彼には妖精のことなどわかってはいないのだ。彼は皮肉なアイルランド人で、知的反応の実に鋭い人である。彼はあんまり頭がよすぎるから、妖精のことなどわからないのだ。私のような抜け作のほうが、どういうわけか妖精には好かれるのである。何を見てもあんぐり口を開け、白い歯を出し、何を言われても言われたとおりするような人間のほうが、どうも妖精とは性が合うらしい。イェイツ氏は妖精の国に、アイルランドのイギリスにたいする正義の反乱を読みこんでいる。けれどもアイルランドがイギリスの法を無視するのは、実はキリスト教の無法にほかならぬ。理性と正義にもとづいた無法にほかならぬ。アイルランド独立運動の血気の志士たちは、自分が何に反逆しているのか、反逆の相手をもちろん十二分に理解している。ところがおとぎの国では事情が逆なのだ。この国の本当の住人たちは、自分にはぜんぜん理解できないものにいとも従順に従うのである。おとぎの国では、不可解な幸福が不可解な条件に支配されている。箱を開けるとあらゆる災厄が一度に飛び出す。たった一つの言葉を忘れたばっかりに、数々の都市が姿を消す。ランプに火をつけると、恋が飛んで逃げて行く。花を摘んだとたん、何人もの人の命が失われてしまう。リンゴを食べると、神の希望が消え失せる。

おとぎ話はいつもこんな調子である。そしてたしかにこれは無法でも、自由でさえもない。もっとも、現代の卑劣な圧政のもとにある人には、それに比べればこれは自由だと思えるかもしれない。ポートランド島の監獄から出て来たばかりの人間には、ロンドンの新聞街フリート・ストリートは自由に見えるかもしれぬのと同様である。しかしもっと詳しくよく見れば、妖精もジャーナリストも、実は義務の奴隷にすぎぬことがわかってくるだろう。妖精の名づけ親は、少なくともこの世の名づけ親と同じくらいは厳格である。シンデレラは、降って湧いたように馬車と馭者とを貰ったが、しかし同じようにどこからともなく命令も受けたのである――十二時までにはかならず帰って来るように。それに彼女にはガラスの靴もあった。そして実際、このガラスという物質が、おとぎ話であれほどたびたび出てくるということは、どう考えても単なる偶然とは思えない。ガラスのお城に住む王女様もあれば、ガラスの山に住んでいるお姫様もある。鏡の中に何もかも見えるというお姫様もある。いずれにしてもみな、諺に言うとおり、石さえ投げなければガラスの家に住んでもかまわないわけだ。ガラスがこんなによく出てくるのが偶然とは思えぬというのも、このガラスのか細い輝きは、実は、幸福がいかにもキラキラしてしかし同時にいかに壊れやすいものか、その事実を表わしているからにほかならない。たしかに幸福はガラスに似ている。女中や猫がうっかり壊しがちなこの物質にそっくりだ。そしておとぎ話のこの感覚もまた私の心の奥底に深くしみこんで、世界全体にたいする私の感受性を決めてしまったのである。人生はダイアモンドのように輝くが、同時に窓ガラスのように壊れやすい――私はそう感じ、そして今もそう感じている。だから大空に輝く星が驚くべき水晶に喩えられると、私はゾッと身ぶるいしたのを今でも思い出す。神様がうっかり宇宙を落っことして、粉々にしてしまいはしないかとひやひやしたのである。

だが、誤解しないでいただきたい。壊れやすいということは、壊滅しやすいというのと同じではないのだ。ガラスを打てば、一たまりもなく壊れてしまう。だから要するに打たなければよろしい。そうすればガラスは何千年でも元のままである。人間の喜びとは、まさにこれだと私には思えたのだ。妖精の国であろうと地上であろうと変わりはない。幸福は、われわれが何かをしないことにかかっている。ところがそれは、われわれがいつ何時でもやりかねないことであって、しかも、なぜそれをしてはならぬのか、その理由はよくわからないことが多いのだ。ところで、私がここで特に強調しておきたいのは、少なくとも私には、これがぜんぜん不当だとは思えなかったという点である。たとえば、粉屋の三番目の息子が妖精に向かってこう聞くとする――「何だって妖精の宮殿で逆立ちしてはいけないのですか。その理由を説明して下さい」。すると妖精はこの要請に答えて、まこと正当にこう言うだろう。「ふむ。そんなことを言うんなら、そもそもなぜ妖精の宮殿がここにあるのか、その理由をまず説明して貰おう」。あるいはシンデレラが聞いたとする――「どうして私は舞踏会を十二時に出なければならないのですか」。魔法使いは答えるはずだ――「どうしてお前は十二時までそこにいるんだい」。もしかりに私が遺言をして、物を言う象を十匹と、天馬を百頭、ある男に残してやるとする。遺言の条件が、この贈り物と同様、少々奇妙であったとしても、その男は文句を言えた義理ではあるまい。天馬がいくらで売れるだろうなどと、下らぬ穿鑿なんかしないのが礼儀というものだ。そして私にとっては、現に生きているということ、現に世界がそこにあるということ自体が、実に途方もなく奇妙な遺産に思われて、だから、たとえ私には何から何までわからぬことだらけだとしても、その理由がわからぬと言って文句をつけるなどということは思いもよらなかったのだ。私の視界には限界がたくさんあった。限界があるために、視界の中に見えるものさえ理解できなかった。けれども、なぜ視界に限界があるのか、そのわけがわからんと不満を鳴らしたりすることは考えつきもしなかった。つまり要するに私には、絵の額縁も絵の中身と同じく不可思議だったのである。「してはならない」ことは「してもよろしい」ことと同様に異様であった。太陽と同じく驚くべきことであり、水と同じくとらえがたく、そびえ立つ大樹と同じく幻想的で恐るべきものだったのである。

これを称して魔法使いの哲学と呼んでもよかろうが、ともかくこの哲学があったがために、私は同じ世代を若者に共感していわゆる反逆精神にくみすることができなかった。私といえども、悪しき制度や規則にたいしてならば敢然と反抗もしたであろう（悪や規則の問題はまた別の章で論ずる）。けれども私は、単にある規則がわけがわからぬという、ただそれだけの理由でその規則に抵抗する気にはなれなかった。なるほど世の中には妙な規則が少なくはない。たとえば、広大な領地の地代として、杖を折るとか、コショウの実を払うとか、馬鹿馬鹿しい形式的な儀礼ですますということがある。馬鹿馬鹿しいにはちがいないが、しかし私はそれに反抗しようとは少しも考えなかった。私はむしろ、この広大無辺の天と地を与えられている年貢として、こういう封建時代以来の奇習に大喜びで従いたかった。そもそも私が天と地を与えられているということ自体に比べれば、こんな奇習など奇妙でも何でもなかったからである。今の段階では、私の言いたいことの意味を示すのに、倫理的な問題の例は一つだけにとどめておくが、私は同じ世代の若者がよく洩らした一夫一婦制反対の声にはどうしても共鳴することができかねた。なぜかといえば、性についてどれほど妙な規制があるにせよ、性そのものほど不思議な、驚くべきものはないと思えたからである。エンディミオンのように月を愛することを許されながら、ジュピター（木星）が自分の月（惑星）を大勢ハーレムに囲っているのを見て文句を言うなどというのは、私のように、エンディミオンの話と同じおとぎ話に育てられた人間には、どうにも下劣で、竜頭蛇尾のように思われたのである。一人の女を守るということは、一人の女に本当に出会うという大事に比べては、まことに小さな代償というべきだ。一度しか結婚できぬと不平を言うのは、一度しか生まれられぬと不平を言うのと同じことだった。問題の重大さに比べれば、いかにも不釣合なケチな不平というものだった。性にたいして大々的な感受性のある印ではなくて、性にたいして奇妙に感受性を欠いている証拠であった。エデンの園に同時に五つの門から入れないのはおかしいと文句を言う男があれば、それは阿呆というものである。一夫多妻制は性を本当に成就できない男のすることだ。ただぼんやりしていてうっかり梨を五つもちぎった男と同じことだ。耽美主義者たちは、愛らしい物を賞めちぎって、言葉の狂気のあらんかぎりをつくしていた。アザミの花の愛らしさに彼らは泣き、カブト虫の光沢の霊妙さに彼らは跪いた。けれども彼らの感動が私を感動させたことは一瞬たりともなかった。なぜか。彼らの喜びの代償として、どんなことでもいい、たとえ象徴的な形式としてだけでも、何らかの犠牲を払うことなど、彼らは夢にも考えなかったからである。ツグミの歌を一声聞くためなら、四十日くらいの断食はしてもいいはずだ。少なくとも私はそう感じたのである。一輪の桜草を見つけるためなら、たとえ火の中をくぐってもいいはずだ。ところが当世流行の美の崇拝者たちは、厳粛にツグミの声を聞いていることさえできなかった。桜草を見つけた代償に、当り前のキリスト教の結婚さえ我慢しようとはしなかった。けれども、並々ならぬ歓びを得るからには、せめて並の道徳を守るくらいの犠牲は払ってしかるべきだろう。オスカー・ワイルドの警句の一つに、太陽に金を払うことはできぬから落日には値うちがないというのがあった。だがワイルドはまちがっている。落日に払うべき値段はちゃんとある。われわれはワイルドではないという、そのこと自体がその値段なのである。この値段さえ払えば、落日はまこと輝かしい値うちのあるものとなるのだ。

さて、それから私の身に何が起こったか。私はおとぎ話を子供部屋の床の上に残して、外の世間へ出て来た。けれども、おとぎ話ほど理屈にかなった本はまだそれ以来お目にかかったことがない。伝統と民主主義のお守りは子守りに任せて世の中に出た。けれども、子守りほど正気の進歩主義者にも、子守りほど正気の保守主義者にも、まだそれ以来お目にかかってはいないのである。だがここで、是非とも語っておかねばならぬ重大なことが起こった。現代世界の知的外気の中にはじめて足を踏み入れた時、私はたいへんなことに気がついたのだ。現代の世界は、二つの点で、私の子守りにも、子守りの話にも、実に明確に逆だったのである。まちがっているのは現代世界のほうで、私の子守りのほうが正しいということを悟るまでには、実際長い年月を要したものだ。ともかく実に奇妙だった。現代思想は、私の少年時代の根本的な信条と、もっとも本質的な二つの原理において対立していた。今まで説明してきたように、おとぎ話は二つの確信を私の中に植えつけていた。第一に、この世界は実に不思議な驚くべき世界であって、今とはまったく別様になっていたかもしれない世界、しかし同時にまったく異様に歓びに満ちた世界だという確信。第二に、この不思議と歓びを前にしては、これほど異様な親切を示されている以上、そこにどれほど異様な制限があろうとも、われわれはすべからくその制限に謙虚に従わねばならぬという確信。この二つである。ところが気がついてみると、驚いたことに現代の世界は、この私の二つのやさしい心根目がけて高潮のように攻めよせているではないか。この衝突のショックから、私の胸にはたちどころに二つの感情が期せずして湧き起こった。私はそれ以来この感情を片時も忘れたことはない。そしてこの感情こそ、荒けずりのものではあったが、それ以後次第に形をなして、やがて現在の私の信念へと固まって行ったものである。

第一に、現代世界全体が科学的宿命論を語っているのを私は発見した。あらゆるものが常にそうなるに決まっているまさにそのとおりの姿であり、はじめから一つの欠点もなく、進化の法則に従って展開してきたというのである。木の葉が緑であるのは、それ以外の色では絶対にありえなかったからであるというのだ。ところがおとぎの国の哲学に従えば、木の葉は絶対に真紅でもありえたのであり、だからこそ、木の葉の緑であることが無上の歓びとなるのである。おとぎの国の哲学者の目から見れば、木の葉はいつでも、彼の目がそこに止まるその一瞬前までは真紅であったように見えるのだ。雪が白いのを喜ぶのは、それが黒でありえたかもしれぬという、まさにその厳密に合理的な理由のためである。あらゆる色彩には、単にそうでしかありえないからそうであるのではなく、その色でなくてもよいのに特にその色になったという不敵な力強さがある。庭のバラの紅い色は、単に決然としているばかりか劇的でさえもある。突然ほとばしり出た血潮のようだ。おとぎの国の哲学者には、物はただそうであるからそうであるのではなく、誰かがそうしたからそうなっているとしか思えて仕方がないのだ。けれども十九世紀の大宿命論者たちは、私のこの生まれながらの感覚に断固として反対だった。一瞬前に何かが起こったにちがいないというこの感覚を、どうしても認めてはくれなかったのだ。それどころではない。彼らの言うところでは、そもそも世界の劫初以来、実は何事も一切起こってはいないのだという。この世界が存在するということがたまたま起って以来というもの、何一つとしてたまたま起こったことなどはないのだという。しかも彼らには、この世界の存在ということがいつ起こったのか、その年代さえあんまりはっきりわかってはいないのである。

最初見た時には、現代世界はカルヴィニズムの現代版で堅固に武装しているように私には思えた。世界が今ある姿は全き必然によるのだという理論で十二分に鎧われていると見えたのだ。けれども、実際に人びとによくよく問いただしてみるうちに、私にも少しずつわかってきた。あらゆる物が不可避的に反復するというこの理論には、実は別にそれほど確たる根拠などなかったのである。さまざまの物が反復を繰り返すという、ただその事実だけが唯一の根拠だったのである。私にとっては、しかし、物が反復するということ自体は、物を合理的に説明してくれるどころか、むしろ物が何か空恐ろしいものに思えてくるばかりだった。それはたとえば、往来で不思議な形の鼻に出くわして、単なる偶然だとやりすごしていると、その同じ驚くべき形の鼻に、次から次へと六回も出くわしたようなものだった。きっとこれは、この地方特有の秘密結社か何かだとしか考えようがない。長い鼻を持った象がたった一匹しかいなければ、それはただ変だというだけだけれども、全部の象がみな鼻が長いとなると、どうしても陰謀のように思えてきたのである。私が今話しているのはただある種の感情のことだけである。頑固でしかも微妙な感情のことだけである。しかし、ともかく感じとして、自然界の反復というものが、私には深い感動に満ちた反復と感じられることがよくあった。怒った先生が、同じことを何度も何度も繰り返ししゃべっているのと同じ感じとでも言おうか。野の草は、いっせいに指を振って私に何かしら合図しているように見えた。群がる星は、一心に何かを語りかけているように思われた。太陽は、何千回でも昇って来るのをよく見ていてくれと私に求めているような感じであった。宇宙全体が、同じことを何度も何度も繰り返している有様は、次第次第に私の胸に力強く迫ってきて、ついには気も狂わんばかりに圧倒的な呪文のリズムへと高まり、そして私は、その呼び声のうちについに一つの観念を聞き取ったのである。

現代を支配する唯物論は天をも摩する勢いに見えるが、しかしその根拠とするところは、実は結局のところたった一つの前提、しかも誤った前提にすぎない。何かが繰り返して起こるというのは、それが死んでいる証拠、時計仕掛である証拠と考えられている。もし宇宙に生命があり、人格を持つのであれば、宇宙は当然変化するにちがいない、もし太陽が生きているのなら、当然太陽は踊り出すはずだ——人びとはそう決めかかっているらしい。しかしこれは謬見というも愚かな謬見と言うしかない。日常身辺の事実に照らしてもそれは明らかだ。人間の生活に何か変化が起これば、それをもたらすのは普通は生命ではなくて、逆に死のなせるわざである。力が衰え、欲望が絶えることこそ変化の原因なのである。誰かが動作を変えるのは、ちょっと失敗したからか、それとも飽きたからにほかならない。バスに乗るのは歩くのに飽きたからであり、歩き出すのは立ちどまっているのに飽きたからである。けれども力強さと楽しさが巨大であれば、たとえばイスリントンへ行くことに決して飽きることがなく、いつまでも規則正しくイスリントンへ行きつづけるにちがいない。

テムズが規則正しくいつまでも河口のシアネスに向かうのと同じことである。その生命があまりにも素早く、あまりにも熾烈でありすぎるからこそ、それは死のように静止しているかのごとく見えるにすぎない。太陽は毎朝東から出る。が、私は毎朝寝床から出るとはかぎらない。けれども私の場合に変化があるのは、別に私の活力がありあまるからではなくて、逆に活力が足りないからなのだ。現代では、もう少し懐疑的な物言いをするのが人気があるようだから、私もそれに倣って言いかえれば、太陽が毎朝規則正しく昇るのは、ひょっとすると、昇るのに飽きないからである、と言うこともあるいは不可能ではないと言えなくもない。毎日同じことを繰り返すのは、生命がないからではなく、生命があふれ、ほとばしっているからである、と言うことはできないことではないかもしれない。私の言わんとすることは、たとえば子供のしていることを見ればよくわかる。特別面白い遊びや冗談が見つかった時、子供はどうするか。同じことを飽くこともなく繰り返しているはずだ。子供がリズムに合わせて足で地面を蹴りつづけるのは、活力が足りないからではなく、ありあまっているからだ。子供は活力にあふれているからこそ、力強く自由な精神に恵まれているからこそ、同じことを何度でも繰り返し、繰り返しつづけて飽きることを知らぬのだ。子供はいつでも「もう一度やろう」と言う。大人がそれに付き合っていたら息もたえだえになってしまう。大人は歓喜して繰り返すほどの力を持たないからである。しかし神はおそらく、どこまでも歓喜して繰り返す力を持っている。きっと神様は太陽に向かって言っておられるのにちがいない――「もう一度やろう」。そして毎晩月に向かって、「もう一度やろう」と言っておられるのにちがいない。ヒナ菊がどれもこれもみなそっくりに同じなのは、必然の自動装置のせいではないかもしれぬ。そうではなくて、神様が一つ一つのヒナ菊をいちいち手作りなさっていて、しかもけっして飽きずに作りつづけていらっしゃるのかもしれぬのである。神様は子供のように永遠の欲望を持っておられるのではあるまいか。われわれは罪を犯し、だから老年を知っている。けれどもわれらが父は、われわれよりも若く、幼くていらっしゃるのだ。自然界の繰り返しは、単なる反復とはちがうのではあるまいか。実はアンコールではあるまいか。天は、卵を産んだ鳥にアンコールしているのだ。人間は人間の子をはらみ、人間の子を生む。魚や、コウモリや、怪獣の子を生みはしない。しかしその理由は、生命も目的もない動物界の宿命に支配されているからではないかもしれぬ。もしかすると、われわれの演ずる小さな悲劇が神々の心を感動させ、神々は星のきらめく桟敷から拍手喝采して、人間の一生のドラマが終わるごとに、何度も何度もアンコールと叫び、役者を幕の前に呼び戻しているのかもしれぬではないか。繰り返しは単なるオートメーションの繰り返しではなく、まさに誰かの決意によって何百万年も繰り返しつづけられているのかもわからない。だから、それはいついかなる瞬間に止まるかもわからない。人間は、世代から世代へと、次から次に地上に存在するかもしれないが、しかし一つ一つの誕生は、今度こそまさしく人間最後の登場であるのかもしれないのだ。

これが私の第一の確信であった。私の子供らしい感情が、世に出た時、現代の信条と衝突した、そのショックから生まれた確信であった。その時までにも、すでに私は、漠然とではあるが、世にいわゆる事実と呼ぶものが実は奇蹟なのだと感じてはいた。だがその意味は、事実があまりにも驚異に満ちているというにすぎなかった。しかし今や私は、もっと厳密な意味で事実は奇蹟だと考え始めていたのである。つまり、事実の背後には意志が存在する、その意味において奇蹟と考え始めたのだ。事実とは、何らかの意志が繰り返し働いて作り出しているものである――少なくとも、そうかもしれぬと思い始めたのであった。要するにこういうことだ。私はいつも、世の中には魔法が働いていると考えていた。今や私は、世の中には魔法使いが働いていると考えたのである。いつでも私の心の奥に無意識に存在していた深い感情が、これによって一度に鋭く焦点を結んだのだ。私はそれまでいつも、この世の中には何らかの目的があると感じていた。だが今や私は思い到ったのである。目的があるのなら、その目的を目的とする人格があるはずだ。人生は物語だと私はいつも考えていた。だが、もし物語があるのなら、その語り手がいなくてはならぬはずである。

しかし現代思想は、私が信じつづけていた第二の人間的な価値にも激突した。きびしい制限や条件について、妖精の国で考えるのとはまったく逆の解釈に出くわして私は驚愕した。現代思想が好んで語ることの一つは、拡大と巨大ということであった。誰かがハーバート・スペンサーを帝国主義者と呼んだとしたら、彼自身は大いに面くらったにちがいない。だから、誰も彼を帝国主義者と呼ばなかったのは返す返すも残念である。だが実は彼は最低最悪の帝国主義者にほかならなかった。彼が宣伝した軽蔑すべき謬見によれば、太陽系宇宙の広大さを教えられれば、人間についての宗教的ドグマは畏れおののいてたじたじとすべきであった。しかし何の理由があって人間が太陽系に膝を屈しなければならぬというのか。それなら鯨にだって最敬礼をしなければならぬということにはなりはしないか。形の大小によって人間が神の似姿であるということを疑うというのなら、鯨のほうがよほど神の似姿であるということになる（もっとも鯨では、少々形のつかない姿と言わざるをえないだろう。印象派の描いた似姿とでもいうことになるのだろうか）。人間は宇宙に比べていかに小さいか、などと言ってみたところで始まらぬ。人間はいつでもすぐそこの木に比べてさえ小さかったのだ。ところがスペンサーは猛烈な帝国主義者で、人間は天文学的宇宙に征服され、併合されてしまったと言ってきかぬのである。彼が人間や人間の理想について話すのを聞いていると、最右翼の傲岸不遜のアイルランド併合主義者が、アイルランド人やその理想について話しているのとそっくりだ。スペンサーは人類を一個の弱小国なみに扱った。すべからく併合して植民地にすべきものと見くだした。そして彼の悪影響は、その後の科学者の著作のことごとくに歴然としている。もっとも活気に満ち、世評の高い著作のうちにさえ歴然と見られるのである。ことに、H・G・ウェルズ氏の初期の空想科学小説にこれがいちじるしい。地上を悪の巣窟とし、その悪を誇張して描いた道徳家は多いが、ウェルズ氏とその一派は、こともあろうに天上界を悪者にしてしまったのである。災厄は星の世界から襲来する。われわれは怖れおののいて天を見上げねばならなくなったのだ。

　けれども、今私が語ろうとしている悪に比べれば、今言った悪などはタカが知れている。前にも書いたとおり、唯物論者は、精神病者と同様、牢獄に住んでいる。たった一つの思想の牢獄に閉じこめられている。ところでこの連中の考えるところでは、この牢獄が非常に広大だというお題目を繰り返し唱えれば、人間の心に不可思議な勇気が吹きこまれるというのであった。だが、この科学的宇宙がどれほど広大無辺でも、そこには何の新奇もなく、何の変わりばえもありはしなかった。宇宙は永遠に自己運動を繰り返すだけで、どんな珍奇な星座を探してみたところで、本当に興味を引くものなど一つとしてありえなかった。たとえば許しとか、自由意志とかいったものはどこにも一つもないのであった。この天文学的宇宙の神秘がどれほど壮大で、どれほど無限であろうとも、だからといってそこに一つでも新しいものが加わりはしなかった。たとえばレディング監獄にいる囚人に向かって、今やこの監獄は州の半分にまで広がった、うれしいだろう、などと言うのと同じことだった。監獄の番人は、どれほど監獄が広くなったからといったところで、囚人に何か新しいものを見せてやれるわけではない。ただ石の廊下がやたらに長く延びて行って、陰鬱な灯りがそれを照らし、一切の人間的なるものが剝ぎ取られているばかりである。同じように、宇宙を無限に拡大してくれた科学者たちも、どれほど宇宙を広くしてくれたところで、われわれに何か一つでも新しいものを見せてくれるわけではなかった。ただ虚ろな宇宙空間の廊下がやたらに長く延びて行って、陰鬱な太陽がそれを照らし、一切の神的なるものがことごとく剝ぎ取られているばかりであったのだ。

おとぎの国には、本当の意味での法があった。つまり、破ることのできる法があった。というのも、法とはそもそも、破ることのできるものを意味するからである。けれども唯物論的宇宙の牢獄は、けっして破ることのできぬ*からくり*であった。なぜなら、われわれ自身もその*からくり*の一部にすぎないものであったからだ。そこでは、われわれは何事もできないか、そうでなければ何事かをせざるをえない運命に縛られるかであった。神秘的な条件が存在し、制限が存在するという観念はことごとく姿を消していた。だから、法を守っているという安心感も味わえなければ、法を破るという解放感も味わうこともできなかった。詩人の宇宙では、広々とした窓が開き、爽やかな風が吹きこんでいた。そのすばらしさはすでにわれわれも賞讃したとおりである。ところが唯物論者の宇宙は、とめどもなく広大でありながら、そんな爽やかさは塵ほどもなかった。現代の宇宙は文字どおりの帝国であったのだ。巨大ではあったが、自由ではなかったのである。われわれの入る部屋はますます広くなるのに窓が一つもない。バビロンの壮大を思わせるほど広漠とした部屋でありながら、ほんの小さな窓もなく、外気の爽やかなささやきもたえて聞くことはできなかったのである。

唯物論者の宇宙は、地獄の責苦のようにどこまでもつづく平行線のごときものだった。けれども私には、すべて好ましいものは一つの点に集結する。たとえば刀である。こうして、巨大宇宙の誇大広告も、私の深い感情にはいかにも空々しいものでしかないことを発見して、私は少しばかりその本質を考察してみたのである。すぐに私にはわかってきた。彼らの態度はすべて、予想もできなかったくらい浅薄きわまるものであったのだ。彼らは、この宇宙は一個の物であると言う。なぜなら一個の法則が宇宙を支配していて、例外というものはないからであるという。それは一個の物であると同時に、彼らが言うには、存在する唯一の物でもある。だが、もしそうなら、どうしてわざわざそれが大きいと言わねばならぬのか。ほかに比較する物が何一つない以上、それは小さいと言ってもまったく同様に理屈に合うではないか。「私はこの広大な宇宙が好きだ。そこには星の群があり、さまざまの生命がそこにある」。そう言いたければそう言うのもご自由だろう。けれどもそれなら、別にこう言ったってまったく自由のはずである。「私はこのこぢんまりした宇宙が好きだ。そこには程よい数の星がちらばり、ちょうど私の気に染むような清潔な生き物が住んでいる」。どちらがいいと言うことはできないはずだ。どちらも要するに感情の問題であり、受け取り方の問題である。太陽のほうが地球より大きいといって喜ぶのも単なる感情であれば、太陽がまさに今の大きさであることを喜ぶのも、やはり同じくらい筋の通った感情のはずである。世界が大きいことにわざわざ感慨を催すのなら、どうして世界が小さいことに感慨を催してはいけないというのだろう。

そして私は、たまたまその種の深い感情を持っていたのだ。何か本当に好きな物があると、われわれはそれに、親愛の情をこめて指小辞で呼びかけるものである。相手が象や近衛師団の兵隊であっても同じであって、「かわいい象ちゃん」であり「兵隊ちゃん」である。その理由は何か。どれほど巨大な物であっても、一つのまとまりを持った物と感じられる時、小さいという感じがするからだ。もしも、兵隊の口髭を見てもサーベルが想像できず、象の牙を見てもそれから尻尾が連想できなかったとすれば、相手の代物はおそろしく巨大だということになる。相手の全体がわれわれの頭に一つのまとまりとして入ってこないからである。しかし、近衛兵を近衛兵として頭の中に想像できたなら、その瞬間、小さな近衛兵を想像することもできるのだ。本当に象を象として見ることができた瞬間、象を「おチビちゃん」と呼ぶこともできるのである。何かの銅像を作ることができるのなら、手に持てるくらいの小さな銅像を作ることもできるはずなのだ。ところで唯物論者たちの公言するところでは、宇宙は一つのまとまりを持ったものであるという。けれども彼らは宇宙を本当に大好きではなかったのだ。ところが私は宇宙が呆れるくらい大好きだった。だから宇宙に指小辞で呼びかけたかった。事実私はよく指小辞で呼びかけた。しかし宇宙は厭な顔一つしなかった。そして実際私は感じたのである。この漠然たる生命のドグマを表現するのには、世界は巨大であると言うよりは、小さいものと言ったほうがはるかに適切なのではないか。というのも宇宙の無限ということには、一種ぞんざいな感じがある。私は、生命のかけがえのなさ、危うさというものについて、きびしく真剣な配慮を感じていたのだが、無限という時に感じられる配慮のなさと、私の感じていた深い配慮はまさに正反対であったからである。つまり、唯物論者の宇宙は退屈な浪費を表わしていたのにたいして、私は聖なる倹約とでも言うべきものを感じていたのだ。倹約は浪費よりもはるかにロマンティックなものである。唯物論者にとっては、星の群は、いくらでも無限に使える半ペンス銅貨みたいなものだった。しかし私が金の太陽や銀の月について感じたのは、小学生が金貨や銀貨を貰った時の感じと同じであった。

こういう意識下の深い確信は、ある種の物語の色調や音調で表わすのがいちばんである。私が前に、人生は単に楽しみであるばかりでなく、異常な特権を与えられているようなものだという感情を表わすのに、おとぎ話のことを語るしかないと言ったのもそのためであったわけだが、今話しているこの新しい感情を表わすにも、やはり同じ手を使うしかないだろう。つまり、宇宙は小さく、こぢんまりしているという感情は、これも子供がよく読む『ロビンソン・クルーソー』の話を持ち出して説明するに如くはない。私は、この新しい感情を発見した同じころこの物語を読んだのだが、この話が永遠に活力を失わないのは、これが制限というものの持つ詩を歌いあげているからにほかならない。いや、ほとんどつましさのロマンスと言ってもよかろう。クルーソーは今しも小さな岩の上に腰を下ろし、海から引き上げたばかりの僅かな道具類をかたわらに置いている。この本の中でいちばん感動的なところは、難破船から救い上げた品物のリストそのものだ。最大の詩は目録である。どんな小さな炊事道具も、あるいは海に沈んでいたかもしれぬことを思えば、かけがえのない極上の品となる。実際、一日のうちの退屈な時間、あるいは心の暗く沈む時、そのつもりで身のまわりを眺めてみればまたとない精神の運動になる。石炭入れのバケツにしろ、本箱にしろ、難破した船から無人島に救い出したのだと思えば、いかにも新鮮で貴重に見えるだろう。だが、これよりもっとためになる運動がある。単にバケツや本箱にかぎらない。すべての物が危機一髪難破を免れたことを思い出してみることだ。あらゆるものが、みな海の藻屑となるべきところを救われたのである。いや、物ばかりではない。あらゆる人間もまた、みな一つの恐ろしい冒険を経験してきたのである。時ならぬ時に生まれ、ついに命を全うできなかったかもしれぬからである。幼な子として、ついに陽の光を見ることがなかったかもしれないからである。私の少年時代には、天才を損なわれた天才、天才を押しつぶされた天才などということを人びとはよく語っていたものだ。偉人に「なりそこなった」偉人は多いというのもよく言われたことだった。しかし私には、どんな人間も「生まれそこなった」人間でありえたかもしれぬという事実のほうが、もっと手応えのある、もっと驚くべきことのように思えるのである。

読者の目には、こんな空想はあるいは愚かと映るかもしれぬ。しかし私は事実そう感じたのである。世界に存在するあらゆる物は、一つ残らず、どんな等級、いかなる種類のものにせよ、みなクルーソーの船から奇蹟的に救い出されたものにちがいない、と。性が二つと太陽が一つ存在するということは、銃が二つと斧が一つあるという事実に匹敵した。たった一つでもなくしては、それこそたいへんである。かけがえがない。けれども、これ以上品物が一つでも増えることはありえないということも、どういうわけか妙にうれしいことだった。木々にしても星々にしても、みな難破船から救い出された物に見えた。マッターホルンを見た時も、よくぞ難破の混乱にまぎれて忘れてこなかったものだとうれしかった。一つ一つの星がみな、サファイアのように大事にすべきもののように思われた（『失楽園』の楽園では、ミルトンは実際星のことをサファイアと呼んでいるが）。どんな小さな丘でもみな、私は大切に金庫にしまいこんだものである。というのも、宇宙全体が一つの宝石であるからだ。宝石を賞める場合、比類を見つけがたく値段をつけがたいと言うのが決まり文句だが、この宇宙の宝石は文字どおりそれが当てはまる。文字どおり比類がなく値段がない。たった一つしかないものだからである。絶対に二つとはありえないものだからである。

以上、言うに言われぬものを言おうとして、結局こういう結果しか得られなかった。十二分に言いつくしたとは言いがたいが、仕方あるまい。ともかくこれが、人生にたいする私のもっとも根本的な態度なのである。信仰の種子の播かれるべき土壌はこういうものだった。まだものを書く術を知らぬころ、私は漠然とこういうことを考えていた。ものを考える術を知る以前、私が感じていたことはこういうことだった。で、これ以後本書の議論を進めて行く上で、多少とも話をすらすら運ばせることができるように、私のこの根本的な態度を、ここでもう一度手短にまとめておくことにする。私が心の底の底で感じていたことは、まず第一に、この世界はそれ自体では説明がつかないということである。それは一つの奇蹟としてなら超自然的な説明ができるかもしれない。これは一つの魔法としてなら自然的な説明ができるのかもしれない。しかし、もし魔法として説明できるとすれば、その説明が私を満足させてくれるためには、私がさんざんに聞かされた自然科学的説明よりも筋が通っていなければならないだろう。いずれにしてもこの世界は、真実の魔法か、いつわりの魔法であるか、ともかく魔法の仕業であるにちがいない。第二に、この魔法には何らかの意味、何らかの意図があるはずだと私は感じ始めたのである。そして、もし意味があり、意図があるならば、当然誰かがその意味を与え、誰かがその意図を持っているのにちがいない、その誰かがかならず存在するにちがいないと考え出したのだ。この世界には、芸術作品と同じように、その背後に誰かの人格が存在している。その人格が何を意味し、何を意図しているとしても、非常に烈しく意味し、意図しているにちがいないと私は感じたのである。第三。私はこの意図が、その古来のパターンそのままで実に美しいと思った。たとえば怪獣というような欠陥があるとしてもである。第四。この人格にたいして正しく感謝するには、謙虚と抑制という形式によって感謝するしかない。ビールやブドウ酒を神に感謝するには、あまり飲みすぎぬように慎むに如くはない。それにまたわれわれは、何がわれわれを創ったにしても、その創り主にたいして従順であらねばならぬ。それは創られたものの当然の義務というものだ。さて最後に、これがいちばん奇妙な点だが、私の心に忍びこんだ漠然としてしかも広漠たる印象があったのだ。この世にあるあらゆる善は、何か原初の破滅から救い出され、聖なるものとして伝えられてきた遺品ではあるまいかという印象だった。クルーソーが便なるものを難破船から救い出したように、人間は善なるものを救い出したのである。私はすべてこういうことを感じたのだ。けれども時代はそういう感じを少しも助けてはくれなかった。そしてすべてその間じゅう、私はキリスト教神学のことなど露ほども思ってみたことはなかったのである。

5

世界の旗

私が子供のころ、二人の奇態な人間が世間を走りまわっていた。一人はオプティミストと言い、一人はペシミストと言った。私自身、この二つの言葉をさかんに使ったものだが、しかし実を言うと、それがそれぞれどういう意味なのか、一向によくわかってはいなかったのだ。ただ一つだけはっきりしていたことがある。それぞれ文字どおりの意味ではありえないということだ。普通文字どおりの意味としては、オプティミストとはこの世が最大限に善であると考える人のことであり、ペシミストとは最大限に悪と考える人ということになっている。しかしこのどちらの定義もぜんぜん意味をなさぬことは誰の目にも明らかだから、どうしても別の定義を探して回るほかはなかった。オプティミストはあらゆるものを善と考え、悪は一切存在しないと考える、などと言ったところで意味をなさぬ。あらゆるものは右であって左は一切存在せぬと言うのと同じようなものである。私がほぼ到達した結論はこうだった。つまり、オプティミストとは、この世からペシミストさえ例外として除外すれば、他の一切はすべて善と考える人間であり、ペシミストとは、自分自身さえ例外として除外すれば、この世の一切は悪だと考える人間のことである。ただ、この二つの言葉の定義を云々するにあたって、まったく素通りすることのできかねる定義が一つある。ある女の子が言ったという不思議な、しかしきわめて象徴的な定義のことである。彼女の曰く、「オプティミストというのは目のことを世話する人で、ペシミストというのは足のことを世話する人のことです」。つまりこの女の子は、オプティミストをオプティシャン（眼鏡屋）と混同し、ペシミストはラテン語のペース（足）と関係があるものと、はなはだ博学な誤りをおかしたわけだが、しかしこれほどよくできた定義がほかにあるかどうか、私には実は自信がないのである。そこには一種アレゴリカルな真理さえあるではないか。というのも、刻々に大地との接触のことばかり考えている陰気な思想家と、われわれに視力があることをまず考え、行手を選択する能力のことを考える陽気な思想家と、この二つのタイプを区別することには、おそらくあなどるべからざる意味がありそうだからである。

それはともかく、しかし、オプティミストかペシミストか、人間にはその二つのうちの一つの立場しかないと考えることには大きな誤りがある。この考え方が当然のこととして決めてかかっているように、人間はまるで貸家探しでもするように、アパートの新しい部屋でも見せられているように世界を批評するものではないからである。もし人間がどこか別世界からこの世界にやって来て、何もかも自分の注文どおりにできるのであれば、話はおのずから別でもあろう。それならば、部屋を探している時に、ここには電話はあるが海が見えない、どうしたものかと得失を考えるのと同じように、この世界では夏の森は気持がいいが狂犬がいるのは気持が悪い、どうしたものかと得失を考えるのも自由であろう。だが、そんな立場にいる人間は実際には一人もいない。人間は、この世界に住むのが快適かどうか考え始めるより前に、すでにはじめからこの世に住んでしまっている。人間はこの世界の旗のために戦ってきたけれども、この旗のために何度も英雄的な勝利を獲ち取った後になって、ようやく軍隊に正式に籍を置くというような例も少なくはなかったのである。肝心なところを手短につづめて言えば、人間は、賞めるもけなすもないうちから、すでにこの世界に忠誠を負っているのだ。

前の章で言ったように、この世界が奇怪でしかも愉快であるという私の第一の感情は、おとぎ話で表わすのがいちばんふさわしい。ところで、私の精神的閲歴の第二の階段を表わすのには、あの勇壮な、ほとんど好戦的な少年愛国文学の類がうってつけであるかもしれぬ。おとぎ話で育った子供たちが、次の年代になって読むのもこの手の物語だ。実際、われわれの健全な道徳観は、この血湧き肉躍る少年熱血三文小説に負うところまことに大である。理由はともかくとして、われわれの人生にたいする態度を表わすのには、頭で考えて良し悪しを言うのよりは、一種の軍隊的忠誠の問題として言ったほうが適切である——私はそう感じたし、今でも実はそう感じている。私がこの宇宙を良しと見たのはオプティミズムではない。むしろ愛国心と言ったほうがよい。第一義的な忠誠の問題なのである。世界は避暑地の貸部屋ではない。むさくるしければ出て来ればすむといったものではない。世界はわれらが家族の砦であり、塔の上には世界の旗がひるがえっている。むさくるしければ、われわれはよけいにそこに踏みとどまるのだ。大事なのは、この世界はあまりに悲しくて愛せないとか、あまりに喜ばしくて愛さずにはいられないとかいうことではない。大事なのは、もしある物を愛すれば、その喜ばしさは愛する理由となり、その悲しさはさらに深く愛する理由になるということだ。英国に関することならば、オプティミストが言うことも、ペシミストが言うことも、すべて等しく何もかもみな、愛国者が英国を愛する理由となるのである。同じように、オプティミズムもペシミズムも、宇宙の愛国者にとっては、そのすべてが等しく宇宙を愛する根拠となるのだ。

この世の中でもいちばん手に負えない物と対面したとしてみよう。たとえばピムリコである。ロンドン中でも、義理にも快適とは言いかねる町であるが、どうすればピムリコがいちばんよくなるかを考えてみると、世界を結ぶ鎖を上へ上へと登りつめて、結局は、神秘的にして恣意的なる天上の玉座に思い到ることになるだろう。単にピムリコを悪と見て拒否したのではどうにもならぬ。自分の喉をかき切るか、そうでなければ隣りのチェルシーに引き移るかするしかない。あるいはまた、ピムリコを善と見て歓迎したのでもどうにもならぬ。それは確実だ。それではピムリコは相も変わらず今のままで、相も変わらず手がつけられぬ。ただ一つ残された道はピムリコを愛することだろう。損得を越えたきずなによって、あらゆる世間的な思惑もなくただ愛することである。もし、誰かピムリコをこうして愛する人が現れたとしたならば、その時ピムリコは象牙の堂宇並び立ち、黄金の尖塔そびえ立つ所となるはずである。ピムリコは、人に愛された女性のごとく身を粧うにちがいない。というのも、そもそも物を飾るということは、何か物凄い物を隠すためにすることではない。すでに初めから賞めるに足る物を飾るのだ。母親が子供に青い蝶ネクタイをさせるのは、それがなければその子は二目と見られぬからではない。恋する男が娘に首飾りを与えるのは、娘の首を隠すためではないのである。もし人びとが、母親がわが子を愛するように、ピムリコがわがものであるからこそピムリコを愛すれば、一年か二年のうちに、ピムリコはフィレンツェよりも美しくなるだろう。それは単なる空想だとおっしゃる読者もおいでであろうか。それなら私はこう答えよう。空想どころか、これは人類の歴史で現に行なわれてきた事実なのである。事実、都市はこのようにして生まれ、育ってきたのである。文明の最古の闇に帰って訪ねてみるがよい。文明の根は、何か聖なる石のまわりにからみつき、あるいは聖なる井戸のまわりをめぐっているのがわかるだろう。人びとはまずある一つの場所を尊崇したのだ。その場所のために栄誉が得られたのは実はその後のことなのである。人びとはローマが偉大であるからローマを愛したのではない。ローマは人びとがローマを愛したから偉大となったのだ。

十八世紀に勢力をふるった社会契約説は、今日では大いに批判の的となった（もっとも、この批判そのものにも大いに批判の余地がある）。社会契約説の意味するところが、ただ、すべて歴史上の統治の背後には諒解と協力の観念がある、ということだけであるのなら、その限りにおいてはこの説の正しいことは明らかである。しかしもしその意味するところが、明確な利害関係の自覚から直接秩序と倫理が作られた、というところまで進んでくると、その限りではこの説は確実に誤っていると言うほかない。道徳の起源はそんなところにあるはずがない。一人の人間が相手に向かって、「お前が俺をなぐらなければ俺もお前をなぐらない」と言ったなどという、そんな取引があった形跡はどこにもないのだ。ただ二人がお互いに、「われわれは聖なる場所ではなぐり合いはすべきでない」と言った形跡は厳として存在している。宗教を守ることで道徳が得られたのである。人びとはわざわざ勇気をつちかったのではない。彼らは神殿のために戦い、気がついてみると勇気を持っていたまでである。彼らは清潔をつちかいはしなかった。ただ祭壇の前に立つために身を清め、気がついてみると清潔になっていたのだ。たいていのイギリス人が共通に知っている太古の歴史の資料としては、旧約聖書に描かれたユダヤ人の歴史だけだが、これだけでも太古の事実を判断するには十分だろう。十戒というものも（事実上全人類に共通の戒律であるけれども）、要するに軍事上の命令にほかならなかった。つまり、砂漠を越えて聖なる箱を守って行くために発布された軍律だったのである。秩序の破壊が悪とされたのは、それが聖なるものを危険に陥れるからであった。そして、神のために休日を定めた時、彼らは人間のためにも休日を作る結果になったことを知ったのである。

さて、ある場所なり物なりに第一義的な忠誠をつくすということが、創造のエネルギーの源泉であるということをお認めいただけたとして、一つ先へ進んできわめて奇妙な事実に読者の注意をうながしたい。念のためにもう一度繰り返しておくが、正しいオプティミズムとは、一種の宇宙的愛国心にほかならない。では、ペシミストは一体どこが悪いのか。それに答えるにはおそらくこう言ってよろしかろう。ペシミストとは宇宙的な反愛国者なのである。では反愛国者はどこが悪いのか。こう答えても、ことさら悪口を言ったことにはならないだろう。つまり、反愛国者とはいわゆる率直な友人なのである。それなら率直な友人のどこが悪いのか。ここに到ってはじめてわれわれは、人生と不変の人間性の根底に突き当たる。

あえて言うなら、率直な友人のよくないところは、要するに彼が率直ではないということだ。率直だと言いながら、実は人に隠していることがある。他人のいやがることをわざと言うという、人には言えぬ陰気な楽しみがすなわちそれである。単に人を助けたいのではない。ひそかに他人を傷つけたいという願望を持っているのだ。健康な一般市民がある種の反愛国者に業を煮やすのはまさにこのためである。今問題にしている反愛国者は、もちろん血眼の株屋やヒステリックな女優のけぎらいする種類の反愛国者ではない。そういう反愛国主義なら、歯に衣着せぬ愛国主義というにすぎない。いやしくも愛国者たる者は、南阿戦争が終わるまでは戦争の批判などすべきではないなどと言う人があるが、とても条理に則って反駁する値うちもない妄見だ。そんなことを言い出せば、いやしくも善良な息子たる者、母親が崖から落ちてしまうまでは黙って見ていなければならぬということになるだろう。だが、正直な人間を正直怒らせるような反愛国者がいることも確かである。その説明はさっきも言ったとおりだ。そんな反愛国者は、率直ならざる率直な友人だから人は怒る。「残念ながらわれわれは破滅である」などと語る人間は、実はちっとも残念になど思ってはいないのだ。そういう男は、けっして誇張ではなく、裏切り者と言うべきである。というのは、そういう人間は、軍隊を力づけるために与えられた知識を、卑劣にも、軍隊から人びとを遠ざけるために使っているからである。危急存亡の際だからこそ軍隊を鼓舞激励すべきはずなのに、危急存亡の際であるからこそ軍隊に加わって戦おうとする人びとに向かって、危ないからよせと言っているのである。参謀としてはペシミスティックになれるからといって、兵隊集めの役目をするのにペシミスティックであろうとしている。同じ理屈で、ペシミストは、宇宙の反愛国者の本領を発揮して、人生の助言者として与えられた自由を、こともあろうに、人生の軍旗のもとから人びとを離反させることに使うのだ。かりに彼がただ事実だけを述べているとしたところで、彼がどういう感情を抱いているのか、彼の動機を知る必要は依然として残る。厳として残る。たとえばトテナムなら トテナムの町で、千二百人の人が天然痘にやられているとする。われわれが知りたいのは、この事実を述べているのが偉大な哲学の先生で、ただ神々を呪うことが目的なのか、それともただ普通の名もない神父さんで、人びとを救うことが目的なのか、そこのところなのである。

ペシミストの悪は、結局こういうことになる。つまり、ペシミストは神々や人間を責め立てるから悪いのではなく、自分が責め立てる相手を愛していないからこそ悪いのだ。ペシミストは、物にたいする第一義的にして超自然的な忠誠を持たぬから悪いのだ。では、普通いわゆるオプティミストなる人間の悪はどこにあるのか。オプティミストは、この世の名誉を守ろうとする熱心のあまり、守る値うちのないもの、守るべきではないものまで守ろうとする。オプティミストは、偏狭にして好戦的な愛国者なのである。「正邪は問わず、ただわが宇宙こそ」――これが彼のモットーなのだ。だから、物事の改革ということにはあまり熱意を示さない。むしろ、いかなる攻撃、非難にたいしても、いわば議会の答弁よろしく、いや別に気にすることはない、大丈夫、大丈夫と答えるだけである。世の中をきれいにするのに、掃除をするのでなく、ただペンキを塗ってきれいに見せてすますのだ。ある種のオプティミストには、こういうことがみな事実当てはまるのだが、このことからきわめて興味ある一つの心理的現象が浮かび上がる。この現象を説明するには、オプティミズムの逆説を抜きにしては説明できかねる現象だ。

先程からも言うように、人生にたいする第一義の忠誠というものは不可欠である。それは決まったとして、問題は、それが自然的な忠誠か、それとも超自然的な忠誠であるべきかということである。お望みとあれば。理性的な忠誠か、それとも非理性的な忠誠であるべきか、と言い直してもさしつかえない。さて、きわめて驚くべきことは、悪しきオプティミズム――つまり単にペンキ上塗り式の、あらゆるものを盲目的に弁護する薄弱なオプティミズムは、実は理性的、合理的オプティミズムだということだ。合理的オプティミズムは停滞を生む。改革に導くのは非合理的なオプティミズムのほうなのである。もう一度、愛国心の類例を利用して説明しよう。自分の愛する場所を滅ぼすおそれがいちばんあるのは、その場所を何かの理由があって理性的に愛している人間である。その場所を立ち直らせる人間は、その場所を何の理由もなく愛する人間である。ピムリコのある特徴が好きな男がいたとする（ありそうもないことではあるが）。その男の立場は、結局、ピムリコそのものは嫌いだがその特徴だけは好きだ、ということになってしまうだろう。けれども、ただピムリコそのものが好きだという男がいたとすれば、たとえそれが荒れ放題に荒れ果てていたとしても、なおピムリコを新しきエルサレムにすることができるはずである。改革には行きすぎがありうることは私も否定しない。ただ、改革を行ないうるのは神秘的な愛の持主だと言いたいだけである。自分の国を愛するのに、何か勿体ぶった理由を持ち出す連中には、単なる偏狭な国粋的自己満足しかないことが往々にしてある。こういう連中の最悪の手合は、イギリスそのものを愛するのではなくて、自分の解釈するイギリス、自分のイギリス観を愛しているにすぎぬのである。もしイギリスを偉大な帝国であるがゆえに愛すれば、インド征服がいかに大成功であるかに得意の鼻をうごめかしかねない。しかし、もしイギリスを一つの民族として愛すれば、どんな事件にぶつかろうとも少しも動じることはない。たとえインド人に征服されたとしたところで、イギリスが民族であることに変わりはないからだ。同じように、愛国心によって歴史を歪曲するようなことをあえてする人びともまた、実は歴史を愛国心の根拠にする人びとだけなのである。イギリスがただイギリスであることを愛する人なら、イギリスがどうして興ったかを気にしはしない。だがイギリスがアングロ・サクソンであるがゆえに愛する連中は、自分の好みを押し通すために歴史の事実をことごとくねじ曲げることさえやってのける。たとえばカーライルやフリーマンのように、ノルマン人の征服は実はサクソン人の征服だったなどと言い出す始末になる。こんな途轍もない不合理に終わるのも、もともと彼らの愛国心が合理的だったからである。あるいはまた、たとえば、フランスが強大な陸軍国であるがゆえにフランスを愛する男は、普仏戦争で破れたフランスの軍隊を弁護して、何とか言い繕おうとするだろう。だが、フランスがただフランスであるがゆえにフランスを愛する者は、破れたフランス軍を急いで立ち直らせようとするだろう。そして事実これがフランスのやったことであり、そしてフランスはこの有効な逆説の適例なのである。愛国心がこれほど恣意的で現実ばなれしている例はないが、同時に改革がこれほど徹底的で網羅的な例もほかにない。つまり、愛国心が超越的であればあるほど、政治の施策もそれだけ現実的になるという逆説である。

この現象のいちばん卑近な例は、おそらく女性の場合によく見受けられるだろう。女性の不思議な、しかし強力な忠誠心の例である。女性は何事によらず身内の人間を押し立てる、したがって女性は盲目で何事も理解できないものである――などという観念を考え出した連中は、実に愚かな連中と言うべきだ。女性というものを知らぬ連中というほかない。どんな逆境にあってもご主人を盛り立てようとする奥さんがたも、ご主人との個人的な関係においては、相手の弱点は実はことごとく恐ろしいほど見透しているのである。これが男の友人なら、美点も弱点もそのままにして好きなのだ。ところが、奥さんの場合にはご主人を愛していて、だからこそいつもご主人を誰かほかの人間に変えてしまおうと懸命なのである。信じることにかけては誰にもひけを取らぬ女性はまた、批判することにかけても誰にもひけを取りはしない。サッカレーはこのことをよく知っていたと見える。『ペンデニス』という小説で、主人公の母親は、息子を神のごとく崇拝しているにもかかわらず、人間としては息子は駄目になるだろうと決めてかかっているのだが、この辺の事情を実によく表わした例だろう。つまり彼女は、息子の価値を過大評価しながら、息子の徳は過小評価しているわけである。要するに、本当に献身するものには存分に批判する自由があり、徹底して狂信するものこそ安んじて疑う権利があるのだ。愛は盲目ではない。盲目ほど愛から遠いものはほかにない。愛は束縛である。そして、束縛されればされるほど、それだけ盲目から解放されるのだ。

さて、これが、いわゆるオプティミズム、ペシミズム、それに改革ということについて、他人はいざ知らず、少なくとも私が取るに到った立場であった。宇宙の改革に手をつけるに先立って、われわれはまず宇宙に忠誠の誓いを立てねばならぬ。人間はまず人生にたいして明確な利害の関係を持たねばならぬ。まずそれをしなければ、利害を離れて人生を見ることなどできるわけがない。旧約の箴言にも、「わが子よ、汝の心を我に与えよ」とある。われわれはまず心を正しい物に与えなければならない。与えた瞬間、われわれは自由を与えられるのだ。当然これには読者の反論があるだろう。先まわりして、今その反論に答えておこう。読者はこう言うにちがいない。理性ある人間ならば、この世には善と悪とが混在することを認め、その混在のままに世界を受け入れ、しかるべく満足し、しかるべく耐えて行くものだ、と。だが、こういう態度こそ、実はまさしく私が虚偽だと信じる態度にほかならぬ。なるほどこれは今日ごく普通に見られる態度である。それは私も知っている。この態度をみごとに表現したものとして、たとえばマシュー・アーノルドのあの物静かな詩句を挙げることができるだろう。だが、この物静かな「諦念」の詩句こそ、実はショーペンハウエルの金切り声よりもっと鋭く神を潰するものなのだ。

　われわれには生きているだけで十分だ――そしてもし人生の生み出す結果が、
　これほど僅かの偉大な物にしかすぎぬとすれば、
　耐えることはできるとしても、この世の栄華、
　この生の苦痛を忍ぶ値うちがはたしてあるのか。

　この感情が現代を満たしているのを私は知っている。そして、この感情が現代を枯らしてもいると私は考える。信仰と革命の大目的のために必要なのは、この世を妥協の産物として冷やかに受け入れることではない。世界を心の底から憎み、心の底から愛することである。歓びと怒りを中和させて、気むずかしげな満足を得たいとは私は思わぬ。私が得たいと望むのは、もっと猛々しい歓びであり、もっと猛々しい不満なのだ。宇宙は怪獣の城であり、急襲せねばならぬものと感じながら、同時に宇宙はわれわれ自身の小屋であり、夕暮れには帰るべき家と感じなければならぬのである。

　普通の人間なら、誰でも世の中と折り合いをつけて生きて行けることは誰も疑わない。だが、われわれが欲しいのは、単に世界と折り合いをつけて生きていく力ではなくて、世界に勢いをつけて生かしていく力なのである。人間は、世界を変えねばならぬと思うくらい世界を憎みながら、世界は変える値うちがあると思うくらい世界を愛することができるかどうか。人間は世界の巨大な善を見上げながら、しかもただ黙って服従しているとは感じずにいられるかどうか。世界の巨大な悪を

見上げながら、しかも絶望を感じないでいられるか。要するに人間は、単にペシミストでかつオプティミストであるばかりではなくて、狂信的なペシミストでありながらかつ狂信的なオプティミストであることができるか。人間は異教徒の持前を発揮して、一切を投げうってこの世のために死ぬことができ、しかもキリスト教徒の持前を発揮して、この世の一切を投げうって死ぬことができるかどうか。この結合を成し遂げることができるのは、合理的なオプティミストではなく非合理なオプティミストだと私は考える。非合理のオプティミストは、宇宙自身のために宇宙全体を粉砕することを躊躇しないのだ。

今私が説明したこの順序は、別にそれが成熟した段階で持つことになった論理的な順序に従ったわけではなく、当時私の心にこの考えが浮かんだままの順序に従ったまでである。ところで、この考えをさらに明確にし、尖鋭にする出来事がたまたまそのころ起こった。イギリスにもイプセンの影が長く延び拡がってくるにつれて、自殺肯定論が持ち上がってきたのである。現代の大思想家を自認する人びとは、しかつめらしく宣うたものである。ピストルで自分の脳をぶち抜いた男のことを、「哀れな奴」などと言うことは思いもよらぬ。なぜならその男は実に羨むべき人物であり、稀に見る優秀な頭脳の持主であればこそ、みずからその脳をぶち抜いたのであるからと。イプセンの紹介者ウィリアム・アーチャー氏などは、さらにこんなことまで言い出した。つまり、来たるべき黄金時代には自動自殺販売機が存在することとなり、誰でも一ペニーの銅貨を入れればいとも手軽に自殺できることになるだろうというのである。こういう議論に関しては、私は自称自由主義者、自称博愛主義者にまったくの敵意を感じざるをえなかった。自殺は単に一つの罪であるばかりではない。自殺はまさに罪の中の罪である。究極の悪、絶対の悪であって、生命の存在そのものに関心を持とうとせぬ態度にほかならぬ。生命にたいして忠誠の誓いを拒否することにほかならぬ。一人の人間を殺す男は一人の人間を殺すにすぎぬ。だが自分自身を殺す男はあらゆる人間をみな殺す男である。自分自身に関するかぎり、彼は全世界を拭い去るのだからである。象徴的に言って、彼の行為は、どんな婦女暴行よりも、どんな爆弾狂の破壊行為よりも性（たち）が悪い。なぜならば、それはあらゆる建物を破壊し、すべての婦女を辱かしめる行為だからである。泥棒ならダイヤモンドで満足する。ところが自殺者はそうではない。そこが自殺の犯罪たる所以なのだ。自殺する男はどんな賄賂にも見向きもせぬ。新しきエルサレムの光眩しい宝石にさえ見向きもしない。物を盗むということは、盗まれた人のことは大切に思わぬとしても、盗んだ物を大切と思えばこそである。ところが自殺者は、地上から何一つ盗もうとしないことによって、地上のあらゆるものを侮辱するのだ。花のために生きることを拒否することで、あらゆる花をけがすのだ。彼の自殺が嘲りとならぬものは、たとえどんなに小さな生き物であろうと、この宇宙の中にただ一つとしてない。木の枝で人が首をつれば、木の葉は怒って散り、小鳥は憤激して飛び去るだろう。みな、自分に直接個人的な侮辱を受けたからである。もちろん自殺という行為には、同情すべき感情的な理由のあることもあるだろう。しかしそれを言うなら、婦女暴行にも同情すべき感情的理由は立派にあるというものだし、爆弾を投げる場合ならなおさらである。しかしいやしくも明晰な観念を問題とし、物事の理念的な意味を問題にするとなれば、話はおのずから別である。そうなれば、どう考えても、アーチャー氏の自動自殺販売機などよりは、自殺者を十字路に埋め、死骸に杭を打ち抜くという古来の旧習のほうが、はるかに合理的であり、はるかに哲学的真理にかなうと言うべきだ。自殺者を一般の死者とは分けて埋葬することにはたしかに一つの意味がある。自殺者の犯罪は、他の一切の犯罪とは別個のものである。なぜなら、自殺は犯罪を犯すことさえ不可能にするからだ。

これとほぼ同じころ、私はまた、ある自由思想家が、荘重な顔をして軽薄きわまることを書いているのを読んだ。彼が言うには、自殺者は殉教者と同じだというのであった。この妄見があまりにもあからさまであったことが、実は私の問題の性格を明らかにするのに役立ってくれたのである。自殺者が殉教者の正反対であることは誰の目にも明らかである。殉教者とは、自分以外の何物かをあまりに強く思う結果、自分一個の生命など忘れ去ってしまう人のことである。これにたいして自殺者は、自分以外の何物にもあまりに関心を持たぬ結果、もうこれ以上何も見たくないと思う人のことである。一方は何物かが始まることを望み、他方は何もかも終わることを望むのだ。言い換えれば、殉教者の高貴なる所以は、たとえどれほど世を捨て、人間的なるものを憎もうと、究極において生とのきずなを認めるというまさにその点にある。彼の魂は自分の外部に向けられている。彼が死ぬのは何物かを生かすためにほかならぬ。これにたいして自殺者の高貴ならざる所以は、彼が存在とのきずなを持たぬからである。彼は単なる破壊者にすぎぬ。精神的な意味において、彼は宇宙全体を破壊するのだ。そこまで考えて、私はあの十字路と杭のことを思い出したのである。そして、キリスト教が自殺者にたいして、この気味の悪くなるほど厳しい態度を取ってきたことも。というのも、殉教者にたいしては、キリスト教は度外れたと言いたくなるほど奨励の態度を取ってきたからだ。実際、古来のキリスト教は殉教と禁欲を極度に推し進め、非人間的、ペシミスティックとさえ非難されていたのである（この非難にも、まったく根拠がないとは言い切れないが）。初期のキリスト教の殉教者たちが死を語る時、一種恐るべき幸福感をともなっていたことは事実である。彼らは肉体の美しい務めを敢然と冒瀆した。はるか彼方の墓場のにおいを臭ぎつけることは、まるで花の咲き乱れる野原を臭ぎつけるがごとくであった。こうしたことはすべて、まさしくペシミズムの詩とも言うべきものだ――そう考えた人は少なくなかった。だが実はキリスト教がペシミズムをどう考えていたのかは、あの十字路の杭が十二分に物語っているところである。

私の推論にキリスト教が入りこんできたのはこれが最初であった。キリスト教は長い一連の謎の連続として私の前に現われたが、これはその謎の連鎖の第一の環であったのである。それと同時に一つの奇妙な特徴がこの時からはっきり私の目に見え始めてきた（この特徴の細かい点については、キリスト教のあらゆる観念に通ずる性格として、後でもっと詳しく語ることにしなければならない）。キリスト教が殉教者や自殺者にたいして取る態度は、現代の道徳が非常にしばしば主張するところとは際立ってちがっていた。殉教者と自殺者との相違は、単なる程度の差という問題ではなかった。どこかに線を引いて、歓喜のうちに自らを殺す者はそのこちら側、憂愁のうちに自らを殺す者はそのすぐ向う側に来るというようなことではなかった。キリスト教的な考え方は、自殺は単に殉教の極端な場合だなどという考え方とは明らかにちがっていた。キリスト教は、一方には熱狂的に賛成し、他方には熱狂的に反対するのであった。いかにも相似て見えるこの二つの死は、まさに天国と地獄の両端にかけ離れたものだったのである。同じく命を投げうつとは言っても、一方は絶大な善であって、その遺骨は疫病に襲われた町を救う力があるのにたいして、他方は絶大な悪であり、その遺骨は同胞の遺骨にさえ害毒をもたらすものである。私が今言いたいのは、この厳しさが正しいということではない。ただ問題は、なぜこんなにも厳しい態度を取るかということである。

まさにこの問題に直面した時だった。私ははじめて発見したのだ。おぼつかぬ足どりで遍歴の路をたどっている私の歩みが、実はすでに無数の人びとのたどった道を追っているにすぎぬのではないか、と。キリスト教もまた、私と同じく、殉教者と自殺者とは正反対だと感じてきている。ひょっとすると、そう感じた理由まで同じなのではあるまいか。キリスト教もまたすでに、今私の感じているのと同じことを感じてきたのではあるまいか。――つまり、まず第一に物事に忠誠を誓う必要があり、そして第二にすべてを破壊しても改革する必要があるのだと感じてきたけれども、ただそう表現することができなかっただけであり、できないだけなのではあるまいか。そしてその時、私はさらに思い出したのだ。現にキリスト教は、私が夢中になって結びつけようとしていることを、実際に結びつけたといって非難されているではないか。つまりキリスト教は、宇宙にたいしてあまりにもオプティミスティックであり、しかも同時に、世界にたいしてあまりにもペシミスティックでありすぎる――そういって非難されているではないか。この一致を発見して、私はハタと息を呑んで立ち止まった。

現代の論壇には、実に白痴的な習慣ができあがっているらしい。これこれの信条は、ある時代には信じられるが、時代が変われば信じられなくなるというのである。ある種のドグマは、十二世紀には信じられても二十世紀には信じられぬということらしい。それならいっそ、ある種の哲学は月曜には信じられるが、火曜日には信じかねると言ってみたらどうだろう。あるいはいっそ、ある種の世界観は三時半用で、四時半には使えないと言うことさえできそうである。何を信ずべきかは哲学の問題であって、時刻や世紀に左右されるものではまさかあるまい。不変の自然法則を信ずる人間には、奇蹟はいついかなる時代にあっても信じることができないはずである。法則の背後に存在する意志を信じる人間には、いついかなる時代にあってもいかなる奇蹟を問わず信じられるはずである。かりに、たとえば奇蹟による病気の治癒という問題を取ってみよう。唯物論者なら、十二世紀であろうと二十世紀であろうと関係なく、そんなものは一切信じられぬと言うだろう。しかし二十世紀のクリスチャン・サイエンティストは、十二世紀のクリスチャン同様にこれを信じることができるのだ。要するに世界観の問題である。だから歴史上与えられた答えを検討する場合、大事なのはそれがわれわれの時代に出された答えかどうかではなくて、それがわれわれの課題にたいして出された答えかどうかということである。そして私が、いつ、いかにしてキリスト教がこの世に入って来たかを考えるにつけて、考えれば考えるほど、キリスト教はまさにこの課題に答えるためにこそやって来たと感じざるをえなかったのである。

キリスト教にまったく見当はずれな讃辞を捧げるのは、普通、あまり厳格ではない、開明的なキリスト教徒たちである。この連中に言わせると、キリスト教が到来するまでは、いかなる敬虔も謙虚もかつてなかったということになる。中世なら、こんなことを言えば誰でもびっくりして、熱心にその誤りを正そうとしたことだろう。つまり開明派の人びとの言うところでは、キリスト教の特筆すべき点は、はじめて素朴とか自制とか、内面性や真率さを説いたところにあるという。だが私に言わせれば、キリスト教について特筆すべき点は、はじめてキリスト教を説いたことにある――

と、こんなことを言ったならば、この派の人びとは私を非常に「狭い」と考えるにちがいない（この「狭い」というのがどういう意味かは今は問わない）。だが、事実はやはりそうなのだ。キリスト教の特殊性はそれが特殊だったということにあるのであって、素朴や真率さは特殊でも何でもなかった。全人類に共通の理想だったことは明らかである。キリスト教は一個の謎にたいする答だったのであって、長い長い話のしめくくりに持ち出された陳腐な決まり文句ではなかったのである。ついこの間も、ピューリタン系の立派な週刊誌にこんなことを書いてあるのを見た。キリスト教は、ドグマの鎧をはぎ取ってしまえば（人間から骨という鎧をはぎ取れば、と言うようなものだが）、結局クエイカー派の言う「内なる光」の説と同じものにほかならぬ、というのである。かりに私が、キリスト教はまさにこの「内なる光」の説を打ち破るために現われたのだ、と言ったとしたら、それは誇張になるかもしれない。けれども、この私の誇張のほうが、あの週刊誌の説よりもはるかに真実に近いことは確かであろう。たとえばマルクス・アウレリウスのような最後のストア派は、まさしく「内なる光」の信奉者にほかならなかった。彼らの威厳、彼らの倦怠、他者にたいする物悲しげな外面的関心、自己にたいする度しがたい内的関心――みなこの「内なる光」のなせる業であり、ただこの陰鬱な光だけに照らされて存在したものだった。マルクス・アウレリウスの主張を注意して見てみるがよい。この種の内省的なモラリストの例に洩れず、彼もまた、実に瑣末なことをやるかやらぬか、大いに腐心しているではないか。それというのも、彼には道徳の革命を敢行するに足る憎しみも愛もないからだ。彼は几帳面に毎朝早起きを励行する。ちょうど英国貴族が、「質朴な生活」を心がけて毎朝早起きするのと同じことである。なぜかと言えば、こうした瑣末な利他主義を励行するほうが、大闘技場の血なまぐさい競技を廃止するよりも、あるいはイギリスの人民に彼らの土地を返却するよりも、はるかに容易なわざだからである。マルクス・アウレリウスは、あらゆる人間のタイプのうち、実はもっとも我慢のならぬタイプである。彼は利己的ならざる利己主義者なのだ。利己的ならざる利己主義者とはいかなる人物か。情熱を持たずにプライドだけを持つ人だ。情熱的なプライドを持つのならまだしも許せる。しかし冷静なプライドほど恐るべきものはない。心を照らすどんな光を想像してみたところで、こういう連中の言う「内なる光」なるものほど悪しきものはありえない。どんな宗教が恐ろしいと言ったところで、内なる神の崇拝ほど恐ろしい宗教はほかにない。いやしくも人間を知っているほどの人ならば、これがどれほど恐ろしいものかも知っているはずだ。いやしくも誰か接神論者を知っている人ならばその恐ろしさを現に知っているはずだ。誰かが内なる神を崇拝するということは、結局のところその誰かが誰か自身を信ずるということに終わるのだ。そんなものを信ずるくらいなら、すべからく太陽でも月でも崇拝すべきである。内なる神でなければ何でもよい。猫でもワニでも、自分の家の近所にいるならば、そいつをつかまえて崇拝するがよい。ただ内なる神だけはよしたほうがよい。キリスト教がこの世に現われた第一の目的は、まさしくこのことを強烈に主張することにほかならなかったのだ。人間は、単に内を省みるばかりでなく、外を仰ぎ見、驚嘆し熱狂して、神の軍隊と神の隊長の姿を見つめなければならぬのだ。キリスト教の面白さもそこにつきた。人間はもう内なる光と二人きりではなくなったのだ。人間は厳然として外の光に目ざめたのだ。その光は太陽のようにうるわしく、月のごとく明らかで、軍旗を押し立てて疾走する軍団にもまして恐るべき光であったのだ。

とはいえやはり、さっきの誰かは、太陽や月などは崇拝しないほうがよいことは事実である。太陽や月を崇拝すると、太陽や月の真似をする傾向が出てくるからだ。たとえば、太陽は昆虫を日干しにするからというので、彼のほうでも昆虫を日干しにすることがなくはない。太陽が人間を日射病にするからというので、彼のほうでも隣の人を麻疹（はしか）にしたくならぬとはかぎらない。月は人間を気ちがいにする。だからというので彼のほうでは奥さんを気ちがいにするかもしれぬ。単に外面的なオプティミズムには、こうした愚劣な一面があるものだが、このことはすでに古代にもまた現われていた。ストア派がすでにペシミズムの弱点を露わにし始めていたころ、古代の自然崇拝もまたすでにオプティミズムの巨大な弱点を露呈し始めていた。社会が若い時代には、自然崇拝はきわめて自然な現象である。言い換えれば、汎神論は、半神半獣のパンの崇拝であるかぎり別に問題はないのである。けれども自然には不自然な一面もあることを忘れてはならない。人間の経験と罪によって、そのことはたちまち明らかとなる。別に言葉の遊びで言うのではないが、パンは半神であると同時に半獣でもあって、その本性をやがて明らかにしたのである。自然崇拝に問題があるとすれば、要するに、いつでもそれが不自然、あるいはむしろ反自然に転落するということにほかならぬ。朝（あした）に自然を無垢と愛らしさのゆえに愛するとしても、夕（ゆうべ）には、その時まだ自然を愛しているとするならば、それはすでに自然の暗黒と残酷のゆえであるという結果に終わるのだ。夜明けには、ストア派の賢者のように、清冽な清水に身を洗っても、日暮れには、背教者ユリアヌスのように、熱い牡牛の血潮に身を浸す仕儀となる。単なる健康を追い求めれば、かならず何かしら不健康なものに終わるのだ。物的な自然そのものは直接崇拝の対象としてはならない。それは楽しむべきものであって拝むべきものではない。山にしろ里にしろ糞真面目に受取ってはならぬのだ。そんなことをすれば、われわれの末路は異教の自然崇拝と同じ末路をたどることになるだけだ。大地は慈愛に満ちているからといって、結局大地のあらゆる刻薄を真似る結果に終わってしまう。性は生気であり正気であるからといって、結局性の狂気に陥ることに到り着くほかはなくなる。単なるオプティミズムはその当然の狂気にすでに達し終わっていたのだ。あらゆるものは善なりという世界観は、あらゆる悪の狂態に堕し去ってしまっていたのである。

一方、ペシミズムの理想を体現していたのはストア派の残党であった。マルクス・アウレリウスやその一派は、宇宙にはいかなる神も存在しないという結論に達していた。ただ内なる神しか彼らの眼中にはなかったのである。自然にいかなる徳があるという希望も持たず、社会にいかなる徳があるという希望もほとんどまったく失っていた。彼らは外の世界に真の関心を持っておらず、だから世界を破壊しようとも、世界に革命をもたらそうという気も持てなかったのだ。彼らはローマを真に愛してはいなかったから、ローマに火を放つことも考えつかなかっただけである。こうして、古代世界は、現代と正確に同じ絶望的なディレンマに落ちこんでいた。この世界を本当に享楽できたはずの人びとが、実はこの世界を真二つにしようと懸命になっていた。これにたいして他方では、有徳の人びとは彼らのことになど関心を示さず、彼らを論破しようともしなかった。このディレンマ、現代と同じこのディレンマの渦中に、キリスト教は忽然として登場して、一つの特異な解答を示したのであった。そして世界は結局、これこそ唯一の解答としてこの解答を受け入れたのだった。それはその時まさに唯一の解答であった。そしてこれは、今もまたまさに唯一の解答であると私は考える。

この解答は白刃の一閃のごときものであった。まさに一刀両断したのである。いかなる意味でも、感傷的にほころびを縫い合わせたのではない。一言で言えば、キリスト教は神と宇宙とを切り離したのである。神は宇宙から絶対的に超絶した別個の存在と考えること——現代のキリスト教徒の中には、この根本の理念をキリスト教から除去しようとする者があるけれども、しかしこれこそ実に、当時の人びとがキリスト教徒になろうとした唯一の理由にほかならなかったのだ。哀れなペシミストにたいしても、さらにもっと哀れなオプティミストにたいしても、これがキリスト教の与えた解答の何より肝心な中心点にほかならなかった。今私が論じているのは、当時の人びとの具体的な問題なのだから、キリスト教の偉大な形而上学としての側面は、ここではごく簡単に触れるにとどめておくが、そもそも世界の創造の原理や世界の存続の原理を説明する場合には、どうしても比喩的な説明に頼るほかに方法がない。なぜなら、説明は言葉によって説明するより仕方がないからである。そこで汎神論者が神を説明する場合、神は世界の中にあると言うほか仕方がない。まるで神は箱の中に入っていると言うような説明である。あるいは進化論者の場合には、世界はまるで絨緞でも広げるようにくり広げられるのだと説明する。いずれにしても、宗教的であろうと非宗教的な説明であろうと、説明が言葉によるものである以上、それは結局比喩にすぎぬことは認めなければならないわけだ。問題はただ、こういう言葉が何の役にも立たぬただの言葉にすぎぬのか、それとも、こういう言葉によって、世界の起源の明確な観念を抱くことができるかということである。言葉によってこういう観念を抱くことはたしかにできると私は思う。進化論者もそう思っていることは明らかである。そうでなければ、彼らもそもそも進化などということを語るわけがない。さて、そこで、キリスト教の神の概念を表わす根本の比喩、根本の言葉は何であるか。神は創造者であるということだ。芸術家が創造者であるというのと同じ意味で創造者であるということだ。詩人が、一度詩を書き終えてしまうと、詩とはまったく別個の存在に離脱することは、詩人が自分の詩を「脱稿」すると言うことからもわかるだろう。詩に生命を与えるということは、詩に一人立ちさせるということだ。進化論では、成長はすべて分岐だと考えるが、あらゆる創造、そもそも何かを生み出すということは、すべて分離であると考えることも、少なくとも同様に全宇宙を通じて変わらぬ原則である。女性が子供を得るということは、つまり子供を失うことにほかならない。作り出すということはすべて分かれるということだ。誕生は、死と同じく厳粛な別れなのである。

キリスト教の根本の哲学的な原理とはまさにこれである。つまり、神の創造の御業において、神と世界とが分かれるということ――詩人が詩を生み出す時、詩人と詩が分かれ、母親が子を生む時、母とみどり子とが分かれるのと同じことであるが――このことによって、絶対的なエネルギーが世界を創ったその行為を本当に説明できるという確信である。ほとんどの哲学者の説くところでは、神は世界を作ることによって世界を神に隷属させるという。ところがキリスト教の説くところに従えば、神は世界を創ることによって世界を自由にしたのである。いわば神は、一篇の詩というよりも、むしろ一篇の戯曲を書いたのだ。書かれた戯曲は完璧だったが、しかし実際の上演は当然人間の俳優や演出家に任せねばならぬ。そして俳優や演出家は、この完璧の戯曲を実に無茶苦茶にしてしまったのである。この理論の理論としての正しさを論ずることは後にゆずる。私が今指摘したいのは、ただ、今までこの章で見てきたディレンマが、キリスト教の原理によっていかに驚くほどやすやすと乗り越えられたか、ということなのである。この原理によって人間は、少なくとも、幸福を感じながら同時に義憤を感じることができ、しかもペシミストにもオプティミストにも堕さずにすむことができたのだ。この原理に従うことで、人間は世界のあらゆる勢力を敵に回しながら、しかも世界の旗を見捨てることはなかったのである。宇宙と和解しながら、しかも宇宙と戦うことができたのだ。聖ジョージは、相手の竜がどれほど大きく宇宙に立ちふさがり、壮大な都市よりもさらに大きく、永遠の山よりもさらに大きかったとしてもなお、竜を相手に戦うことができるのである。いや、かりに竜が世界と同じ大きさであったとしても、なお世界の名において竜を殺すことができるのだ。竜と世界とを見くらべて、どちらがどれほど馬鹿でかくとも、そんなことは意に介する必要など少しもなかった。ただ、そもそも世界の創造の原初において、神が何を意図されたのか、その秘密さえ知っていればそれで十分だったのだ。たとえ竜が世界の一切であったとしても、敢然と竜に剣をふるってよいのである。頭上に広がるうつろな天が、彼に向かって開いた竜の巨大な口の上あごにすぎぬとしても少しもかまわぬ。

さて、その次に私のした経験は、どうにもほとんど描写が不可能な経験だった。言ってみれば、私はまるで、生まれてからこのかた、二つの巨大な手に余る機械を、わけもわからずいじくり回していたようなものだった。二つの機械は形もまるで別々で、どう見ても何の関係もないようにしか見えなかった。二つの機械とは、つまりこの世界と、そしてキリスト教の伝統である。この世界という機械のほうには、一つの穴が開いていた。この世を愛しながら、しかも、頭から信じ切ってはいけないという事実、この世を愛しながら、この世の愛に溺れてはならないという事実――それがその穴であった。一方、キリスト教という機械のほうには、固い釘のような突起がついていた。キリスト教の神は人格神であり、神自身とは別個の存在として世界を創造したというドグマ――これがその突起であった。このドグマの釘は、世界の穴にぴったりはまった。ぴったりはまるように作ってあることは明らかだった。ところが、そこで不思議なことが起こり始めたのである。二つの機械のこの二つの部分が組み合わさると、一つ、また一つ、全部の部分がみな組み合わさり、ぴったりはまっていったのである。あんまりものの見ごとに合っていくので、私は思わずゾッとしたほどだ。機械のあらゆる部分のボルトがことごとく、ぴたりぴたりと嚙み合って、カチリカチリと音を立てるのが一つ一つ耳に聞こえたのである。何とも言えぬ安堵をもたらす音だった。一つの部分が嚙み合うと、ほかのすべての部分がその同じ正確さを繰り返して嚙み合っていくありさまは、無数の時計が一つ一つ、みな次々に十二時を打っていくのを聞いているようだった。私が本能的に感じ取っていたことが、一つ一つ、キリスト教の教義によって次々と答えられていくのである。あるいは、比喩を変えて言うならば、私はまるで、敵国に深く侵入して、大きな砦を取った人のようでもあった。その砦が一つ落ちると、その国中がみな降伏し、みな私の無二の味方に変じたようだった。今まで暗かった土地全体に今あかあかと灯りがともって、はるか子供のころの野原まで見透せるようになったとでも言うべきだろうか。子供のころに、意味もわからずにただ空想していたことがみな――つまり第4章で説明したあの空想、暗がりの中でつきとめようとして果たせなかったあの空想がことごとく、突然透明になり、整然と意味を成してきたのである。バラが赤いという事実の背後には、何かしら誰かの意志が存在すると私はいつも感じていた。その私の感じが正しかったことが今や明らかになったのである。それは神の意志だったのだ。私はまた、草は必然によって今の色に定められているというより、むしろ今の草の色はまちがっていると考えるほうがましだと感じてもいた。私は正しかったのだ。草の色は、事実、ほかのどんな色であることもできたのだ。私はまた漠然と感じていた。幸福というものが、実に危うい条件の糸にかかっていることには、やはり何としても何らかの意味があるのにちがいない、と。やっぱり私は正しかったのである。今にして思えば、その意味は人間の堕落、原罪の教義の意味であったのだ。そればかりではない。私が抱いていた漠然として形をなさぬ奇怪な妄想も、かつては自分でもその何物であるのかさえ定かではなく、ましてや弁護することなど思いもよらなかったのに、今や静々とそのあるべき場所に歩み入ったのだ。それはまるで、古代の神殿を飾るさまざまの彫像が、それぞれの役割に従って整然とあるべき所に配置されるのにも似てみごとであった。今や所を与えられたこれらの想念は、新しい信仰の建築を構成する柱となり、梁となって、その本来の役割を果たすことになったのである。たとえば、宇宙は巨大でも広漠としてもいず、むしろ小さくこぢんまりとして心地よいものだという想念にしても、今ようやくその本来の意味を全うすることができたのだ。というのも、どんな芸術作品であろうとも、芸術作品であるかぎり、作者の目には小さく見えるからである。つまり、神様の目には、星もまた、ダイヤモンドと同じように、小さくかわいらしいものに見えるだろうということだ。それからまた、私の心にいつも付きまとって離れなかったある本能的な感情にしても同じことである。善は単に利用すべき道具というだけではなく、ロビンソン・クルーソーが船から引き上げた品物と同じように、大事に守って行かねばならぬ遺品なのだ――そう感じていた本能的な信念さえ、実は、知恵の源から発する不思議なささやきであったのである。というのも、キリスト教によれば、われわれは事実難破を生きのびた者にほかならないからだ。われわれはみな、世界の始まる前に沈んだ黄金の船の乗組員にほかならないからだ。

だが、大事だったのは、これでオプティミズムの論拠がまったく逆転したことである。そして、この逆転があった瞬間、まるで脱臼した骨が元に戻った時のように、嘘みたいにやすやすと逆転したように感じられたのだ。私はそれまでも、よくオプティミストを自称してはいた。ペシミズムを標榜することは、あまりにも明白な冒瀆だと感じていたからである。けれども、その時代のオプティミズムはみな偽物で、期待を裏切るものばかりであった。それと言うのも、当時のオプティミズムは、われわれのほうがこの世にしっくりはまると主張していたからである。ところがキリスト教のオプティミズムの根本は、われわれはこの世にしっくりはまらないという事実にある。かつての私は、いつも自分にこう言い聞かせていたものだ。人間も動物であり、ほかの動物と同じように、神様から食べ物をいただいている――そう言い聞かせては陽気であろうとつとめていたのである。だが、私が本当に陽気になったのは、今や新しい発見をしたその時がはじめてのことだった。私は発見したのだ――人間は奇怪きわまる生き物である。かつて私があらゆるものを奇怪きわまると感じていたのも当然だ。私はあらゆる物よりも上等であり、同時にあらゆる物よりも下等であるからだ。オプティミストの喜びは散文的である。なぜなら、その喜びは、あらゆるものが自然であることに根ざしているからだ。キリスト教徒の喜びは詩的である。なぜならその喜びは、超自然の光に照らされる時、あらゆるものが不自然であるということに根ざしているからだ。現代の思想家が耳にタコができるほど繰り返しているところでは、私はまさにいるべき場所にいるという話であったが、しかしその話を鵜呑みにしてみても、私はやっぱり心が少しも晴れやかにはならないでいた。ところが今や私は、お前はいるべきでない場所にいるのだと聞かされた。すると私の魂は、春の小鳥のように嬉々として歌い出したのである。この新しい知識の光によって、幼い日々の暗い家の忘れ去られていた部屋が次々に発見され、明るい光に照らし出されてきたのである。私には今こそはっきり合点が行ったのだ。なぜ私には、いつもいつも、草はまるで巨人の青い髭のように奇妙に見えていたのか、なぜ私は、現に自分の家に住みながら、自分の家があれほど恋しくて泣いていたのか、その訳が今こそしっかりと納得がいったのである。

6

キリスト教の逆説

われわれの住むこの世界で本当に具合の悪いところは何か。それは、この世界が非合理の世界だということではない。合理的な世界だということでさえもない。いちばん具合が悪いのは、この世界がほとんど完全に合理的でありながら、しかも完全に合理的ではないということだ。人生は非論理の塊ではない。しかし論理家の足許をさらう程度には非論理的である。見た目には、なるほど実際よりほんのわずかに数学的、規則的に目に映る。見た目にはたしかに正確に見えるのだが、その下に不正確なところが隠れている。野放図なところが待ちかまえている。ごくお粗末な例ではあるが、一つ例を挙げて説明しよう。かりにどこかの天体から非常に数学的な生物がやって来て、人間の体を仔細に点検したとする。すぐに判明することは、人間の体にとって左右相称が欠かせぬ要件だということだろう。一人の人間はいわば二人の人間の合成であって、右半分の人間は左半分の人間と正確に対応している。右に腕があれば左にも腕があり、右に脚があれば左にも脚がある。この事実を発見した宇宙人は、さらに次の発見へと進んで行く。どちら側にも同数の手の指があり、足の指もまた同数である。目が一組、耳も一組、鼻の穴も一組、さらには頭の中の脳葉まで左右一組になっている。ついに宇宙人はこれを一個の法則と考えるに到るだろう。そして、次に、一方の側に心臓のあることを発見して、当然もう片側にももう一つ心臓があるにちがいないと推論する。ところがその時、まさに推論の正しさをもっとも深く確信したその瞬間、それが誤りであることを思い知らされるにちがいない。

地上のあらゆるものの薄気味の悪いところは、まさしくこの、黙って論理をほんのちょっとだけズラしてあるという点にある。まるで宇宙全体がひそかに陰謀をめぐらしているかのようだ。リンゴでもミカンでも、たしかに丸いと言っていいほど丸いのに、実はまるきり丸くはない。地球そのものからして、ミカンのような形をしているものだから、頭の単純な天文学者はうっかりその罠に引っ掛って、地球のことを地球などと呼んでしまうのだ。草の葉は、刀の刃に似て切先が尖っているから、それで「ハ」と言うのかもしれないが、しかし本当は刃のように尖ってなどいはしない。世界のどこを見ても、黙ってこっそり計算を狂わしているところが到るところに見つかるのだ。だから合理主義者の手からするりと抜けてしまうのだが、しかし、いよいよという時までじっとしていて、いかにも捕まりそうな顔をしているから始末が悪い。地球が遠大な曲線を描いているのであるからには、そのどの一インチを取ってみても同じ曲線をなしているはずだ――誰でもそう思ってしまうのは理の当然というものではないか。脳髄でさえ左右の両葉に分かれているのなら、心臓だって左右両方にあるのが論理の必然というものだろう。科学者たちは、平板な土地があんまり好きなものだから、今でも調査隊を編成して北極探検に乗り出している。科学者はまた、今でも調査隊を編成して、人間心理の探検にくり出してもいる。けれども彼らの求める心理にはたして真理が宿っているかどうか。ひょっとすると、右半身に心臓の宿っているのを必死に探しているようなものではないのか。

それはともかく、実際に直観や霊感が本物かどうかを試すには、こういう隠れた歪み、予期せぬ出会いを読み取っているかどうかでテストするのがいちばんである。例の宇宙から来た数学者にしても、腕が二本、耳が二つあるのを見て、肩胛骨も二枚、脳も二葉あると推論するだけなら普通の数学者というものだ。しかしもし彼が、人間の心臓は左に一個あるだけが正しいのだと想像したとするならば、これはもう単なる数学屋以上だと言わねばならぬ。ところで、私があの発見以来キリスト教の特技だと説くようになったのは、まさしくこのような能力にほかならない。キリスト教は単に論理的な真理を推論するだけではない。突然非論理的になることがあって、そしてそれは、いわば非論理的な真理を発見したその瞬間なのである。単に物事と正確に合致するというだけではない。物事のほうで正道を外れると（こんな言いかたが許されるとしての話だが）、キリスト教のほうでも正道を外れて行くのである。キリスト教の条理は、世界の秘密の不条理にぴったりついて行き、予期せぬ発見をはじめから予期しているのだ。単純な真理については単純明快だが、裏をかくような真理にも一向に動じない。人間には手が二本あることは素直に認めるが、それなら当然心臓も二つあるはずだというような推論には（今日の進歩派は手をやいているけれども）、頑として認めようとはしないのである。私が本章で明らかにしたいのは、ただこの一事だけである。つまり、キリスト教の教義に何かしら妙なところが見つかる時は、事実のほうでも何かしら妙なところが見つかる時だということである。

前の章で、現代に行なわれている一つの無意味な言説のことを述べた。つまり、これこれの信仰は今日では信じられぬという説のことである。もちろん、どんな時代であろうと、どんなことでもでは、信仰は、ともかくまず信ずるとしての話だが、単純な社会よりも複雑な社会におけるほうが深く信じられるということだ。もし、今日大工業都市と化しているバーミンガムでキリスト教の真なることを信じたとしたならば、大昔ここが寒村にすぎなかった時よりも、そう信ずべき理由は実際はるかに明らかなはずである。それというのも、偶然の一致が複雑になればなるほど、それだけ単なる偶然の一致とは見えなくなるからだ。たとえば雪の一片一片が、かりに人間の心臓そっくりの形で降って来たとするなら、それは単なる偶然というものだろう。しかし、もしかりに、ハムプトン・コートの離宮の庭にある迷路そっくりの複雑な形で降って来たとするなら、これはもう奇蹟というほかはない。私があの時以来キリスト教の哲学について感じるようになったのは、まさしくこのような奇蹟について感じるのと同じことだったのである。現代の複雑な世界のほうが、単純な問題しか知らなかった信仰の時代より、はるかに完璧にこの信仰の真なることを立証する。実際、私がキリスト教の正しさを認識し始めたのは、この大都会ロンドンの真中でのことであり、私の育ったノッティング・ヒルとか、後に移り住んだバタシーでのことだったのである。キリスト教を讃美はしても実際に信じてはいぬ人びとには、キリスト教の教養があまりにも細部にわたって複雑精緻であることが悩みの種であるらしい。けれども事情は、今も言うように、実はまったく逆なのだ。ある信仰を信ずれば、その教義の複雑さはむしろ誇りの種になる。科学者が科学の複雑さを誇るのと同じことである。複雑であればあるほど、いつまでも尽きせぬ発見のよろこびが埋蔵されている証拠なのだ。もし正しいものであれば、実に精緻に正しいと言えばそれは明らかに賞めたことになるはずだ。棒切れが穴にすっぽりはまるとか、石ころが土のくぼみにぴったりはまるとかいうだけなら、それは単なる偶然というにすぎまい。しかし鍵と錠となると話がちがう。どちらも複雑である。もし鍵が錠にぴったりはまれば、それはつまり、それが正しい鍵だったということにほかなるまい。

けれども、キリスト教にからみついてこの厳密さ、正確さというものがあるために、私がこれからやろうとしていることが非常にむずかしくなることもまた事実である。私は、真理がどこまでも積み重なり、いやが上にも累積するという現象を説明しなければならぬのだが、この正確さということが邪魔になって仕方がないのだ。何かを完全に信じ切っている場合、そのことを弁護するのはおそろしく困難なものである。半分しか信じていない場合なら比較的簡単である。半分しか信じていないのは、いくつかの証明を手に入れていて、十分それを解説できるからにほかならない。つまり、ある哲学を信ずるという場合、何かでそれが証明できるなどと思っているかぎり、それは本当に信じ切ってはいない証拠にほかならぬ。何もかも、あらゆるものがそれを証明していると思う時、はじめて本当に信じ切っていると言えるのだ。そして、あらゆるものがみなこの真理の証明に集中していればいるほど、その証明を要約してくれなどと突然頼まれたら、ただ困惑するばかりなのである。たとえば、人並みの頭を持った人間に、もののはずみでこんな質問をしたとする。「どうして君は野蛮より文明のほうがいいと思うのですか」。問われた男は無暗にあたりを見まわして、漠としてこんな答えをするほかないだろう。「いや、それはつまり、そこにあるその本箱とか……バケツに入っている石炭とか……それからピアノもあるし……それに警察とか、そういうものがあるから……」。文明を弁護するということは、それが複雑だということを弁護することにほかならない。あまりにも多くのことがありすぎる。だが、証明があまりにも多くて錯綜しているというまさにそのことが、本来なら返答を反論の余地のないものとするはずなのに、実際には返答を不可能にしてしまうのだ。

こういうわけで、複雑な確信というものにはいつでも一種の巨大な無力感がつきまとう。この信念はあまりにも大きすぎて、ちょっとやそっとでは一向に始動しない。しかも、この始動に手間どる第一の原因は、実に奇妙なことだけれども、どこから始めてもかまわないということなのである。あらゆる道はローマに通ずる。多くの人が結局この永遠の都に還らずじまいになるのは、実は一つにはこのためにほかならぬ。で、今言っているキリスト教信仰の弁護という問題の場合にも、実を言えば私はどこから議論を始めても一向にかまわない。大根のことから始めても、タクシーのことから始めても同じことである。けれども、私の言いたいことをわかりやすくするためには、やはり前の章の議論をそのままつづけて行くのが穏当というものだろう。前の章で私の語ったのは、キリスト教と世界とが不思議な一致を示したということ、というよりむしろ、私が本能的に感じ取っていたことが、一つ一つキリスト教によって裏付けられたということだった。その時まで、実は、キリスト教について聞かされていたことは、みな私をキリスト教から遠ざける結果になっていた。私は十二歳の時には異教徒であり、十六の時までには完全な不可知論者になっていた。実際、十七歳をすぎてもまだ、こんな単純な問題を一度も自問したことのない人などありうるとは思えない。もっとも私は、宇宙を支配する一種の神格にたいして、茫漠としたものではあるけれども、とにかく尊崇の念をまったく失ってはいなかった。キリスト教の創始者にたいしても、大きな歴史的興味を抱いてはいた。しかし、キリストをあくまでも一人の人間と考えていた。とはいえ、一人の人間として考えても、キリストのほうが、キリストを批判する現代の思想家よりも上だと思っていたことも事実である。ともかく私が読んでいたのは、当時の科学者の書いた書物や、懐疑派の書物に限られていた。少なくとも英語で書かれたこの種の書物は、手の届くかぎり見つけたものはことごとく読みつくしていた。そのほかの本はぜんぜん読んだ覚えがない。もちろん哲学関係の本の話である。三文小説の類はほかにも読んでいた。そして実際この手の小説には、キリスト教の健全で英雄的な伝統が脈々と生きていたのだが、その当時は私にはそんなことは知るよしもなかった。キリスト教の護教論に類するものはただの一冊も読まなかった。今でもできるだけ読まないようにしている。私を正統の神学に連れ戻したのは、実は進化論者のハックスリーやハーバート・スペンサーであり、合理主義者のブラッドローであった。私の心に、懐疑にたいする懐疑の種子をはじめて播いてくれたのは、実に彼らにほかならなかったのである。われわれのおばあさんの代の人たちは、ペインをはじめとする自由思想家が人の心を迷わせたと嘆いたが、たしかにそのとおりだったのだ。自由思想家はなるほど人の心を迷わせる。私の心も大いに迷わせてくれた。人間理性万能の説をなすこういう連中は、私に理性そのものにたいする疑惑を抱かせてくれたのである。理性にはたして何らかの有効性があるのかどうか、そのこと自体を疑わせてくれたのである。ハーバート・スペンサーを読破した時、私の疑惑は、そもそも進化などというものが起こったことがあるのかどうかにさえ、はじめて疑問を持つまでに進化したのだ。アメリカの進化論者、インガソル大佐の無神論講義の最後の一巻を読み終えた時、私の心に恐ろしい思いが湧き起こった――「お前の説教の力で、私はほとんどキリスト教徒に改宗しそうになった」（『使徒行録』二六・二八）。私は絶望的だった。

偉大な不可知論者たちが、彼ら自身の懐疑よりさらに深い懐疑を読者の心にまき起こすというのはいかにも奇妙な現象だが、この例を示すとすれば、あまりにたくさんありすぎて切りがない。一つだけ例を挙げておく。私は、ハックスリーからブラッドローまで、非キリスト教的、あるいは反キリスト教的な立場の人びとがキリスト教信仰を説明しているのを何度も読み返したが、読んでいるうちに、徐々に、しかし抗いがたい印象が、次第に、しかし生々と心に生まれるのを感じたものである。つまり、彼らの言うとおりだとすると、キリスト教というのは実に途方もなく異様なものにちがいないという印象を持ったのだ。彼らの説明から判断すれば、キリスト教は、単に燃えるばかりの悪徳を持っているばかりか、お互いに矛盾しあう悪徳を同時に兼備する不思議な能力を持っていることになるからだった。キリスト教はあらゆる方面から、しかも到底両立するはずのない理由から攻撃されているではないか。一人の合理主義者が、キリスト教は東に片寄りすぎていることを立証したかと思うと、次の合理主義者はたちまち、しかも同様に明確な論証によって、今度はあまりにも西に片寄りすぎていることを立証する。キリスト教はあまりにも角張っていて攻撃的だという避難を聞かされたかと思うと、今度は打って変わって、あまりにも女性的で感覚的にまろやかであるという非難を聞かされる。読者の中には、こういう事態に出くわしたことのない人もあるかもしれぬ。念のためにいくつかの具体例をお目にかけよう。懐疑派の攻撃がいかに自己矛盾をおかしているか。手当たり次第に四つか五つ挙げてみる。本当はあと四十か五十はあるのだが。

たとえば私は、キリスト教は非人間的に陰惨なものだという雄弁な攻撃にいたく動かされたものである。というのも、私は、真底からのペシミズムは許しがたい罪だと考えていた(今でも考えている)からである。ポーズとしてのペシミズムなら、それは一種の社交のアクセサリーとして、どちらかと言えば肌ざわりのいいものでもあるだろう。そして幸いなことに、たいていのペシミズムはポーズにすぎない。けれども、もしキリスト教が、こういう攻撃が言うとおり純粋にペシミスティックで人生を敵視するものであるのなら、私はすぐにでもセント・ポール大寺院を爆破してやりたい気持であった。だが、実に奇妙なのは実はここから先のことである。この種の攻撃の論法では、第一章では、キリスト教があまりにペシミスティックであることを論証しつくして、私も完全に納得したのはいいとして、第二章になると、今度はキリスト教があまりにオプティミスティックだと論証し始めたのである。一つの非難によれば、キリスト教は人間に病的な涙と恐怖を催させて、自然の胸に抱かれて歓喜と自由を満喫することを禁ずると述べ立てる。ところが次の非難の論ずるところでは、キリスト教はありもしない摂理という鼻薬で人間を甘やかし、バラ色のおとぎ話の夢でくるんでしまうというのである。自然は自然としてそれだけで美しい、なぜそれで不足があるのか、なぜ自由を思うさま享受してはいけないのか——そう詰問する不可知論者があるかと思えば、もう一人の不可知論者の大先生はキリスト教のオプティミズムに反対し、それは「敬虔なる人びとの織りなす見せかけの衣」であって、それが自然の醜さを人間の目から隠し、自由などというものはありえぬことを人間に悟らせまいとしていると言う。キリスト教は悪夢だという合理主義者が口を閉じるか閉じぬかのうちに、今度はキリスト教を愚者の楽園だという者が現われるという始末である。

これには私も参った。非難の筋がお互いに矛盾している。両立するはずがない。キリスト教は、白い世界にかけた黒い仮面であり、しかも同時に、黒い世界にかけた白い仮面であるなどということがありうるものか。キリスト教に入るとあまりにも居心地がよくて、だからいつまでもしがみついている奴は卑怯者であり、しかも同時にあまりにも居心地が悪くて、だからいつまでも我慢している奴は馬鹿者であるなどということがありうるか。もしキリスト教が人間の目をくらませるとしても、どっちか一方でしかくらませることはできないはずだ。緑の色眼鏡で、しかも同時にバラ色の眼鏡であることなどはできるはずがあるまい。当時の若者の例に洩れず、私もスウィンバーンの詩句を愛誦したものだった。スウィンバーンが信仰のもの倦さを突いた一句など、喜びに身をふるわせて口ずさんだものである。

おお、色蒼ざめしガリラヤ人よ、汝はこの世を征服しつくした。
汝の言葉に世界は今やことごとく灰色に閉ざされ果てたのだ。

けれども、この同じ詩人が（たとえば「アタランタ」などで）、異教的世界を描くのを読んでみると、私も妙なことに気がつかざるをえなかった。世界は、「ガリラヤ人」がこの世に言葉を宣べ伝える前から、さらにいっそう灰色だったという印象しか得られなかったからである。「世界は今やことごとく灰色に閉ざされ果てた」のであれば、それ以前はそれよりもっと灰色だったなどということはありうべからざることのはずだが、しかしスウィンバーンの説明ではそうだったとしか思えない。

いや、実際この詩人は、理屈としては、人生そのものが漆黒の闇だと言っていたのである。それなのに、ともかくもキリスト教はそれをさらに暗くしたというのである。キリスト教のペシミズムを非難する人間が、彼自身ペシミストであったのだ。何か妙だと考えざるをえなかった。そして、ある興奮の一瞬に、ある想念が私の心を横切ったのである。ひょっとするとこの連中は、宗教と幸福との関係を論断する最適任者ではないのではあるまいか。なぜといってこの連中は、自分でも高言しているように、宗教にも幸福にも縁のない連中なのだから……。

誤解しないでいただきたい。私はけっして、この非難は見当はずれで、非難している連中は大馬鹿だと性急に結論を下したのではないのである。私が推論したのはただ、キリスト教は彼らが言っているより、もっと薄気味の悪い、もっと意地の悪いものにちがいないということだけだった。気味が悪いのと意地が悪いのとでは、同じ悪とは言ってもどちらかと言うと反対の悪ではあるが、しかし同時にこの両方の悪を持つ物もありえないわけではない。だが、もしそういう物があるとすれば、それはともかく非常に奇態なものにちがいあるまい。体のある部分はやけに肥っていて、しかもほかの部分はやけに痩せている人もなくはない。しかしその人はともかく非常に奇態な恰好であるにちがいない。この段階では、私はただキリスト教の奇態な恰好のことしか頭になかった。実は合理主義者の精神のほうがよほど奇態な恰好をしているなどとは考えもしなかったのである。

似たような例がもう一つある。キリスト教にたいする攻撃のうちでも、特に強力だと私が思ったのは、「キリスト教的」と名のつくものには何かしら臆病で、抹香くさくて、男らしくないところがあるという攻撃だった。特に抵抗とか闘争についてのキリスト教の態度がそれである。十九世紀の懐疑派の大物は、たいてい大いに男性的であった。ブラッドローは外向的に、ハックスリーも温和ながらに、断固として男であった。それに比べれば、キリスト教の説くところには、たしかにどこか弱々しく、あまりに忍耐を強調する傾きがあると感じたのである。たとえばあの、右の頬を打たれれば、もう一方の頬を出せという福音書の逆説にしても、神父さんがけっして争ったためしがないという事実にしても、その他さまざまのことから推して、キリスト教は人間をあまりに羊のごとくしようと試みるという非難には、どうも一理あるように思われて仕方がなかった。私はそういう攻撃を読み、そのとおりだと信じ、そしてそれ以外のものを何も読まなかったとしたら、今でもそれを信じつづけていただろう。ところが私はそれ以外の、似ても似つかぬ意見を読んだのだ。不可知論の教科書の次のページをめくったとたん、私の頭はまったく転倒した。今度はそこに、キリスト教はあまりに戦わないからではなく、あまりに戦いすぎるから憎むべきだと書いてあるではないか。今度の説では、キリスト教はあらゆる戦いの源なのである。キリスト教は血の洪水で地球をおおったというのである。今までは、キリスト教徒はけっして怒らないから私はキリスト教徒にしんから怒っていた。ところが今は、人間の歴史を通じてキリスト教徒の怒りほど巨大で恐怖すべきものはないからこそ、キリスト教徒に怒りを持つべしと教えられるのだ。キリスト教徒の怒りは大地を浸し、太陽を曇らせるからこそキリスト教徒に怒れと聞かされるのである。キリスト教の従順さはけしからん、修道院の非暴力は許しがたいと非難したその同じ連中が、今度はまた、十字軍の暴力と蛮勇はけしからんと言って非難する。エドワード証聖王が戦わなかったのも、リチャード獅子心王が戦ったのも、みな（どういうわけか）同じ哀れなキリスト教の咎だというのだ。絶対非戦論のクエイカー派こそキリスト教の代表だと聞かされるかと思うと、仮借なく王党派を殲滅したクロムウェルや、峻厳無比にオランダ人を弾圧したアルバ公こそキリスト教的罪悪の代表だと聞かされる。一体これはどういうことか。いつでも戦いを禁止しながら、いつでも戦いを引き起こしてきたキリスト教徒とはいったい何者か。まず第一には絶対に戦おうとしないからといって非難し、そして第二にはいつでも戦っているからといって非難すべきものとは、そもそもどんな性質を持っていればよいというのか。この怪物じみた殺戮と、この化物じみた従順さが生まれたのは、全体どんな謎の国であるというのか。刻一刻と、キリスト教の恰好はいよいよ奇怪さを増すばかりであった。

第三の例を挙げよう。三つの中でもいちばん妙な例である。というのは、ここにはキリスト教にたいするたしかに現実的な反論があるからだ。キリスト教にたいするたしかに現実的な反論とは何か。要するにキリスト教が一つの宗教だというそのこと自体である。世間は広い。実にさまざまな種類の人間がいる。そこでたしかに一つの理屈として、キリスト教はただ一種類の人間だけのものだと言えないことはない。キリスト教はパレスチナに始まり、そして事実上ヨーロッパに終わっている。私は若いころ、この理屈に少なからず感服した。そして、よく倫理協会などという所で説いている説に大いに引かれたものだった。つまり、全人類を通じて一つの偉大な教会が無意識のうちに存在していて、その基盤をなすものは即ち世界共通の良心にほかならぬという説である。人間を分かつのは宗派であって、道徳は少なくとも人間を結びつけるというわけだ。どれほど遠く離れた見も知らぬ土地であろうと、時代であろうと、魂はやはり人間共通の根本的な倫理観を発見するにちがいないというのである。東方の竹林に坐して沈思する孔子に会えば、聖者は筆をとって書いているだろう――「汝、盗むなかれ」。原始の砂漠の難解をきわめる象形文字といえども、その意味を解読しえた暁にはこう読めるにちがいない――「子供は嘘をついてはいけません」。全人類は兄弟であり、同じ一つの道徳的感覚を持っているというこの説を、当時の私は信じたし、そして今の私も実は信じている。ただ今は、信じているのはこのことだけではないというちがいはある。ともかく私は信じ、だから私はキリスト教の独善（とその時私が感じたもの）にしんから悩まされたのである。キリスト教は、正義と理性の光にまったく浴しない時代や王国が数多くあったと説いているように思えたからである。けれども、その次に私が発見したことに私は呆気に取られずにはいられなかった。プラトンからエマソンまで、全人類は一つの教会だと言ったその同じ人たちが、道徳は昔とはまったく変化した、時代によって善悪は逆転すると言っているのだ。たとえば私が、祭壇は要らないのかと訊いたとしよう。この人たちの答えはこうである。いや、そんなものは必要ない。全人類が兄弟であり、疑惑の余地のない託宣があり、人類普遍の習俗と理想を信ずれば足りるのだ、と。しかし（と私がおずおずと指摘する）、人類普遍の習俗の一つは祭壇を持つということではないのですか、と。すると不可知論の先生はやにわに私に背を向けてこう言い放つ。人類はいつでも野蛮の暗黒と迷信にひたってきたのだ、と。彼らが日ごとキリスト教に投げつけてきた攻撃に従えば、キリスト教はある一群の人びとだけの光であって、残りの人間はみな闇のうちに死んで行くのを放置してきたことになる。ところが彼らが自分たちだけの誇るべき特質としているところもまた、科学と進歩はある一群の人びとだけの発見であって、残りの人間はみな闇のうちに死んで行くのを放置するということなのだ。キリスト教にたいする彼らの第一の悪口は、実は彼ら自身にたいする第一の賞め言葉なのだった。しかも彼らがこの二つのことにそれぞれどれだけ力を入れるか、その割り合いがあまりに不公平なのは実に奇怪と言うほかない。異教徒か不可知論者のことを論ずる場合には、人類に宗教は一つしかないことを銘記していなければならぬのに、神秘家や唯心論者を論ずる場合には、人間の中にはいかに馬鹿げた宗教を持つ者があるかということしか考えてはいけないというのだった。要するに、古代ローマのエピクテトスの倫理は信用できる、なぜなら倫理は変化しないから。しかし十七世紀のボシュエの倫理は信用できぬ、なぜなら倫理は変化したから、というわけだ。二百年間なら変化するが、二千年間には変化しないという理屈であるらしい。

ここまで来ると、さすがに話は少々空恐ろしくなってきた。キリスト教はあらゆる悪を包含するくらい悪いというより、むしろどんな棒でも、キリスト教を打つ値うちがあるくらいは善いと思えたほどであった。みんながこれほどムキになって反対し、自分自身にさえ反対する結果になっても意に介さないという、それほど奇怪至極なものとは一体どんなものなのか、またしても私は理解に苦しみ、途方に暮れざるをえなかった。そして実際、どちらを見ても同じことしか目に入らなかったのである。これ以上この点を詳しく論じる余裕は今はない。けれども読者の中には、私がわざと偏見を持って三つの偶然の例を選んだと勘ぐる向きもないとはかぎらない。そんなことのないように、後いくつかの例を手短に見ておくことにする。たとえばキリスト教が家庭に攻撃を加えたのは大きな罪だと言う懐疑家がいた。キリスト教は、女性を家庭や子供から引き離し、修道院の孤独と瞑想に追いやったというのである。ところがまた別の手合いの懐疑派は（前の連中よりも少々進歩的な連中だが）、キリスト教が結婚生活と家族を押しつけるのは大きな罪だと主張していた。女性を家庭や子供の女中仕事に縛りつけ、孤独と瞑想の自由を奪ったのはけしからんというのである。文字どおり百八十度のちがいである。あるいはまた、使徒の書翰や結婚の礼拝の文句を取り上げて、女性の知性にたいする侮辱だと息まくキリスト教批判者がいるかと思うと、同時にキリスト教批判者自身、女性の知性を侮辱しているのに私は気づいた。なぜと言って、フランスあたりでは、キリスト教を馬鹿にする時、「教会に行くのは女だけだ」というのが切り札だったからである。また別の例を挙げよう。キリスト教を非難するのに、いかにも乞食然とした品のなさを持ち出す連中があった。着る物と言えば麻の粗布、食べ物と言えば干した豆では、裸も同然、腹の空くことおびただしいというのである。ところが次の瞬間には、同じキリスト教を非難するのに、今度はいかにも虚飾に満ち、何かと言えば大仰に儀式ばると文句をつける連中が出てくる始末だ。赤地に水晶の浮き出した豪奢な石で寺院を作り、黄金の光まばゆい法衣を見せびらかすとは、とてものことに宗教の風上にもおけぬという。あまりにも飾り気がなさすぎると責められるかと思えば、あまりにも飾り気がありすぎると責められるというわけだ。まだまだ例はある。キリスト教はいつも、性を抑圧すると攻撃されてきた。ところがマルサスの弟子ブラッドローが現われると、あまりに性を抑圧しなさすぎるといって攻撃される破目になった。あるいはさらに、あまりにも勿体ぶって澄ましこんでいると攻撃されたかと思う間もなく、あまりにも派手な宗教だといって攻撃される。実際、同じ一冊の無神論のパンフレットの中ですら、前後まったく逆の理由でキリスト教を論難しているのを見たことがある。つまり、同じキリスト教徒の間で意見が分かれているのはけしからん、「一方はこう考えるかと思えば、他方ではまた別のことを考えている」と言う。ところが同じ本の後のほうでは、キリスト教徒の考え方が一致しているのはけしからん、なぜなら「人間が犬畜生にならないですんでいるのは、人間の間に意見の相違というものが存在するからだ」と言うのである。いや、同じ人と同じ時に話している間にさえ、同じような矛盾に出くわしたことがある。友人の自由思想家と話していた時、キリスト教はユダヤ人を軽蔑するといって非難した。ところがその同じ口の下から、キリスト教はユダヤ的であるといって非難する。これでは、彼自身もユダヤ人を軽蔑していることにならないか。

私はその当時も完全に公平でありたいと思っていたし、今も完全に公平でありたいと思っている。だから私は、キリスト教にたいする攻撃がみなまちがっていると結論はしなかった。ただ私が結論したのは、もしキリスト教がまちがっているとしたなら、それは実に恐ろしくまちがっているにちがいないということだけだった。これほど敵意ある恐怖のことごとくの的となるべき物があるとしたなら、それは実にきわめて奇妙な、比類を絶した物であるにちがいない。守銭奴であり、同時に大の浪費家という人間もなくはない。しかしきわめて稀である。官能的で、しかも禁欲的な人間もなくはない。しかしやはりきわめて稀である。けれども、これほど気ちがいじみた矛盾を包含する物が現に存在し、絶対の非暴力でありながら残虐非道、あまりに豪奢をきわめながらあまりに貧寒をきわめ、厳格に禁欲的であると同時に目の欲を満足させることに異常な偏愛を示し、女性の敵であると同時に愚かにも女性をかばい、愚直なペシミストであると同時に愚劣なオプティミストであるという、そういう悪が本当に存在するとするならば、この悪には何かしら比類を絶した至高なところがあるにちがいない。それというのも、合理主義の先生たちは、この悪がこれほど例外的な悪である所以をいっこうに説明してはくれなかったのだ。キリスト教は、理論的には、彼らの見るところ、愚かな人間の作り出したごくありきたりの神話の一つにすぎず、愚かな人間の陥ってきたごく普通の誤りの一つにすぎなかった。彼らは、この悪がなぜこれほどに不可解でひねくれているのか、解明の鍵を一切与えてはくれなかったのだ。けれども、これほど逆説的な悪というものは、私の目には、ほとんど超自然的なもののように高々とそびえて見えてこざるをえなかった。実際それは、教皇の不可謬性と同じほど超自然的なものに見えてきたのだ。一度もうまくいったためしのない制度というのは、一度も具合の悪くなるためしのない制度とまったく同じくらい、まさしく奇蹟の名に値する。私のすぐに考えついた説明はたった一つしかなかった。キリスト教は天国から来たのではなく、地獄から来たのだという説明である。実際、もしナザレのイエズスがキリストでなかったとすれば、彼はたしかにアンチ・クリストであったにちがいない。

ところがその後、興奮もさめて平静にかえった時、実に不思議な想念が、まるで静かな雷のように私の心を打ったのである。突然私の心に、まったく別の説明が浮かんできたのだ。たとえば、自分の知らない男のことをいろんな人が噂しているのを聞くとしよう。その男は背が高すぎると言う人があるかと思えば、背が低すぎると言う人もあるとしよう。ああ肥っていてはいかんと言う人もいれば、ああ痩せていては見苦しいと言う人もいる。髪が黒すぎると言うかと思えば、髪の色が白すぎると言う人もいる。そういう場合、一つの説明の方法は、今まで見てきたのと同じ方法で、つまりその男はいかにも妙な恰好だろうと考えることである。しかしまったく別の説明の仕方もなくはない。その男はまったく正常な恰好かもしれないのである。途方もなく背の高い人なら、その男のことを背が低いと思うだろう。非常に背の低い人なら、その男のことを背が高いと思うだろう。中年肥りしてきたダンディなら、その男は肉のつき方が足りぬと思うだろうし、中年も過ぎて痩せ細ってきた伊達者なら、その男は肉がつきすぎて優雅の域を越えていると思うだろう。スウェーデン人なら、自分が亜麻のように髪の色が薄いから、その男のことを髪が黒いと言うだろうし、ニグロなら絶対にブロンドだと言うにちがいない。要するに、この異常な物というのは、実は尋常の物なのだ。少なくとも普通平常の物であり、つまり中庸であり中心である。結局、正気なのは実はキリスト教のほうであって、狂気なのは実は批判者のほうではあるまいか。そして、批判者の狂気が、実にさまざまな狂態を示しているのではあるまいか。私はこの新しい考え方をテストしてみた。キリスト教を非難している連中には、どこか病的なところがありはしないか。そして、その病的なところを理解すれば、彼らがキリスト教をあれほど躍起になって非難する理由も説明できるのではあるまいか――そう自問してみたのである。私は驚いた。呆気に取られた。この鍵は、錠前に実にぴったりと合ったのだ。たとえば、現代人がキリスト教を攻撃するのに、肉体的な禁欲と芸術的な豪奢を共に理由に挙げるのはたしかに奇妙であった。けれども、それを言うのなら、現代人の生活自体が、肉体的な面では極端に豪奢を好みながら、芸術的な面では極端な欠乏に平然としているのも奇妙であった。実に奇妙であった。現代人は、トマス・ア・ベケットの衣服はあまりに贅沢で、食事はあまりに貧弱だと考えていた。けれども、それを言うのなら、現代人は人類の歴史上、実はきわめて例外的な存在であることも言わねばなるまい。これほど贅をつくした食事を、これほど醜をつくした衣服をまとって食べた人間はかつてないのだ。現代人が教会をあまりに単純であると言うのは、まさしく現代生活があまりに複雑であるからだった。現代人が教会をあまりに華美であると言うのは、まさしく現代生活があまりに見すぼらしい点と合致していた。普通の断食や質朴な食事に我慢できない人間が、オードブルのこととなると目がなくなるのだ。法衣に我慢のならない人間も、ズボンなどという、実に奇妙キテレツな物は平気ではいている。そして、もしこの問題にいささかでも狂気がからんでいるとすれば、それはズボンのほうであり、ただなだらかに肩から流れ下りる寛衣ではないはずだった。もし、いささかでも狂気があるとすれば、それはオードブルのほうであって、ただのパンとブドウ酒ではないはずであった。

私はいろいろな場合をみなやってみた。そして、少なくともそれまでの場合、鍵はみなぴったりに錠に合うことを確認した。たとえば、スウィンバーンの場合は簡単に説明できた。スウィンバーンはキリスト教徒が陰気なことに腹を立て、同時にキリスト教徒が陽気なことに腹を立てた。しかし今にして思えば、それはキリスト教の病気がこみ入っているからではなくて、スウィンバーンの病気がこみ入っているからだったのである。キリスト教徒の禁欲を彼が悲しんだのは、単に彼が健康な人間の追求すべき以上に快楽を追求したからにすぎなかった。キリスト教徒の信仰が彼を怒らせたのは、健康な人間のあるべき以上に彼がペシミストであったからにほかならなかった。マルサス主義者の場合も同様である。彼らが本能的にキリスト教を攻撃したのは、キリスト教に特別反マルサス的なところがあるからではなくて、マルサスの思想そのものに、いささか反人間的なところがあるためにすぎなかったのだ。

しかしながら、私は同時にこう感じてもいた。事実は単に、キリスト教がただ分別があるだけで、中庸を守っているにすぎぬということではないはずである。というのも、キリスト教には、たしかにある種の強烈な主張があり、それはほとんど激越な主張とさえ言えるほどで、だからこそ世俗主義者たちも、浅薄なものではあっても批判を繰り返しているのにちがいなかった。なるほど、キリスト教には深い知恵があった。そして私は、ますますその知恵の深さを痛感し始めてもいたのだが、しかしそれは単なる世俗の知恵ではなかった。単に極端を避け、道理をわきまえているというにとどまらなかった。威々しい十字軍の勇士と、従容として謙虚な殉教者とは、キリスト教の二つの極として、お互いにバランスを取っているのかもしれなかった。しかしそれにしても、十字軍の勇士はまたいかにも威々しく、殉教者はまたいかにも謙虚であった。あらゆる世俗の常識を越えて謙虚であった。で、私がちょうどここまで考えをめぐらせてきたまさにその時、私は殉教と自殺について、前に考えていたことをふと思い出したのである。この問題についてもまた、二つのほとんど狂気に近い立場が一つに結びつき、そして、その結びつくということによって、二つの狂気がいわば一つの正気に転化するという現象があったことを思い出したのだ。この場合もまた、こうした矛盾の克服の一例にほかならなかったのである。そして私は、この種の矛盾の統一が真理の兆しであることを、すでに経験によって知っていたのである。この種の逆説こそ、懐疑派がキリスト教に疑問を懐くつまづきの石にほかならなかったし、そしてこの種の逆説こそ、私がキリスト教の真実の証を見たものにほかならなかったのである。キリスト教徒が殉教者にたいして抱く愛や、自殺者にたいして抱く憎しみはなるほど気ちがいじみていたかもしれぬ。けれども、私がキリスト教のことなど夢にも思わなかったはるか以前、私自身が抱いていた愛や憎悪に比べれば、とても気ちがいじみたと言えるほど激越なものではけっしてなかったのである。さて、ここで、私の精神の遍歴のうちで、いちばんむずかしく、またいちばん面白い段階が始まった。そして私はその時以来、われらが神学の巨大な思想の森林をぬって、ある一つの観念を手探りでたどり始めたのであった。その観念とは、オプティミストとペシミズムの問題に関連して、本書でもすでにその輪郭を示しておいた観念である。つまり、われわれが求めるのは、愛と怒りの中和や妥協ではなく、二つながらその力の最強度において、二つながら燃えさかる愛と怒りとを得たいということである。ここではただ、倫理の問題だけに即してこの観念をたどるにとどめる。けれども、今さら読者の注意をうながすまでもあるまいが、この、二つのものを二つながらその最強度において結びつけるという観念は、実は正統神学においてまさに中心的な命題にほかならぬ。なぜといって、正統神学が特に力を込めて強調してやまぬところは、キリストが神からも人からも離れた、いわば妖精のごとき存在ではなく、あるいは半人半馬のケンタウロスのごとく、半分人間であり半分神であるというのでもなく、キリストは同時に二つのものであり、また完全に二つのものである存在、まさに人間中の人間であり、同時にまたまさに神である存在だと考えるからである。さて、それはさておき、今はただ、当時の私の経験に即してこの観念の展開をたどるとしよう。

いやしくも正気なら誰しも理解できるだろう。正気は何らかの意味での平衡にある。狂気であればこそ食べすぎ、狂気であればこそ食べなさすぎるというものだ。進歩と進化の観念をひっさげて登場した現代人の中には、漠然と、アリストテレス流の中庸の観念を破壊しようとする手合もあった。この連中の言わんとするところは、われわれは餓死の過程において日々進歩するか、それとも以後永遠に、日々朝食の量を無限にふやして行くべきだとでもいうことのようである。しかし中庸の大原則は、ものを考える人間すべてにとって、今でも厳然として原則たることをやめてはいない。彼らは依然としていかなる平衡もひっくり返してはいない。ただ自分自身の平衡を失っているだけである。けれども、われわれはみな何らかのバランスを守らなければならぬとして、本当に興味ある問題は、実は、いかにしてこの平衡を保つかという問題にほかならぬ。古代の異教の哲学者もこの問題を解こうとした。キリスト教は、私の思うに、この問題をみごとに解いた。しかもその解決たるや、まことにもって奇妙な解決だったのだ。

異教の哲学は、美徳は平衡にあると主張した。キリスト教は、美徳は対立葛藤にあると主張した。一見相反するように見える二つの熱情の衝突にあると主張した。もちろん、二つの熱情は本当に対立しているのではない。ただ、同時に二つながら抱くことの困難な熱情なのである。今のところ、まず殉教と自殺から引きついで、勇気という問題を考えてみることにしよう。いかなる性質といえども、この勇気という性質ほど、単に理性だけを頼りにする賢者の頭を混乱させ、定義を紛糾させてきたものはほかにない。そもそも勇気なるものは、ほとんど一種の言語矛盾なのである。生きようとする強い意志を意味するものでありながら、現実にはいつでも死のうとする決意の形を取るからだ。「自分の命を失おうとする者は命を全うするだろう」というマタイ伝の言葉は、聖者や英雄のためだけの神秘な言葉ではない。水夫や登山者のためのごく日常的な忠告にほかならぬ。アルプスの登山ガイドや教練の指導書に印刷してしかるべき言葉なのだ。この逆説こそ勇気というものの本質を言いつくしている。まったく地上的な、あるいはまったく野蛮な勇気さえ例外ではない。

孤島に取り残された男なら、断崖から海に飛びこむ危険を冒して、はじめて命を救う望みを持つこともできるのだ。死の瀬戸際を歩みつづけることによって、はじめて死を逃れることができるのである。兵士が敵に包囲され、血路を切り開かねばならぬなら、生きることへの強烈な意志と同時に、死ぬことに奇妙な無関心をあわせ持たねば成功の望みはない。単に生にしがみついていたのでは駄目なのだ。それでは兵士は臆病者となり、それでは逃れられるものも逃れられなくなるばかりである。あるいは逆にただ死を待つばかりでも駄目である。それでは彼は自殺者となり、逃れたところで逃れたことにはならぬのである。生にたいして猛然と無関心でありながら生を求めるほかはない。水のごとく生を望みながら、ブドウ酒のごとく死を飲まねばならぬのだ。このロマンティックな謎を十分明晰に解明した哲学者はかつて一人もいなかった。そしてもちろん、私の解明が十分明晰であるなどと言うつもりは毛頭ない。だがキリスト教はそれをやってのけた。いや、それ以上のことさえやってのけたのだ。キリスト教は、自殺者と英雄それぞれの恐るべき墓のうちに、この謎の限界を明らかに指し示したのである。生きるために死ぬ者と、死ぬるために死ぬ者との間に、いかに大きな距離があるかを如実に示してくれたのだ。そしてそれ以来キリスト教は、ヨーロッパの全軍団の林立する槍の上に、神秘の騎士道の旗印を高く掲げつづけてきたのである。その旗印とはキリスト教的勇気にほかならぬ。それは死を侮ることであって、東洋の勇気のように、生を侮ることではないのである。

やがて私は、この二重の熱情というものが、倫理のあらゆる分野において、キリスト教の与えてくれる鍵だということに気がつき始めたのだった。到るところでキリスト教は、二つの激烈な感情の静かな衝突から中庸を作り出していたのである。たとえば、謙虚という問題を考えてみるがよい。単なる高慢と、単なる慴伏(しょうふく)との平衡をどう取るか。普通の異教徒なら、普通の不可知論者と同じく、こう答えたであろう。自分は自分自身に満足している。けれども傲慢な自己満足に陥ってはいけない。自分より上を見れば切りがなく、下を見れば切りがなく、その間にあって自分の受けているものにはおのずから限界はあるけれども、しかし自分の受けるべきものを受けていることは自覚している。要するに、目を高く上げて人生の路を歩んではいるが、鼻まで高々と上げて歩んではいないのだ、と。これは男らしくも理にかなった立場ではある。だが一つだけ反論の余地がある。前にも触れたとおり、これはオプティミズムとペシミズムの妥協にすぎぬ。中和にすぎぬ。マシュー・アーノルドの「諦念」にすぎぬ。単に二つを混ぜ合わせたものにすぎぬから、単に二つを薄めたものにすぎぬのだ。どちらもその最大限の力を発揮してもいなければ、どちらもその最大の特色を発揮してもいない。この誇りは、中庸を得たものであるかもしれぬが、鳴り渡るトランペットのように心を高鳴らせることはない。こんな誇りを持つだけでは、真紅と黄金の衣をまとって歩むことはできぬのである。また一方、この穏健な謙虚は、理にかなってはいるかもしれぬが、焰によって魂を浄め、水晶のごとく明らかにすることはない。厳格な魂をくまなく探る真の謙虚のように、人をあどけない幼な子にすることはない。人はこの謙虚によって、嬉々として草の根に坐すことはない。このような謙虚によって、人は空を見上げ、そこに驚異を見ることはない。アリスが不思議の国のアリスとなるためには、アリスは何としても小さくならなければならないからである。こうして異教の解決は、誇り高くあることの詩も、へり下ってあることの詩も共に失うことになる。だがキリスト教は、この同じ問題に不思議な解決を与えることによって、このどちらをも十二分に全うしようとしたのである。

キリスト教は、まずこの二つの観念を分断し、しかる後にその両方を極端にまで推し進めた。ある意味では、人間はかつてためしのないほど誇りを高く持つべきだった。だがまたある意味では、人間はかつてためしのないほど身を低く持すべきだった。私は、「人間」であるという意味ではあらゆる被造物の長である。だが私は、一人の人間にすぎぬという意味では、あらゆる罪を犯した者の最たるものでもある。単なるペシミズムとしての謙虚、人間の運命全体にたいして、漠とした、あるいは卑屈な見方をするという意味での謙虚――そんなものはすべて消え去らねばならなかった。旧約の伝道の書には、人間は獣と何ら変わるところはないという嘆きの言葉がある。あるいはホメーロスには、人間は野の獣のうちもっとも不幸なものにすぎぬという恐ろしい悲嘆がある。だが、われわれはもうこうした嘆きの声を聞くことはないのだった。人間は神の似姿であり、神の創り給うた楽園を歩むものとなったのだ。人間はあらゆる獣にまさるものとなったのだ。人間が不幸なのは、野の獣となることができぬからではなく、ひびの入った神の像であるからにほかならぬ。ホメーロスは、人間は大地にしがみつくかのように地上を這うと語ったが、今や人間は、あたかも大地を従えるかのように地上を歩むのだ。こうして、キリスト教の掲げる人間の尊厳という観念は、日輪のごとく燦然たる王冠と、孔雀の羽根のごとく鮮然たる衣服によってしか表現できぬものであった。けれども、これと同時にキリスト教は、人間の見るも哀れな卑小さについても明確な観念を掲げていた。それはただ、断食と、途方もない自己否定によってしか表現できぬものだった。それはたとえば聖ドミニコが、改悛の印として頭にふりかけた灰であり、聖ベルナルドが耐え忍んだアルプスの白雪がそれであった。もし個々人自身の内面をのぞきこむことになれば、そこに見通せる虚無は無限に広がり、どれほど寒々とした自己否定でも、どれほど苦い真実でも発見できただろう。そこでなら、リアリストを自認する紳士諸氏も、思うさまに自説に執着することもできただろう（ただし、あまりに自説に執着して、自殺に終着することにならねば幸である）。そこでならペシミストも、勝手気ままに陽気に遊びまわることもできたであろう。思い切り自分の悪口を言うがよい。ただ、自分がもともと創造されたその目的を冒瀆さえしなければ、何を言おうと勝手である。自分のことを阿呆とも、あるいは堕地獄の阿呆とさえ呼ぶがよかろう（もっとも、これは少々カルヴィニズム臭いが）。ただしかし、阿呆は救済の値うちもないなどということだけは言ってはならぬ。人間は、人間として無価値だということだけは言ってはならぬ。ここでもまた、要するに、キリスト教は激越に対立する二つのものを一つにまとめるという難事をやってのけたのだ。しかもその方法は、ここでもまた、二つのものを二つながらまったく生かして、二つながら激越なるがままに包みこむという方法だった。教会はこの二つを同様に力強く肯定していた。人間はみずからをどれほど小さく見てもよい。同時に人間は、みずからをどれほど大きく見てもよいのだった。

もう一つ別の例を考えてみよう。同胞愛の問題である。きわめて同胞愛に乏しい理想主義者たちは、ごく簡単な問題のように考えているらしいが、これは実はなかなかに複雑な問題である。同胞愛は、謙虚や勇気同様、一つの逆説なのである。枝葉を取り去って率直に言えば、同胞愛は結局二つのうちのどちらかのことを意味している。つまり、許すべからざる行為を許すこと、あるいは愛すべからざる人を愛すること。この二つに一つなのである。けれども、誇りの問題について試みたように、思慮のある異教徒がこういう問題をどう感じるかを考えてみるなら、この問題のいわば最低線を考えてみることになるだろう。思慮ある異教徒は言うにちがいない。許せる人間もあれば、許せない人間もある。奴隷がブドウ酒を盗んだのなら、笑ってすますこともできるだろう。しかし、恩人たる主人を裏切ったとしたならば、殺すだけではまだ足りぬ。殺した後も呪ってやらねば気がすまぬ。要するに、行為そのものが許せるのなら、その行為を犯した人間も許せるというのである。これもまた理屈にかなっていて、いっそせいせいするくらいのものではある。だが、やはり同胞愛をいかにも安っぽく薄めてしまっていることもまた確かだ。不正そのものに真底から恐怖を抱くというところがない。この恐怖こそ、罪を知らぬ人びとの偉大な美点だが、そうした恐怖を入れる余地がない。さらにまた、こうした態度には、人間の人間にたいする無償の思いやりを入れる余地もまったくない。これこそ、同胞愛にあふれた人びとのすばらしいところなのだが、そういう友愛はここではおよそ場ちがいなのだ。さて、ここでキリスト教が登場する。事情は今までの例と同じである。思いもかけず、キリスト教は剣をかざして登場し、この二つを一刀両断に断ち切ってしまったのだ。罪と罪人とを両断したのである。罪人は七の七十倍でも許さねばならぬ。しかし罪そのものはいかにしても許してはならぬ。奴隷がブドウ酒を盗んだとして、半分は怒り、半分は思いやるというのでは足りぬのだ。盗みそのものには、はるかに強く怒らなければならないが、しかし盗人にたいしては、はるかに強く思いやりを持たなければならぬ。怒りも、愛も、二つながら奔放に活動する余地が与えられたのだ。実際、キリスト教のことをよくよく考えれば考えるほど、私はいよいよ強く痛感したのである。キリスト教は規範と秩序を明確に打ち立てたが、その秩序の何よりの目的は、善が思うさま奔放に活動する余地を与えることにあったのだ。

精神と感性の自由は、実は見かけほど単純なものではない。社会上、政治上の自由に劣らず、法や規制を細心に釣りあわせることが必要なのである。思うがままに美を享楽しようとするありきたりの美的アナーキストは、あらゆるものを自由に感受しようとするところから出発するが、結局は一つの逆説に足をからまれ、あらゆるものの感受不能に陥るのが落ちである。つまり家庭の桎梏をふりちぎって詩の誘いに従おうとするのだが、家庭の桎梏を感じなくなったそのとたん、『オデュッセイア』の美もまた感じられなくなってしまうのだ。あるいはまた、民族主義の偏見から自由になり、愛国心を逃れたと思ったそのとたん、シェイクスピアの『ヘンリー五世』の魅力からも逃れることになってしまうのだ。こんな文学の愛しかたをしたのでは、結局どんな文学を愛することもできなくなる。どんなに偏屈な迷信家よりも、もっと窮屈な捕われの身になってしまう。そうではないか。自分と世界との間に壁が立ちはだかっているのなら、その壁の向こうに閉め出されていると言ってみても、そのこちら側に閉め込まれていると言ってみても、大したちがいはないのである。われわれが欲しいと思うのは、あらゆる平常な感情の外側にある普遍性ではない。あらゆる平常な感情の内側にある普遍性が欲しいのだ。たとえば牢屋に閉じ込められてはいないというのと同じ意味で平常な感情から自由なのと、生まれ故郷の町を捨てたというのと同じ意味でこうした感情から自由なのとは、実は天地のちがいがある。私は、ウィンザー城に無理やり押し込められてはいないという意味では、この城から自由だが、しかし、城が現に存在しているのである以上、この建物そのものは私の自由になるものではない。そもそもいかにすれば人間は、精妙な感情を持ちながらそれに捕われず、その感情を振り回しても何物にも当たったり壊したり、不都合を生じないような広々とした世間を発見できるのか。一組の激情を二つながら奔放に充足させるというキリスト教の逆説は、まさしくここでその真価を十二分に発揮するのだ。まず第一に、神と悪魔との戦いという根本のドグマを認めさえすれば、世界にたいする反逆と世界を破滅しようとすることと、そのオプティミズムもペシミズムも二つながら、その詩美を一点も曇らせることなしに、堰を切った洪水のように猛然とほとばしらせることができるのだ。

聖フランシスコはあらゆる善を讃美したが、そのオプティミズムは、ホイットマンの蛮声よりもさらに力強く響き渡った。聖ヒエロニムスはあらゆる悪を弾劾したが、そこに描き出された世界の顔たるや、ショーペンハウエルの描く世界よりもさらに暗黒でさえあった。二つの熱情は二つながら、あるべき場所に置かれていたからこそ自由にほとばしりえたのである。聖フランシスコのオプティミズムは、思うさまの讃美を注いで、戦場に赴く晴れやかな軍楽と、金色に輝くトランペットと、真紅の旗を飾ることができた。ただ一つ、その戦いが無意味だと言うことだけが禁句であった。聖ヒエロニムスのペシミズムは、思うさま画面を暗く彩って、沈痛な行軍と、血糊にまみれた傷口を描き出すことができた。ただ一つ、その戦いが敗北だと言う禁句さえ守ればよかったのである。そのほか、あらゆる道徳上の問題はみな同じことだった。誇りも、抗議も、憐みも、みな同じことだった。教会は、根本の教義を定めることで、一見矛盾する二つのことを両立させたばかりではない。もっと大事なことがある。その二つを、いわば整然たる激越さにおいて爆発させることができたのだ。その激しさたるや、アナーキストにしかできぬ激しさだった。しかもその激しさには、アナーキストにはない整然たる秩序があった。ともかく今や謙虚は狂気よりもさらに劇的なものとなったのだ。歴史上、キリスト教は道徳の舞台に躍り出て、実に劇的効果満点の異様な見せ場を演じて見せたのである。ネロの残虐が悪徳の世界の見物（みもの）であったのと同じように、美徳の世界の見物（みもの）を演出したのである。正義の怒りも慈悲の心も、まこと恐るべき形を取り、まこと愛すべき姿を取った。英国プランタジネット王朝の最初にして最大の王ヘンリー二世を、駄犬のごとく叱りとばしたあの修道士然たる剛毅な怒りもあれば、あの聖カタリナが至高の憐れみの心から、刑場に横たわる血まみれの死骸に口づけを与えた姿もあった。詩は、単に筆先で書かれるばかりでなく、現に身をもって演じられもしたのである。だが、この英雄的にして記念碑的な倫理のありかたは、超自然的宗教が姿をかくすと同時にことごとく消え去った。かつて人びとは、謙虚であるが故にこそ、人目を怖れず堂々と行進することができたのだ。だが今日のわれわれは、あまりに誇りが高すぎて、人目に立つことをむしろ恥とする。今日の倫理の鼓吹者たちは、監獄の改善を急げと条理にかなった議論をなさる。しかしカドベリー氏にしろ誰にしろ、今日の高名な博愛主義者がわざわざレディング監獄まで出向いて行って、絞首刑になった死骸をかき抱くなどということはまずありえない。今日の倫理の鼓吹者は、億万長者の横暴を物柔らかに攻撃なさる。けれどもロックフェラー氏にしろ誰にしろ、今日の金権家がウェストミンスター寺院で公然と笞打ちの刑に処せられるなどということは、どう転んだってありえない話なのである。

　こうして、世俗主義者が正反対の非難を同時にキリスト教に浴びせかけるということは、世俗主義者自身の立場こそ暗く混乱したものに見せるけれども、キリスト教信仰にたいしては、たしかに明るい光を投げかける結果となる。歴史上、教会が独身生活の意義と家庭生活の意義を同時に二つながら強調したことは、世俗主義者の言うとおりたしかに事実にちがいない（こんな言い方が許されるなら）子供を持つことを猛然と支持すると同時に、子供を持たぬことをも猛然と支持したのである。しかもこの二つを、二つの強烈な色彩を並べるように、二つ並べて二つながら強調したのだ。たとえば、聖ジョージの楯に描かれた、あの強烈な赤と強烈な白のように。ただ、二つを混ぜてピンクにすることだけは決して我慢しなかった。まさしく健康の証しである。キリスト教はこれを憎む。二つを合わせて一つの曖昧な色にするのは、哲学者の生気のない便法にしかすぎぬ。キリスト教はこれを憎む。黒が白に進化して、結局きたならしい灰色に濁ってしまうことをキリスト教は憎むのだ。実際、キリスト教でいう純潔の観念は、純潔の色として白を一個の色と見るところに端的に象徴されている。白とは単に色がないのではない。独立した純粋な「色」なのである。私が今ここで主張しようとしていることは、結局ただこう言えば十分言いつくすことになるかもしれぬ。つまり、キリスト教はこういう場合に、二つの色を同時に存在させながら、しかもそれぞれを純粋な色として守り抜こうとしてきたのだ、と。色が交わるにしても、トビ色や紫のような混合色ではなく、むしろ玉虫色の絹なのだ。というのも玉虫織は、単に色を混ぜたというのではない。どの角度から見てもそれぞれ独自の色を示すからである。しかもその模様は、無数の十字の組み合わせをなしているからだ。

キリスト教の批判者たちがあげつらう第二の矛盾した非難ももちろん同じことである。つまり、キリスト教の忍従とキリスト教の殺戮についての非難である。たしかに彼らの言うとおり、教会はある人びとには戦えと言い、ある人びとには戦うなと命令した。そしてたしかに彼らの言うとおり、戦った人びとは雷のごとく、戦わなかった人びとは銅像のごとくであった。だがその意味すること は要するに、教会には教会独自の（ニーチェ流ならぬ）超人があり、教会独自の（トルストイ流の上を行く）絶対非暴力主義があったということにほかならぬ。戦いの生活には、必ずや何らかの善がある に相違ない。そうでなければ、あれほど多くの善人が喜んで兵士になったはずがない。非暴力の思想にも、やはり何らかの善があるはずだ。そうでなければ、あれほど多くの善人が喜んでクエイカーになるはずがない。この問題に関するかぎり、教会がやったことは、どちらの善にも他方を駆逐させないということだけだった。二つは相並んで存在したのである。トルストイ流の非暴力主義を信ずる人びとは、修道士的にきびしく戦いを悪と見て、だから要するに修道士になったのだ。クエイカー流に絶対非戦を称える者は、一個の宗派をなすかわりに同志を結成したのである。トルストイが言うようなことは、みんなすでに修道士たちが言ったことばかりである。彼らは戦いの残忍さと、報復の空しいことを、感傷に曇らされぬ明確な言葉で力強く嘆いていた。ただ、トルストイの主張だけが完全に正しく、だから世界全体をことごとくその主張に委せるというわけにはいきかねる。そして実際、信仰の時代には、そんな主張に世界全部をことごとく委せることは許されなかったのである。その時代の世界には、これと並んで、スコットランドの勇将ダグラスの最後の突撃や、オルレアンの少女ジャンヌ・ダルクの軍旗もまた忘れられてはいなかった。そして、この純粋の柔和とこの純粋な勇猛とが出会って結ばれた時、この二つの結合によってはじめて現われる不思議が現に成就されたこともある。あらゆる予言者の逆説は現実となり、聖王ルイの魂のうちに、獅子は小羊の傍に身を横たえたのだ。ただしかし、この予言を軽々しく解釈してはならない。しばしば行なわれる解釈、特にトルストイ流の人びとのよく言う解釈では、獅子が小羊の傍に身を横たえる時、獅子は小羊のごとく温和になるという。けれどもこれでは、小羊が強引に獅子を併合するという、いわば小羊の帝国主義を標榜した予言になってしまうだろう。獅子が小羊を食うかわりに、小羊が獅子を併呑したにすぎなくなる。問題は実はこういうことなのだ。つまり、獅子は小羊の傍に身を横たえながら、しかもなお百獣の王としての獰猛さを失わずにいられるか――これが問題だ。これこそ教会が解こうとした問題であり、これこそ教会が成し遂げた奇蹟なのである。

人生の秘められた異常を言い当てることと私が先に言ったのは、実はまさしくこのことにほかならなかったのだ。人間の心臓は真中にはなく、左に寄っていることを正しく言い当てるとはこのことだったのである。地球が丸いことを知っているばかりでなく、どこで見ればそれが平たいか、正確にその場所を知っているとはこのことのほかにはない。キリスト教は人生の奇妙な偶然を探し当てたのだ。単に法則を発見したばかりではなく、例外まで見通したのだ。キリスト教は慈悲を発見したなどと言う連中は、実はキリスト教を見くびっている連中だ。慈悲を発見することなら誰にもできる。そして事実誰もが発見したのである。しかし慈悲と同時に厳格さをわきまえること――これはつまり、人間の本性がいかに不思議なことを要求するかを見通すことである。というのも、大きな罪を許されるのに、まるで小さな罪であるかのように許されたいと望む者はいないからだ。人間は絶望に溺れても、幸福におごってもならぬという教訓なら誰にも思いつけるだろう。けれども、どこまで絶望に徹してよいものか、しかも同時に幸福に酔うことも許されるためにはどうすればよいものか、それを教えてくれるとすれば、それはたしかに心理の秘密の一大発見と呼ぶべきだろう。「自己を誇るなかれ。しかしてまた自己を卑下することなかれ」という金言なら誰にも言えたはずである。そしてこの金言は人間を縛るものであったはずである。しかし、「ここでは自己を誇ってよろしい。ここでは自己を卑下してよろしい」と言い切ること――それは人間を解き放つことだったのである。

この新しいバランスの発見こそ、キリスト教倫理の重大事だった。異教の倫理は、いわば大理石の柱であって、厳格な左右相称の釣合いを取って直立していたと言えるだろう。ところがキリスト教は、さながら巨大でゴツゴツしたロマンティックな岩であって、ちょっと指を触れただけでも台座の上でゆらゆら揺れはするけれども、隆々とせり出した瘤がまこと的確にお互いのバランスを保っているために、その台座の上に千年でもしっかと腰をすえているとでも形容できようか。ゴチックのカテドラルでは、どの柱もみなことごとくちがっているが、みなことごとく必要な柱ばかりである。どの支柱一つ取ってみても、みないかにも気まぐれで、偶然そこにあるように見える支柱ばかりだし、石の補強はどれもみな、いわばことごとくいわゆる「飛び控え（フライング・バットレス）」の補強であって、みな翼を駆って飛んでいるように見えるのだ。そして実は、ゴチックの聖堂ばかりでなく、これはキリスト教世界全体について言えることなのである。一見いかにも偶然と見えるものが、その実お互いにバランスを取っているのだ。聖トマス・ア・ベケットは、黄金と真紅の法衣の下に、苦行のための剛毛のシャツを身に着けていた。この上着とこの下着との組み合わせには大きな意味がある。ベケット自身は毛のシャツの功徳を受け、一方、一般の民衆は黄金と真紅の法衣の功徳を蒙ったからである。少なくとも今日の億万長者のやり方と比べてみれば、これがどれほど優れているかは一目にして瞭然とするだろう。今日の億万長者連中は、他人のためには黒いくすんだ外面を装いながら、黄金は肌身はなさず身に着けているからである。けれどもこのバランスは、ベケットの場合のように、いつも一人の人間の肉体に関するものばかりではなかった。バランスは、キリスト教世界全体にあまねく行きわたっていたのである。北欧の雪の中で祈り、断食する人があったればこそ、南欧の町々の祭には花を撒き散らすこともできたのだ。シリアの砂漠で水だけを飲む狂信者があったればこそ、イギリスの果樹園で人びとはリンゴ酒を飲むこともできたのである。キリスト教世界が、異教の広大な帝国に比べてあれほど不可解で、同時にあれほど興味深いのはまさにこのためだ。アミアンの大聖堂が、アテネのパルテノンと比べる時、かりにもっと上等だとは言えぬにしても、明らかにもっと興味深いのと同様である。現代の例証がほしいとおっしゃるのなら、キリスト教のもとで、ヨーロッパが、一つの統一体でありながら、しかも数々の国民に分かれているという奇妙な事実を想起していただきたい。一つの価値を強調すると同時に、もう一つの価値を強調してバランスを取ろうとする態度の例証として、愛国心はまさに打ってつけである。異教の帝国なら本能的にこう命令しただろう——「お前たちはみなローマの市民として共通の性格を備えねばならぬ。ドイツ人はその鈍重にして敬虔なる態度を今少しく差し控え、フランス人はその合理的にして敏捷なる性格を今少しく押さえねばならぬ」。ところがキリスト教的ヨーロッパでは、本能的な合言葉はこういうことである——「ドイツ人はその鈍重にして敬虔なる態度を断じて失ってはならぬ。それでこそフランス人は、安心してもっと合理的となり、さらに敏捷となることができるのだ。われわれは二つの極端から一つの平衡を作り出そうとする。ドイツと称する不条理によって、フランスと呼ばれる狂気を正そうとするのである」。

最後にもっと重大な要点がある。キリスト教の歴史を批判する現代の思想家にとって、どうしても理解しがたい問題を解決してくれるのが、まさしくこのバランスの不思議なのである。その問題とはつまり、キリスト教の歴史を通じて、神学上の一見実に瑣細な問題をめぐって途方もない戦争が起こり、ほんの一つの仕草、たった一つの言葉をめぐって大地震のごとき感情の激動が繰り返されたという事実である。たしかにこれは僅かに一インチを争う細かな問題ではあった。だが僅か一インチでも、バランスを取っている時には実に天地の大問題となる。非対称の平衡を取るという大胆な大実験をつづけて行くのである以上、教会には髪の毛ほどの身じろぎも許されぬある種の問題があったのだ。もし一方の観念が少しでも力を失えば、もう一方の観念はそれだけ強すぎることになる。牧者としての教会がひきいていたのは羊の群ではなかった。雄牛や虎の群であり、恐るべき理念と獰猛な教義の群であって、そのどれ一つを取ってみても、一度群を離れて暴走を始めれば、たちまち一個の誤てる宗教と化し、世界を荒廃に帰する力となるものばかりであった。忘れないでいただきたい、教会は特に好んで危険な観念を求めたのである。教会は猛獣使いだったのだ。たとえば聖霊による誕生という観念にしろ、神の子が死ぬという観念にしろ、罪を許すという観念にしろ、予言の実現という観念にしろ、ことごとく、誰の目にも明らかであるとおり、ほんの僅かにひねっただけで、たちまち冒瀆と化し、恐るべき危害を加えるものと化す観念ばかりではないか。もしもかりに、地中海の精妙な神学者が、ほんの小さな論理の環一つでもうっかり落としてしまうとすれば、北欧の暗黒の森の中では、たちまち原始のペシミズムが鎖を切って暴れ出すのだ。こうした神学上の公式そのものについては後で論ずることとする。ここではただ、次の一事を銘記しておくだけで十分である。つまり、何かきわめて小さな誤りが教義の上で犯されると、人間の幸福に巨大な混乱が引き起こされるということだ。象徴の本質を表現する文章にたった一つ不用意な用語があったばっかりに、ヨーロッパ中の最高の彫刻がことごとく破壊されるという事態も起こりえたかもしれぬのである。定義を一つやり損ったばっかりに、あらゆる踊りは止み、すべてのクリスマス・ツリーが枯れ、イースターの卵がことごとく割られることになるかもしれぬのだ。人間がごく普通の人間的自由を得るためだけにさえ、教義は厳密厳格の限りを期して定義されねばならなかったのである。俗界がきびしい苦労をせずにすむというためだけにさえ、教会はきびしい苦労に身を削らねばならなかったのだ。

これこそ、正統の戦慄に満ちたロマンスにほかならない。正統は何かしら鈍重で、単調で、安全なものだという俗信がある。こういう愚かな言説に陥ってきた人は少なくない。だが実は、正統ほど危険に満ち、興奮に満ちたものはほかにかつてあったためしがない。正統とは正気であった。そして正気であることは、狂気であることよりもはるかにドラマティックなものである。正統は、いわば荒れ狂って疾走する馬を御す人の平衡だったのだ。ある時はこちらに、ある時はあちらに、大きく身をこごめ、大きく身を揺らせているがごとくに見えながら、実はその姿勢はことごとく、彫像にも似た優美さと、数学にも似た正確さを失わない。初期の教会は、どんな悍馬にたいしても厳然としてたじろがなかった。けれども教会は、低俗な狂言のよくやるように、一つの観念に狂気のごとく固執したというのではない。もしそんな主張をする者があるとすれば、それはまったく歴史上の事実に反するものと言わねばならぬ。教会は右に左に身をかわした。巨大な障害を避けるために、実に正確に手綱をさばいた。一方には、キリストの神性を否定するアリウス派が、見上げるばかりの壁となって行手をふさぎ、あらゆる世俗の勢力の後楯をかさに着て、キリスト教を世俗化しようと待ちかまえていた。教会はみごとにこれを切り抜けた。だがすぐ次の瞬間には、東洋的な神秘主義が行手に現われて、キリスト教を現世からまったくかけ離れたものにしようと道をふさぐ。教会はまたしてもみごとに身をかわす。正統の教会はけっして安易の道を選んだのではない。慣習をそのまま受け入れたのでもない。正統の教会は、しかつめらしい体面に執したことは断じてないのだ。アリウス派の地上権力を受け入れたほうが、はるかに容易なことであったにちがいない。カルヴィニズム全盛の十七世紀には、予定説の底なしの地獄の穴に落ちていたほうが、はるかに容易なことだったにちがいない。狂人となることは容易である。異端者となることも容易である。時節の波の間に間に流されるのは容易なことだ。しかし自説を曲げずに貫きとおすのは容易ではない。時代の尖端を行くことはいつでも容易だ。紳士を気取るのがいつでも容易なのと同じことである。歴史を歩むキリスト教の道筋に、現われては消えて行く流行が仕掛け、現われては消え去る新宗派が仕掛けた錯誤と偏向の罠が口を開けている。その罠に落ちこんでしまっていれば、そのほうがキリスト教にとってどんなに簡単であったろう。落ちることは、いつでも簡単である。落ちこむ斜面は無限にある。立っているその足許に必ず一つ存在する。グノーシス派からクリスチャン・サイエンスに到るまで、無数の流行のどの一つにでも、落ちこむことはそれこそむしろ自然であったし、やさしいことであったろう。けれども、そのすべてを避けきったということは、まさに目も眩むばかりの冒険だったのだ。私の心の目には今ありありと浮かんで見える——天上の戦争は雷鳴のごとき轟音を発して時代から時代へと走り抜け、暗鬱な異端の数々は累々として地にひれ伏し、不羈奔放の真理はよろめきつつも毅然として直立しているその姿が。

7
永遠の革命

今まで主張してきたところを要約すれば、結局三つの命題に帰着する。第一、この世の生活を信じなければ、この世の生活を改善することさえ不可能であること。第二、あるがままの世界に何らかの不満がなければ、満足すること自体さえありえぬということ。第三、この不可欠なる満足と不可欠なる不満を持つためには、単なるストア派の中庸だけでは足りぬこと――以上である。なぜストア派の中庸では足りないか。単なる諦念には、飛び立つような巨大な歓びもなければ、断固として苦痛をしりぞける力もないからだ。ただ笑って耐えよと命ずる哲学には、決定的な弱点が一つある。単に耐えているだけでは、笑うことなど思いもよらぬという弱点である。ギリシアの英雄は笑わない。だが、ゴチックの大聖堂の屋根に居並ぶ怪獣は、大口開けて笑っている。怪獣はキリストに仕えているからだ。キリスト教徒の歓びは（まさしく言葉の正確な意味において）、実に恐るべき歓びである。キリスト教徒の歓びは実に恐るべきものなのだ。キリストはすでに、ゴチック建築のすべてを予言している。小心翼々の紳士がたが（今日ならさしずめ、手回しの風琴（ハンド・オルガン）に目くじら立てる連中というところだろうが）、エルサルムの浮浪者たちの喚声に目くじら立てたあの時、キリストはこう言われたではないか。「この者たちが黙すれば、石でさえも叫び出すにちがいない」。キリストの予言にうながされて、さながら耳を聾する合唱のごとく、中世の大聖堂の巨大な正面が湧き起こったのである。そこには一面に、叫びをあげる石の顔、口を開いた石の像がびっしりと並んでいる。予言は今や実現した。石でさえ現に叫び出したのだ。

こうしたことが、かりにただ議論の行きがかり上というだけでもよい、一応正しいものとお認めいただけたとすれば、いよいよ次の問題に移らねばならぬ。つまり、本書の主人公、例の気の利かぬ男が——スコットランドなら、少々馴々しいのは恐れいるが、「大将」とか「おっさん」とでも呼ぶだろうけれど——その男が、さてその次に何を考えたかということである。この次の問題なるもの、誰の日にもすぐに見て取れるにちがいない。われわれのまさに目の下に転がっている。つまり、何らかの満足がなければ、あるがままの世界を改善することすらできぬとして、ではその「改善」とはそもそも何を意味するか、という問題だ。今日この問題について行なわれている議論は、ほとんど単に堂々巡りの循環論にすぎない。現代の狂気と、単なる合理主義を象徴するものとして、すでに見た例の蛇の環のことを思い出していただきたい。進化は善を作り出すかぎりにおいて善である、しかして善は進化を助けるかぎりにおいて善である、という例の理屈だ。言ってみれば、カメの上に象が乗っかっている、しかして象の上にカメが乗っている、というようなものである。

自然界の法則から人間の理想を得ようとしても無駄である。これは明白だ。理由は単純で、人間的尺度か、さもなければ神の尺度で理論を与えないかぎり、自然そのものには何の法則も存在しないからである。一例を挙げよう。今日、民主主義の安っぽい批判を口にする連中は、しかつめらしい顔をして、自然界には平等は存在しないと教えて下さる。ごもっとも。そのとおりにはちがいない。だがそれを言うなら、これには論理の裏があることも忘れて貰っては困るのだ。自然界には平等などありはせぬ。だが同時にまた、自然界には不平等も存在してはいないのである。平等と言い、不平等と言うからには、何らかの価値の尺度がなければならぬ。動物界の無政府状態に貴族主義を読みこむのは、民主主義を読みこむのと同様センチメンタルと言うべきだ。貴族主義も民主主義も、人間の理念であることには変わりはない。人間はみな価値があると言うか、ある種の人間にはもっと価値があると考えるかのちがいだけである。けれども自然は、猫は鼠よりもっと価値があるなどとは言わない。自然はこの問題に関しては何にも言わないのだ。猫は恵まれていて鼠は哀れだなどということさえ言いはしない。われわれが猫のほうが上だと考えるのは、要するにわれわれが（少なくともわれわれのほとんどが）、生は死よりも上だという哲学を持っているからにすぎない。しかし、もしその鼠が、ドイツ流の厭世哲学に心酔しているとすればどうなるか。自分が猫に敗れたなどとはぜんぜん考えないだろう。むしろ、猫より先に墓に入れたのだから、猫に勝ったと考えはしないだろうか。ひょっとすると、猫を生かしておくことによって、実は猫に恐るべき罰を加えたのだと考えるかもしれぬのである。バイ菌は、伝染病を広げることに多大の誇りを感じているのかもしれぬ。それと同じように、厭世家の鼠は、猫に生存の苦悩をさらにつづけさせることに絶大の歓喜を味わっているのかもしれぬではないか。それもこれも、すべては要するに鼠の世界観によって決まるのだ。実際、何が上で何が下かという何らかの理論がなければ、自然界に上とか勝とかいうものが存在するとさえ言えぬのである。得点法がなければ、猫が何点得点したかなぞということはかりにも言えないはずである。猫が勝だと言うためには、何が勝かが決まっていなければ話にならぬ。

こういうわけで、自然界から法則を引き出すことは要するに不可能なのである。ところでまた、ここではわれわれは、いきなり超自然の法則に飛躍しないで、直接、人間的な推論に従おうとしているのだから、神から法則を引き出すことも（少なくとも今のところは）避けることにする。自分自身の目に頼って法則を探すしかない。ところが、それを説明しようという現代思想の試みは、ほとんどがまことに漠として頼りがないのである。

たとえば、要するに時計に取りすがろうとする連中がある。彼らの言うところを聞いていると、ただ時間をくぐり抜けることだけで何らかの価値が生ずるがごとくである。その結果、第一級の知力に恵まれた論客でさえ、まことに杜撰な言葉遣いと言うべきだが、人間の道徳はけっして今日の時点に追いつかぬ、などとおっしゃる始末である。だが、今日の時点であれ、いつの時点であれ、いったい時点に追いつける物などどこにあろうか。時点には何の性格もない。そもそも何らかの価値判断の基準にはなりえない。クリスマスの祝いがある月の二十五日ではふさわしくないなどと、どうして判断できるのか。もちろん当の論客の言った意味は、大衆が、彼のお気に入りの少数の人びとよりも遅れているというだけのことである。あるいはまた、物理的な比喩に逃げこむ連中もある。実際、漠たる現代思想の持主の何よりの印はこれである。何が善か、明確な信念を定める勇気がないものだから、遠慮会釈もなく物理的な比喩で肩代わりさせ、しかもいちばん始末におえぬことには、こういう安っぽい比喩のほうが、古来の道徳より格段微妙に精神的で上等だと考えているらしいのだ。たとえば、何かが良いと言うかわりに、何かが「高い」と言うほうが知的だと考える。知的どころか、正反対で、尖塔か風見鶏から借りてきた譬えにすぎぬ。お里が知れようと言うものだ。「トムは良い子だ」と言うのなら、これは純粋完璧に哲学的な論述であって、プラトンが言ってもトマス・アクィナスが言っても恥ずかしくはない。けれども、「トムは高い生活を送った」などというのは、大工の十尺指から借りてきた無細工な比喩でしかない。

ちなみに言えば、ニーチェの弱点もすべて実はこれにつきる。ニーチェのことを、大胆にして力強い思想家のごとく言う人びとがある。詩的で暗示的な思想家であることは否定できないが、力強いとは義理にも言えぬ。正反対である。大胆などとはとんでもない。アリストテレスにしろカルヴァンにしろ、あるいはカール・マルクスさえ、怖れを知らぬ思想の持主は、自分の主張の意味するところを、比喩の衣をはぎ取った素裸の言葉で定着し、直視した。ところがニーチェにはそれができない。いつでも物理的な比喩に頼って問題を避けて通るのだ。この点では気楽な二流詩人と同じことである。たとえば彼は「善悪の彼岸」と言う。「善悪よりもさらに善」とか、「善悪よりもっと善」とか言う勇気がないからである。もし彼が比喩を借りずに自分の思想を直視していたら、それがナンセンスでしかないことを思い知っていたはずである。同じことで、自己の理想とする人間を形容する時も、「もっと純粋な人間」とか「さらに幸福な人間」とか、あるいは「もっと恋しい人間」とか言う勇気がない。こういうのはみな明確な観念であり、そして彼には明確な観念は恐ろしくてたまらないからだ。彼は代りに「上の人間」だの「超えた人間」などと言う。軽業師か登山家から借りてきた物理的な比喩である。ニーチェは実際きわめて臆病な思想家なのだ。彼には実は、どんな人間を進化の原動力たらしめたいのか、少しも明確にわかってはいないのである。そして彼にさえわかってない以上、「より高い生活」などと議論してまわっているありきたりの進化論者など、まるで何もわかっていないことは言うまでもない。

さらにはまた別のタイプとして、単なる全き屈従と無為を頼りにしている連中がある。自然がいつか何かをしてくれるだろうと待っているわけだが、それが何だか誰にもわからぬし、それがいつであるかも誰にもわからない。われわれには行動すべき理由もなければ、行動すべきでない理由もない。何かが起これば善であり、その邪魔をするものがあればそれは悪であるという。また別の連中は、自然の先廻りをするために、何かをしよう、何でもしようと努力している。人間に翼が生えるかもしれぬから、先廻りして脚を切っておこうというようなものである。あにはからんや、自然は実は人間をムカデにしようとしているのかもしれぬではないか。

最後にもう一つ、第四のタイプの連中がある。たとえ何であれ、ともかく自分がたまたま欲するものを取り上げて、これこそ進化の究極の目的だと称する連中がそれである。今まで見てきたさまざまな連中の中で、物のわかっているのは実はこのタイプの連中だけである。進化という言葉を使うのに、本当に健全な用法はこれだけだ。つまり、自分の欲する物を求めて努力し、それを進化と呼ぶことだ。人間界で進歩とか前進とか言う場合、もし何らかの意味があるとすれば、それはただ一つ、われわれに明確な理想が見えていて、そして全世界をその理想に似せたいと望むこと以外にない。お望みとあらばこう言い換えてもよろしい。進化論の真髄は、われわれの周囲のこの世界を目して、われわれの創造すべきもののための手段、準備と見なすことである、と。つまり、われわれの周囲にあるのは世界ではなく、むしろ世界のための材料と見るわけだ。神々がわれわれに与えたのは、画面の色ではなくてパレットの色だということである。しかし神は同時にまた、一つの主題、モデル、明確なヴィジョンをわれわれに与えてもいる。与えられた色を使って絵を描くにしても、何を描くのかはっきりしていなければ始まらぬ。こうしてみると、先ほど挙げた三つの原則に、もう一つの命題を加えなければならぬことになる。先ほども言ったように、この世が大好きでなければこの世を変えようとする気さえ起こらぬ。だが今もう一つ付け加えるべき原則として、われわれはもう一つ別の世界が大好きでなければ、この世を変えるべきそのモデルが見つからぬという命題を掲げよう（このもう一つの別の世界が、現実にあるものか、それとも想像上のものにすぎぬかは、今のところわれわれの議論に関係はない）。

「進化」か、それとも「進歩」か、などと、単なる言葉の問題でかれこれ言うには及ばない。私自身は、むしろ「改造（リフォーム）」が好ましいと思う。「改造」という以上は、何らかの「構造（フォーム）」を予想しているからである。世界を、何かある特定の形に改めようと努力する意味がふくまれているからだ。つまり、われわれがすでに心の中にはっきりとした形を見ていて、世界をその形に合わせようとするわけである。「進化」というのは、何かある物が閉じていて、それが次第に自動的に開化して行くという比喩にすぎない。「進歩」というのは、単に道を歩いて行く比喩にすぎない（しかもその道たるや、まちがった道である気配がまことに濃厚である）。だが「改造」は、道理を弁え、決意を固めた人間を指す比喩である。何かが形にはずれているから、それを正しい形にしようとする意味だ。もちろんその形がどんな形かはよくわかっているのである。

さて、われわれの時代のあらゆる挫折と巨大な失敗が問題になるのは、実にこの点なのである。今日では、二つのまったく別個のこと、二つの反対のことが一緒くたにされている。進歩とは本来、いつでも理想に合わせて世界を変えようと努力することを意味するはずである。ところが今日、進歩とは、いつでも理想を変えることを意味しているのだ。本来なら、緩慢ではあっても確実に、人間界に正義と愛をもたらすことを意味するはずである。ところが今日では、きわめて敏速に、正義と愛とが望ましいものかどうかを疑うことが進歩と考えられている。プロシアの帝国主義を弁護する詭弁家の本ならどれでもよい、その途方もない主張を一ページでも読むならば、たちまち人はこの手の疑念を頂戴することになる。本来なら進歩とは、われわれがたえず新しきエルサレムに向かって歩み寄っていることを意味するはずだ。ところが今は、新しきエルサレムがたえずわれわれから歩み去っていることを意味している。現実を理想に合わせようと変えるのではない。理想そのものを変えているのだ。そのほうが手っ取り早いからである。

馬鹿馬鹿しい例のほうが、いつでも話はわかりやすいものである。だから今、一つの馬鹿馬鹿しい例として、何かある特定の世界を作りたがっている男を想像してみよう。かりに、青い世界を作りたがっているとする。仕事が簡単すぎるとか、すぐすんでしまうなどと不平を言う理由はない。世界を青に変えるには、ずいぶん長い時間をかけて営々と努めねばならぬかもしれぬからである。徹底的にすべてを青に変えるまでには、それこそ自分のほうでも青息吐息になるかもしれぬ。かなりの危険をともなうこともあるかもしれぬ。たとえば、最後の仕上げとして、虎を青く塗らなければならぬ時のことを考えてみるがよい。童話のような、夢のような仕事もあるだろう。たとえば、夜明けの月の青い光を彩る時がそれである。けれども、もしこの高邁なる改革者が懸命に仕事をつづければ、ともかく世界は（彼の目から見るかぎり）、最初に比べて明らかに改善され、明らかに前より青くなるはずだ。草の葉を、一日一枚、自分の理想の色に塗り変えていくならば、実にまどろこしいことは確かでも、とにもかくにも彼の仕事は進んで行くだろう。しかしながら、もしかりに彼が一日一回、自分の理想の色を変えたとしたならば、仕事は一歩も前へは進まない。もしかりに、新しい哲学者の説を読むたびに、あらゆるものを赤に塗ったり、黄色に塗ったりし始めたとしたならば、彼の仕事は要するに打っちゃらかされることになる。残ったものは何かと言えば、青い虎が二、三匹歩きまわっていて、彼が最初のころ持っていた誤てる哲学の見本を示しているだけだ。現代の普通の思想家が陥っている情況は、実は、まさしくこれである。この例はあまりに馬鹿馬鹿しいと言う読者もあるかもしれぬ。けれども、これは文字どおり最近の歴史の示す事実なのである。たとえば、われわれの政治史において、重要重大な変化はことごとく、十九世紀の後半ではなく前半に起こっている。十九世紀の前半は、すべて白黒の決着が厳然とついていた時代であって、人びとは保守主義にしろ、プロテスタンティズムにしろ、カルヴィニズムであれ、改革であれ、みな頑固一徹に信じこんでいた。一徹に革命を信じることも少なくはない時代であった。そして、たとえそれが何であれ、とにかく一人一人が信じたものを、人びとは断固として着実に主張しつづけ、懐疑することを知らなかった。その結果、英国教会が崩れるかもしれず、貴族院が危うくつぶれそうになることもあったのである。その理由は、急進派が首尾一貫して主義を貫く知恵をそなえていたからにほかならぬ。急進派といえどもみずからの主張にたいしては保守的な知恵を持っていたからにほかならぬ。ところが今日の風潮では、急進派が何かを引き倒すに足る時間もなければ、その力を貯えるだけの伝統もありはしない。実際、ヒュー・セシル卿の言葉には大いに真実があると言うべきだ。ある立派な演説で彼が言ったところによれば、変革の時代はもはや過ぎて、今や保守と休息の時代が来ているというのである。だが、もしセシル卿が知ったら嘆くであろうが、今やただ保守の時代となった理由は、現代が完全な不信と無信の時代であるからにほかならない。これは確かだ。古来の制度をそのままに残したければ、信念という信念を、すみやかに、かつ目まぐるしく消え失せさせればそれでよい。精神界のタガがゆるめばゆるむだけ、外界の制度や習慣はそれだけ以前のままに残る。今日の新しい政治的主張の結果として結局正味何が残ったか。集産主義（コレクティヴィズム）、トルストイ流の無産主義、新封建主義、共産主義、無政府主義、科学的官僚主義――すべてこうしたものから生まれた果実はただ、君主制と貴族院の存続ということでしかない。今日の新しい宗教宗派の結果として結局正味何が残るのか。英国教会が（いつまでつづくかは神のみぞ知ることながら）、依然として国教にとどまることであるだろう。カンタベリー大司教の椅子を、巨大な背を丸めて一致団結肩に支えているのは誰かと言えば、それは実はマルクスであり、ニーチェであり、トルストイ、カニンガム＝グレアム、バーナード・ショー、あるいはオーベロン・ハーバートだというわけだ。

概して言えば、自由を阻止する最善の防壁は自由思想だと見てよろしい。現代流のやり方に従えば、奴隷の精神の解放は奴隷の解放をさまたげる最善の策なのだ。はたして自由は希望する価値ありや否やを疑うすべを教えれば、自由になりたいなどとは思わなくなるはずである。またしても読者の中には、こんな例はあまりに牽強付会だとか、極端すぎるとかと抗弁するむきもあるかもしれぬ。しかしまたしても、これこそまさに、今日われわれの周囲に見られる一般の人間の実態なのである。なるほどニグロたちならば、堕落したりとは言え野蛮な心を持ちつづけていて、だから忠誠心とか自由を求める気持とか、人間的な感情を残してはいるかもしれぬ。けれども、われわれが日常お目にかかる人間は――どこの工場の労働者でもいいし、どこの事務所のサラリーマンでもかまわない――あまりにも精神的に混乱がひどすぎて、とても自由などというものを信じている暇はないのだ。革命的な書物を読みすぎて、結局ただじっと坐っている結果になっている。次から次へとすさまじい哲学にさらされて、結局ただ毒気を抜かれ、おとなしく自分の地位を守っている結果に終わっている。ある一日マルクス主義者になったかと思えば、あくる日はニーチェ主義者、そしてその次の日はきっと超人になるのだろう。だが来る日も来る日も奴隷であることには変わりがない。こういう哲学をすべて遍歴した後で、残ったものはただ一つ、相も変わらぬ同じその工場だけなのだ。こういう哲学すべてによって得をしているのはただ一人、工場主だけというわけである。この金儲けの奴隷小屋に懐疑派の文献を常備することは、工場主にとってまことに効果的な投資であると言うほかない。そうなのだ。そう言えば、たしかに現代の工場主は、みな競って工場に図書館を備えたがる。とてものことに抜け目はない。現代の書物はことごとくが工場主の味方なのである。天上の姿が毎日毎日変わっていてくれるかぎり、地上の姿は来る日も来る日もまったく同じでいてくれるのだ。どんな理想も、それが実現されるに足るほど永続きはしない。いや、その一部分が実現されるほどもつづかない。現代の若者は、けっして自分の周囲を変えようという気は起こさない。いつでも自分の精神のほうを変えているからだ。

こういうわけであるから、進歩の目標となる理想についてまず第一に必要なのは、それがみだりにぐらつかないということである。ホイッスラーは、絵の下書きに、何度も何度もモデルのスケッチを繰り返したものである。たとえ二十枚のスケッチを破いてしまっても困りはしなかった。だがしかし、画面から目を上げてモデルを見るたびに、二十回見上げれば二十人、まったく別のモデルが平然として坐っているのを見たら大いに困ったにちがいない。同じことで、人類が理想に近づこうとして、たとえ何度失敗したところでそれは大して困らない。何度繰り返されてもこの失敗は、みな何らかの結果を生むからだ。けれども、もし人類が理想を何度でも変えるとなると、これは実にものすごく困るのだ。何度も繰り返されるこの失敗は、結局何の結果も生まないからである。つまり問題はこういうことになる。いかにすれば画家は、自分の画には不満を感じながら、しかも画を描くこと自体はまったく不満にならずにすむことができるのか。いかにすれば人間は、自分の仕事の結果にはいつでも不満を感じながら、しかも仕事をすること自体にはいつでも不満を感じないでいられるか。いかにすれば肖像画家は、自分の描いた肖像画を窓から放り出すことはあっても、モデルのほうを窓から放り出すという、もっと自然で人間的な行為に及ばすにいられるか。問題は要するに、いかにすればわれわれはこういう条件を確実に満たすことができるかということだ。

厳格な規則は、その規則に則って統治するために不可欠であるばかりではない。その統治に反抗するためにも不可欠である。この明確で見なれた理想がなければ、いかなる種類の革命も不可能なのだ。新しい観念に従って行動する時には、行動は時として遅々たることがあるかもしれぬが、古い観念に反抗して行動する時には、行動はいつでも迅速なものとなる。もし時のまにまに漂い、消え失せ、あるいは進化しようというのなら、その目標は何か混沌とした無政府状態であるだろう。けれども反抗し、反逆しようというのなら、その相手は厳然として堂々たるものでなければならぬ。ある種の進歩派や道徳進化論の信奉者たちの弱点は、まさしくこの点をおいてほかにない。彼らの言うには、道徳状態に到達するために緩慢な進化の運動がつづいてきたのであって、一日ごとに、あるいは一瞬ごとに、目に見えぬほどの倫理的変化がつづいてきたという。この理論には、たった一つ、重大な欠陥がある。正義に到達するための緩慢な運動のことは口にするが、迅速な運動にはまったくその余地を残していないということだ。この理論では、人間は断固として突っ立ち上がり、こんな状態は根本的に我慢がならぬと叫び出す余地は与えられてはいないのである。問題をはっきりさせるために、一つ具体的な例を挙げたほうがよろしかろう。たとえばある種の菜食主義は、今や肉を食うのはやめるべき時が来たと言う。ということは、しかし、その前提として、かつては肉を食うのが正しかった時代があったということになり、そして（お望みとあればその言葉を実際に引用することもできるのだが）、いつかは、ミルクや卵を食うのもよくないという時が来るかもしれぬと言う。動物にたいする正義とはいったい何か、その問題を今ここで論ずるつもりはない。私が言いたいのはただ、たとえ正義がいかなるものであったにしても、ある具体的な情況が与えられた時、その正義はただちにその場で行なわれるべき正義でなければならぬということだ。もし動物が迫害されているというのなら、われわれは直ちに立ってその救済に駈けつけなければならぬだろう。けれどももしかし、もしわれわれが、かりに時代に先んじていたとすれば、どうしてわれわれは直ちに立って駈けつけることができるのか。直ちに立って駈けつけなければ汽車に遅れるとしたところで、その汽車は後二、三百年は来ないというのなら、駈けつけるも駈けつけないも意味をなすまい。誰かが猫の皮をひんむいたといって非難するとしたところで、その男の今の状態は、私がミルクを一杯飲んだらそうなるかもしれぬ状態にあるだけだというのなら、非難も何も意味を失う。ロシアには、まことにご立派で気ちがいじみた一派があって、あらゆる牛馬を荷車から解放せよと叫んでまわったことがある。けれども、私の進化の時計が少々進んでいるのか、それとも馬車屋の進化の時計が少々遅れているのかわからなければ、どうして私の馬車から馬を解放する勇気が持てるのか。牛馬のごとく労働者を酷使している雇主に向かって、私がこう言ったとする――「奴隷制は進化の一段階に適合しただけだ」。雇主が私に向かってこう答えたとする――「奴隷制は進化の現段階に適合しているのだ」。もし永遠の基準がなければ、どうして私はこれに応酬することができるだろう。こうした雇主が今日流行の道徳に遅れていると言うのなら、博愛主義者が流行の道徳に先んじているとどうして言えるのか。だいたい今日流行の道徳とはそもそも何なのか。この言葉に何らかの意味があるとしたならば、それはおそらくその文字どおりの意味しかないだろう。つまり、いつでも流れて行ってしまう道徳なのである。

こういうわけで、永遠の理想は、保守派に必要なばかりでなく、革新派にも同様に必要だと言えるのである。王の命令が直ちに執行されるのを望む場合も、王の死刑が直ちに執行されるのを望む場合も、立場にかかわりなく永遠の理想は必要なのである。ギロチンの犯した罪は少なくないが、しかしギロチンの名誉のためにあえて言うならば、ギロチンには進化論的な匂いはぜんぜんない。進化論の常套の推論に応えるには、何より斧がいちばんなのだ。進化論者はいつも言う――「事物は徐々に、連続的に変化する。いったいどこに確然と線が引けるか」。これにたいして革命家はこう答えるのだ――「ここに確然と線を引く。お前の頭と胴との間の、ここだ」。何らかの断固たる行動を起こすためには、いついかなる瞬間にも、直截簡明な善悪の観念がなくてはならぬ。何か突然のことがあるためには、何か永遠のことがあらねばならない。だから、何らかの意味のある人間の目的が成立するためには、いかなる場合でも、現状の変革であろうと現状の維持であろうと、中国のように不易の制度の基礎を固めようとする時も、あるいはフランス革命勃発当時のように一月ごとに制度を変えようとする時も、理想が動かぬ理想であることはいつでも同様に不可欠なのである。これが、われわれの必要とする要件の第一条である。

と、ここまで書き終えた時、またしても私は感じたのだ。この議論の背後には何かほかのものが存在している。それはたとえば往来の雑踏の彼方に教会の鐘の音が聞こえるような感じだった。何かが私に語りかけているように思えたのである。「少なくとも私の理想は不動である。この世界の創造よりもさらに以前に不動に定められたものだからだ。私の目に見えている完璧の絵姿は断じて変わることがない。それはエデンと呼ばれるものだからである。今そこへ向かって進んでいる目的地なら変えることもできるだろう。だが出て来た出発点、生まれ故郷を変えることなど誰にもできぬ。正統の信仰を抱く者には、いつも革命を目ざすべき理由がある。何となれば、人間の心の中では、神はサタンの足下に踏み敷かれているからだ。天上の世界では、地獄はかつて天国に反逆を企てた。だがこの地上の世界では、天国が地獄に今反逆を企てているのである。正統の信仰を抱く者には、この反逆、この革命はいつ起こらぬともかぎらない。何となれば、この革命は実は復元であり復活にほかならないからだ。いついかなる瞬間にも、アダム以来誰も見たことのないあの完璧な理想のために、人類は決然立って行動を起こすかもしれないのである。何の変化もない旧習に従っているだけでも、あるいはかりに変化があるとしても単なる進化では、始源の善を善以外のものに変えることはできない。雌牛に角があるかぎり、男は妾を囲ってきたかもしれぬ。だがそれが罪であるかぎり、それは人間本然の姿ではないはずだ。魚が水面下に住み始めた時以来、人間は圧政下に生きてきたかもしれぬ。だが圧政が罪である以上、人間は本来圧政下に生きるべきではないのである。鳥の羽根が鳥にとって生まれつきのものであり、狐の穴が狐につきものであるように、鎖は奴隷に生まれつきのものであり、厚化粧が娼婦につきものであると見えるかもしれないが、それが罪であるならば、それは人間に生まれつきではないはずだ。私は私の歴史以前の神話を高く掲げて、君の言う歴史全体に挑戦し、圧倒する。君の目に見えている理想は単に動かぬ物というだけではない。それは一個の厳然たる事実なのだ」。——私はこの声に足を止め、キリスト教の哲学と私の自然哲学とが、またしてもこうして一致した事実の意味を考えてみようとした。だが私はこの問題はひとまず置いて、次の問題へと進んだのである。

私が進んだ次の問題とは、進歩の理想が持つべき第二の要件という問題だった。前にも見たとおり、自然界の自動的、客観的進歩を信奉する連中がある。けれども、誰の目にも明らかなことだが、進歩は必然であり不可避であると聞かされたのでは、政治的行動を起こすべき理由は何もなくなる。それなら何もする理由はなくなり、何もしないでいる理由ができるだけである。手を下さずとも必ずよくなると決まっているのなら、手を下してわざわざよくしようと努力する馬鹿がどこにあるか。純粋完全な進歩の理論は、進歩主義者になるべき理由を消去する最善の武器となる。だが、私がまず読者の注意をうながしたいのは、実はこういうことではない。こんなことなら、言うまでもなくあまりに明らかで、わざわざ言う必要もないからだ。

注意を引く点はただ一つだけである。つまり、もし改善なり進歩なりが必然的であるとするなら、その改善はかなり単純なものでなければならぬということだ。世界がたった一つの完結に向かって進んでいるということは想像できるが、さまざまの多様な性質をある特定の形にまとめ上げることがその終結であるとすれば、そういうものに向かって世界が自動的に動いているとはとうてい考えられない。最初に使ったあの比喩をもう一度使ってよければ、自然界がおのずから今より青くなっているというのなら想像できる。つまり、こんな単純な変化なら、それこそ自然な変化であって、そこに意志や人格を想定する必要はないだろう。しかし自然が、さまざまの多彩な色を選び取って、念入りに一枚の絵を描いているのなら、自然には何らかの意志や人格があると考えなければ説明がつかない。もし世界の終りが単なる暗闇や単なる白光であるとすれば、それは黄昏や黎明のようにゆっくりと自然にやって来るだろう。けれどももし世界の終りが、精緻で微妙に明暗の配合した一幅の絵になるとするならば、そこには人間か神か、何らかの意図があるとしか考えようがないだろう。世界も、単に時が経つだけで、古い絵が黒ずむように黒ずんでくることもありうるし、古い上衣が白ちゃけてくるように白ちゃけてくることもありうるだろう。しかしもし世界が黒白の絵画作品に変わるとすれば、そこにはやはり作者がいなければならないはずである。

この区別がまだはっきりしないようなら、もっと普通の例を出してもよい。われわれがしょっちゅう聞かされている現代の主張の一つに、博愛主義者、人道主義者のことごとしく宇宙的な信条というのがある。私は「人道主義者」という言葉をごくありきたりの意味で使っている。つまり、人間の権利にたいして、あらゆる被造物の権利を擁護し、主張する人のことである。彼らが言うには、過去幾世紀を通じて、われわれは次第次第により人道的になってきた——というのはつまり、次から次へと、さまざまの存在、さまざまのグループが、奴隷も、子供も、女も、牛も、その他何もかも、徐々に慈悲と正義を与えられてきた。彼らの言うところによれば、われわれは、かつては人を食うことを正しいと考えていたのだそうだ（われわれはそんなことなど考えたことも実はないのだが）。けれども今私が問題にしたいのは、彼らの説く人類の歴史なぞではない。彼らの言う歴史はおそろしく非歴史的である。現実には、人肉を食う習慣はデカダンスの兆候であって原始的な習慣でないことは確実だ。原始人が無知のゆえに人肉を食ったというより、現代人が単なる気取りから食うほうがよほどありそうなことである。私は今、ただ彼らの議論の筋道をかいつまんでたどっているにすぎないのだが、その議論というのは結局こういう主張につきる。つまり人間は、今まで次第次第に情け深さを増してきた。まず第一に市民にたいして、次には奴隷にたいして、その次は動物、そしていよいよお次は（おそらくは）植物にたいしてということになるのだろう。現在の私は、人間の上にまたがるのはいけないと考える。だがやがて遠からず、馬の上にまたがるのもいけないと考えるようになるのだろう。そして最後には、椅子の上にまたがるのもいけないと考えることになるはずだ。彼らの議論のおもむくところはほぼこんなものである。そしてこういう議論にたいしては、こう言ってやることもできるだろう。これは進化、ないし不可避の進歩という観点から説明できる。自分の手に直接触れる物をできるだけ少なくしようとする不断の傾向などというものは、動物の種がてきるだけ子供を産む数を減らそうとする傾向と同じように、単なる盲目的な無意識な傾向にちがいない。この傾向はすぐれて進化論的である。実に馬鹿馬鹿しいからである。

進化論は、二つの狂気の倫理の支柱にはなりえないように思われる。

進化論は、二つの狂気の倫理の支柱には利用できるが、正気の倫理の支柱としてはたった一つを支えるのにも利用できない。すべての生物は血続きであり、しかも生存競争を繰り返しているという説は、気ちがいじみた残酷さの論拠になりうると同時に、気ちがいじみたセンチメンタリズムの論拠ともなりうる。ただ一つ、動物への健全な愛情の論拠にだけはなりえない。進化論に則れば、非人道的になることもできるし、馬鹿馬鹿しいほど人道的になることもできるけれども、人間的になることだけはできぬのだ。私も虎も同じ血縁の動物であるとなれば、虎にやさしくしてやることにも理屈はあろうが、虎に劣らず獰猛になることにも理屈はあろう。虎に私を真似させようとするのも一つの方法だが、こっちが虎の真似をするほうがもっと手短な方法だ。だが、どちらにしても、進化論におうかがいを立てているかぎり、虎をどうやって理性的に扱えばよいかは聞かせては貰えない。では虎にたいする理性的な態度とは何か。奴の縞は賞めるが、奴の牙は避けることである。

虎を理性的に扱いたければ、すべからくエデンの園に帰るほかない。それというのも、本然の関係を思い起こさせる想念が、頑固に何度も私の胸に帰ってきたのである――自然を正気の目で正しく見ることのできるのは、ただ超自然的なるものだけであったのだ。あらゆる汎神論、進化論、あるいは現代の宇宙宗教の本質は、結局「自然はわれわれの母である」という命題に帰着すると言えるだろう。だが、不幸なことに、自然を母と見なすとしても、継母であることを発見するほかないのである。では、キリスト教の自然観の要点はどうかと言えば、それはつまり、自然はわれらの母ではなくて、自然はわれらの姉妹だということである。われわれは自然の美を誇りにしてよろしい。われわれは同じ父の子同士だからである。けれども、自然はわれわれの上に権威を及ぼすものではない。われわれは賞讃はしなければならぬけれども、模倣すべきではないのである。同じ地上の歓びと言っても、キリスト教徒の抱く歓喜には特有の性格があるが、今述べた自然観からして、そこには不思議な軽快さ、ほとんど軽薄さとも言うべきものが生ずることになる。古代異教のイシス信仰や大母神キュベレ崇拝では、自然は荘厳なる母であった。ワーズワースやエマソンにとってもまた自然は荘厳なる母であった。けれどもアシジの聖フランシスコや、十七世紀の宗教詩人ジョージ・ハーバートにとっては、自然は荘厳なる母などではなかった。聖フランシスコにとっては、自然は姉妹であり、妹でさえあったのだ。小さくて、かわいくて、いつも躍り跳ねてる妹、心から愛すると同時に、思わずからかって笑ってやりたくなる妹だったのだ。

けれども実は、このこと自体が今のわれわれの最大の論点では必ずしもない。私がこのことを持ち出したのはただ、どんな小さなドアにも、この鍵がいつでも、しかもいわばいかにも偶然であるかのようにぴったり合うことを示したかったまでである。今のわれわれの最大の論点は別にある。自然界に単に非人格的な傾向しかないのであれば、それはきっと、何か単純な目標に向かう何か単純な傾向であるにちがいない。今言いたいのはそのことなのだ。たとえば、生物学上の自動的な傾向として、人間の鼻をだんだん長くしようとしている、というようなことなら十分に想像できる。だが問題は、人間は鼻がだんだん長くなることを望むかどうかということだ。そんな人間はまず誰もいまい。おそらくたいていは、自分の鼻にこう言いたいのであろうと思う――「そこまで、そこまで。これ以上延びては困る。これ以上延びては天狗になるからね」。われわれの望む鼻の長さは、ちょうど興味ある顔立ちになるような長さなのである。ところが単なる生物学上の傾向として、興味ある顔立ちになるように自動的に向かっているなどということはとうてい想像することができない。そもそも興味ある顔立ちなるものは、目と鼻と口とが、お互いにきわめて複雑に関係しあって、ある特定の組み合わせを作りなすことにほかならぬからである。釣合い、調和は、単に自動的な傾向で生まれるはずがない。偶然の結果か、さもなければ何らかの意図の結果だ。人間的倫理の理想と、人道主義や反人道主義との関係も同じことである。できるだけ直接手に触れる物を少なくして、馬に乗ることも、花を摘むこともだんだん少なくなっているというようなことなら想像もできよう。おそらく最後には、人の心を乱さぬために議論を差しひかえ、鳥の眠りを覚まさぬために咳をすることも遠慮しなければならぬ破目に到るのでもあろう。この傾向の究極の極致というのは、人間は微動だにせず坐ったきりで、蠅の邪魔をしてはならぬと眉一つ動かせず、バイ菌に迷惑をかけてはならぬと、食うことさえ諦めるということになるのであろう。これほど単純にして粗野な終着に向かってなら、われわれが無意識のうちに流れて行くこともありうるかもしれないが、しかしはたしてわれわれは、こんな単純にして粗野な終着を望むであろうか。それが問題だ。これとは正反対の、つまりニーチェ流の進化でも同じことで、超人と超人が暴虐の城壁の上で相撃ちし、結局宇宙全体を面白半分壊してしまうことになるというのなら、われわれが無意識のうちに進化しているということもありえないことではあるまい。しかしわれわれは、はたして面白半分に宇宙全体を壊したいなどと望むだろうか。むしろ、われわれが本当に望んでいるのは明らかにこういうことではあるまいか。つまり、一方に抑制と尊敬、他方に活力と支配があり、この二つが独特の配合を得るということではないのだろうか。もしわれわれの生活が本当におとぎ話のように美しいとするならば、その時忘れてならぬことは、おとぎ話の美の秘密がこの二つの結合にあるということだ。王子様は驚異の心を持たねばならないが、しかしこの驚異が今一歩進んで恐怖になってはいけない。大男を恐ろしいと思ったら、その瞬間に王子様はもうおしまいになる。けれども王子様が大男に驚かなかったら、その瞬間におとぎ話はもうおしまいになってしまう。彼が謙虚で驚異の念を失わず、しかも同時に誇り高くて大男に立ち向かう気力を持つというところに、すべてこの問題の秘密がかかっているわけだ。われわれがこの世界という大男に向かう態度にしても同じことである。単にますます丁重になるのでも、単にいよいよ傲慢になるのでも正しくない。この二つが独特の配合をなさなければならぬのであり、それがまさしく正しい態度にほかならない。われわれのまわりのあらゆるものにたいして、われわれは十分な尊敬の念を持ち、草の上に腰を下ろすにも畏敬の心を忘れてはならぬ。けれども同時にわれわれは、まわりのあらゆるものにたいして十分の軽蔑の念を持ち、しかるべき時には星に唾する勇気もなければならぬ。だがこの二つの側面は、われわれが正しく幸福でなければならぬとすれば、是が非でも結びつけねばならぬ。しかも、ただ結びつけさえすればそれでよいというものではない。ある独特の配合で結びつけねばならぬのだ。地上で人間が完璧に幸福になることがあるとするなら、それは動物の感ずる満足のように平板で固定的なものではありえない。それは危ういバランスであり、一点の不正確さも許されぬバランスのはずである。つまり、危機一髪のロマンスと同じことである。人間は、自分自身に自信を持たねば冒険に打って出ることはできないが、同時にまた、自分自身にあまりに自信がありすぎても、冒険は少しもスリルを持たなくなってしまうからである。

さて、これが、われわれの進歩の理想が必要とする第二の要件にほかならない。第一の要件はそれが不動であるということだった。第二の要件として、それは複合的でなければならぬということになる。われわれの魂に真の充足を与えるためには、愛か誇りか、平和か冒険か、そのどちらか一つが勝ち誇り、他の一切を呑みこんでしまうというのではならないのだ。こういう要素が最善の釣合いを持ち、最善の調和を保って、一幅の明確な絵を構成しなければならぬのである。私が今言おうとしているのは、こういう目ざましい究極が、物事の本来の性格からして、人類のために確保されているはずがないと主張することではない。ただ指摘しておきたいのは、こういう複合的な幸福がわれわれのために用意されているとしても、それは何か、誰かの意志によって用意されているのにちがいないという、ただその一事なのである。それというのも、複合的な幸福の厳密な釣合いを取ることができるものは、何らかの意志以外にはありえぬからだ。もし世界に至福をもたらすのが単に自然の仕業であるのなら、その至福たるや、たとえば世界全部を凍らせるとか、世界全部を焼きつくすとか、その程度のごく単純なことであるはずだ。けれども、もし世界に至福をもたらすのが自然の仕業ではなく、芸術の仕業であるとしたならば、当然そこに芸術家が介在しなければならぬはずである。ここまで来て、私の瞑想を破ってふたたびあの太古以来の声が私にささやく――「そんなことなら、もうとうの昔から言ってあるはずだ。何か確実な進歩があるのなら、それは私の言うがごとき進歩以外にはありえない。それは徳と秩序の支配する完璧の都市を目ざす進歩であり、そこでは正義と平和とがみごとに手を結ぶ。人格を持たぬ自動的な力が連れて行ってくれる所は、平坦きわまる荒地か、険阻きわまる荒涼の山の峰しかあるまい。人格を持つ神だけが君たちを導いて——もし君たちに導かれる気があればの話だが——整然たる街路と建築の調和に満ちた都市へ連れて行くことができるのだ。そこでこそ君たちは、一人一人、自分独自の色彩を正確に分に応じて差し出して、ヨセフの色とりどりの上衣を織りあげ、普遍の教会の支柱となることができるのだ」。

　こうしてキリスト教は、二度までも、私が求めていたまさにその答えを持って現われたのだった。第一に私は言った——「この理想は不動でなければならない」。すると教会は答えたのだ——「私の掲げる理想は文字どおり不動である。なぜなら他の一切に先立って存在した理想だからである」。第二に私は言った——「それは、あたかも一幅の絵のように、さまざまな要素を芸術的に結合したものでなければならぬ」。すると教会は答えたのだ——「私の掲げる理想は文字どおり一幅の絵である。なぜなら、私はそれを描いたかたを知っているからだ」。そこで私は、さらに第三の要件に進んで行った。進歩の終着点たるユートピアには、是非とも欠かせぬと思われる要件である。三つの中で、これは言葉で表現することが最大にむずかしい。強いて言うなら、こういうふうにでも表現するより仕方がないだろう。つまりわれわれは、ユートピアにおいてさえもいつも目を見開いて注意を怠ってはならぬということだ。さもなければ、エデンから落ちたように、またしてもこのユートピアから落ちてしまうかもしれぬからである。

　すでに述べたように、世人が進歩主義者となるべき理由の一つとして挙げているのは、世の中の物事が自然によくなって行く傾向があるということである。だが、進歩主義者となるべき真の理由はただ一つ、世の中の物事は自然に悪くなって行く傾向があるということなのである。いや、物事が堕落して行くということは、単に進歩主義の最大の論拠であるだけではない。保守主義に反対すべき唯一の論拠でもある。事物の堕落というこの一事がなかったならば、実に保守主義はまさしく包括的で反論の余地のない理論となるだろう。けれども、あらゆる保守主義の基礎となっている観念は、物事は放っておけばそのままになっているという考え方である。ところがこれが誤りなのだ。物事を放っておけば、まるで奔流のような変化に巻きこまれるに決まっている。たとえば白い杭を放っておけばたちまち黒くなる。どうしても白くしておきたいというのなら、いつでも何度でも塗り変えていなければならない――ということはつまり、いつでも革命をしていなければならぬということなのである。つづめて言えば、その古い白い杭が欲しければ、新しい白い杭にしなければならぬのだ。ところが、このことは生命のない棒杭についてさえ当てはまるのだが、すべて人間に関する事象の場合には、きわめて特殊な、恐るべき意味において当てはまる。文明のうちに住む人間は、ほとんど非人間的と言えるほどの緊張を要求される。というのも、人間の作り出したあらゆる制度は凄まじい速度で老化するからだ。今日の小説やジャーナリズムでは、人びとは古い制度の圧制に苦しんでいると言うのが決まり文句になっている。だが実際は、人びとは新しい制度の圧制に苦しんでいるのがほとんどいつでものことなのだ。つい二十年ばかり前には、新しい自由をもたらす制度として作られたものが、今やたちまち新しい圧制と化している。英国史から例を取るなら、イギリスはエリザベス一世の民族主義的君主制の到来を狂気のごとく歓喜しながら、今度は、ほとんどその直後、チャールズ一世の圧政の罠にかかって狂気のごとく激怒した。フランスで例を取るなら、君主制が人民に耐え難くなったのは、君主制を辛うじて耐えていた時代の直後ではなくて、君主制を熱狂的に讃美した時代の直後のことだった。人民に慕われたルイの息子が、ギロチンにかけられたルイだったのだ。同じように十九世紀のイギリスでは、急進的な工場主は人民の利益の代表者として完全な信頼を得ていたかと思うと、突然社会主義者の攻撃の叫びが上がり、工場主は人民をパンのように貪り食らう圧制の張本人ということになってしまった。そして最近に到って、またしても同様の例が見られる。ついこの間まで、われわれは新聞を輿論の公器として信頼しきっていたものだ。ところが近ごろになって、それも徐々にではなく突然に、新聞はまったくそんな代物ではないと気がついたのである。新聞は、今日の新聞社の性格からして、一握りの金持のお遊びなのだ。要するにわれわれは、古めかしいものに反抗すべき必要はぜんぜんない。新しいものに反抗すればよいのである。現代の世界を支えているのは、資本家にしても編集長にしても、とにかく新しい支配者である。現代の王様は憲法を踏みにじろうとするような怖れは少しもない。そんなことをするくらいなら、憲法など無視して、その裏にまわって取り引きするだろう。王権を楯に取るなどという真似はまずしない。むしろ王権のなさを楯に取るほうがありそうなことである。つまり、現代の王様には実権はなく、だから世間の目にさらされて批判を浴びることもないという事実を利用するだろう。というのも、実際、今日王様ほど私的な生活を送れる人はほかにないのである。今日、王権による新聞の検閲などに今さら反対して戦う必要などまったくない。そもそも新聞の検閲など必要ないのだ。新聞自身がご丁寧に検閲してくれているからである。

こうして、人民のために作られた制度が、たちまち驚くべき早さで人民を圧迫する制度に変わるという、まさにこの事実こそ、われわれの求める完全な進歩の理論が当然考慮に入れねばならぬ第三の要件なのである。あらゆる特権が悪用されはしないか、現に行使されている権利が悪しき権利に転化されはしないか、真の進歩の理論はいつでも目を光らせて監視していなければならぬのだ。この点では、私はまったく革命派の意見に同調できる。革命派は、人間の作った制度にはいつでも不信を忘れない。彼らは君主も信用しなければ、人間と名のつく人間は誰も信用しない。人間の作った制度の性格を考えれば、これは正しい態度と言うべきだ。人民の味方として選ばれた頭目は、たちまち人民の敵と化してしまう。真実を語るために始められた新聞が、今ではただ真実を語らせぬために存在している始末なのだ。たしかにこの点で、私はついに革命派と完全に共鳴できると感じるに到ったのだ。ところがその時、私はふたたび息を呑まざるをえなかった。私は今さら思い当たったのである。革命派にくみすることで、私は実はまたしても正統にくみしていることに気がついたのだ。

キリスト教は今度もまた私にささやいた――「私は前からいつもそう言ってきたではないか。人間は本来退歩するものなのだ。人間の美徳は、その本来の性格からして、いずれ錆びつき、腐るものなのだ。いつでも言ってきたはずだ。あるがままの人間、殊にも幸福な人間や、殊にも誇り高く栄華におごる人間は本来転落するものである。お前は曖昧な観念で満足している現代の人間だから、この永遠の革命――つまり、幾世紀を貫いて持続する警戒のことを『進歩の理論』などと呼んでいる。しかしもしお前が哲学者であれば、私にならって、これを『原罪の教義』と呼ぶだろう。お望みとあれば、宇宙の進歩とでも何とでも、好きなだけ勝手な名前をつけるがいい。だが私はそれをその本当の名前で呼ぶ。それは人類の堕落なのだ」。

前に私は、正統が剣のようにやって来たと書いた。だが今はむしろ、戦斧のごとく到来したと言いたい気持である。というのも、実際、そのことを考えてみるにつけ、私にも納得できるようになったのだが、家系に恵まれ、生活に恵まれた連中の権力に疑惑を突きつける権利を持っているのは、実はキリスト教以外に何一つ残ってはいないのである。社会主義者や、さらには民主主義者さえ、貧民の生活状態は、貧民の精神や道徳まで堕落させずにはおかぬと主張していた。彼らの説に私はしばしば傾聴したものである。あるいはまた、科学者たちは（今日でも民主主義に反対しない科学者もある）、もし貧民の状態をもっと健康にするならば、悪徳も弊害もなくなるにちがいないと主張していた。私は彼らの説にも傾聴した。恐ろしいほど謹聴し、浅ましいほど感激したものだ。というのも、それはまるで、木の枝に腰かけている男が、自分の腰かけているその当の木の枝を一心不乱に鋸でひいているような光景だったからである。もし、こんなのんきな民主主義者連中が自分の説の正しさを証明できたとしたならば、それはすなわち民主主義を撲り殺すことにほかなるまい。そうではないか。もし貧民が彼らの言うほど徹底的に堕落しているのなら、貧民を引き上げようとすることにどれほどの現実性があるというのか。少なくとも一つ確実に現実性のあることは、貧民の選挙権を取り上げてしまうことだろう。薄汚い寝室しかない男には正しい投票をすることができぬというなら、たちどころに引き出される第一の結論は、そんな奴には投票権などやるなということのほかにはない。そうとなれば、支配者階級がこう言ったとしても理不尽ということにはならぬはずである。「この男の寝室を改造するには多少の時間がかかる。しかしもしこの男が、諸君のおっしゃる通り畜生同然の人間ならば、奴がわが国全体を破滅に陥れるにはほとんど時間はかかるまい。だからわれわれは諸君の主張の意味するところを汲み取って、奴に投票権など与えぬことに決めたのだ。そうしておけば、奴がわが国を滅ぼすチャンスも当然なくなるというわけだ」。実際、熱心な社会主義者が縷々として自説を説くのを見ていると、恐ろしいほど面白くて仕方がない。彼らは貧民の情況をこまごまと訴えることによって、貧民がいかに政治に参与する資格がないかをにこやかに詳述し、結局寡頭政治がいかに正しいかを立証しているだけだからである。たとえて言うなら、誰かが夜会服を着ないで夜会に出席し、そのことをしきりに弁解しているようなものである。彼の言うには、最近正体もなく酔いつぶれたことがあるのだが、酔うと大道で服を脱いでしまう癖があって、しかもおまけに、たった今、囚人服を脱ぎ変えて来たばかりだというのである。いつ夜会の主人(ホスト)が口に出しても不思議はないだろう——「いや、本当に、それほどひどいのなら、今夜はお宅で静養なさっておられたほうがよろしかったかもしれませんな」。世間一般の社会主義者の場合だって同じことである。満面に笑みをたたえて、貧民なるものは、まさにそれほどひどい経験をした後では、とても真から信用はできかねると証明しているのである。いつ金持が口を出しても不思議はあるまい——「いや、本当に、よくわかりました。奴らは信用しないことに致しましょう」。そう言って、社会主義者の鼻先にバタンとドアを閉めるのも当然というものだ。ブラッチフォードの主張する遺伝と環境の理論に立脚すれば、金持が権力を独占することは理論的にまったく反駁の余地がないことになる。清潔な部屋と清潔な空気が清潔な魂を作るというのなら、どうして権力を、少なくとも当分の間、現に明らかに清潔な空気を吸っている人びとに与えてはならぬのか。生活状態をもっとよくすれば、貧民もみずからを治める能力がもっとできるというのなら、現にもっと生活状態がよい以上、金持は貧民を治める能力がもっとあるということになぜならぬのか。世間一般の環境説に従えば、問題はほとんど疑問の余地がない。現に快適な環境にある階級は、要するにユートピアに向かって一歩先んじているということになる。

最善の条件を与えられた者こそ、おそらくは最善の指導者となるということの命題に、はたして何らかの反論がありうるものであろうか。清潔な空気を吸ってきた者こそ、不潔な空気を吸ってきた者に代わって決断を下すべきだというこの主張に、はたして何らかの反駁の余地がありうるものか。私の知るかぎり、反論はただ一つしかない。そしてその反論とは、すなわちキリスト教である。金持を完全に信用することに、条理をつくして反対できるのはただキリスト教だけだ。教会は最初から一貫して主張してきた。危険は人間の環境にはなく、人間自身の中にある。それだけではない。教会はまたつねに主張してきた。危険な環境を問題にするならば、あらゆる環境のうちもっとも危険なのは、快適で恵まれた環境である。なるほど現代の工業は、実は途方もなく巨大な針を作ろうとしていることは私も知っている。なるほど最近の生物学者のほとんどは、おそろしく小さなラクダを発見しようと躍起になっていることは私も知っている。けれども、かりにラクダを最小にし、針の穴を最大に開けたところで――つまり要するに、「富める者の天国に入るのは、ラクダが針の穴をくぐるのよりもむずかしい」というキリストの言葉を、最大限度の努力を払って最小限度の意味に切りつめてみたところで、この言葉は最小限度こういう意味であることには変わりはない――「金持が道徳的に信頼できることはきわめて稀である」。どれほどキリスト教を水で割って薄めてみても、現代の社会全体をボロボロにするくらいの劇薬である事実はどうすることもできぬ。教会の最小限度の力でも、世界にたいする致命的な最後通牒となりうるのだ。現代の世界全体が究極において根拠としている前提は、世の中には金持も必要だということではなくて（それなら首肯できるが）、金持は信頼できるという考え方である。これはキリスト教徒にはどうしても首肯はできない。新聞のことであろうと会社のことであろうと、権力でも現実政治のかけ引きでも、耳にタコができるほど聞かされる議論は、金持には買収は利かぬという説である。だが事実は逆であることは言うまでもない。金持は買収できる。すでに買収されているのだ。だからこそ金持になれたのだ。キリスト教の説くところは要するに、地上の財貨を頼りにしている人間は堕落した人間だという一点にある。彼らは精神的に堕落し、政治的に堕落し、経済的に堕落した人間なのだ。キリストも、キリスト教の聖人全部も、ひとしく口を揃えて、いわば威々しい単調さで繰り返し語ってきたことが一つある。端的に言って、金持であることは道徳的破滅に陥る特別の危険があるという事実である。金持がかくかくの悪を犯したからといって金持を殺したとしても、格別明確に反キリスト教的であるとは言えない。金持は社会の支配者とするに都合がよいからといって権力を与えたからといって、格別明らかに反キリスト教的であるとは言えない。金持に反逆するのも、金持に慴伏するのも、確実に反キリスト教的なことではない。だがしかし、金持を信頼し、貧民よりも道徳的に頼りになると思うとしたら、それはまったく疑問の余地なく反キリスト教的であると言わねばならぬ。かりにキリスト教徒が言ったとする――「あの人は賄賂を取るが、しかし私はあの人の地位は尊敬する」。これはキリスト教徒として少しも矛盾ではない。しかしキリスト教徒は、現代の人間が昼食や朝飯の時にいつも言うように、こんなことは言えないのである――「あれほどの地位の人が賄賂を取るはずがない」。なぜと問われるであろうか。理由は簡単である。どんな地位にあるどんな人間でも賄賂を取ることがある、というのが、キリスト教のドグマの一つであるからだ。キリスト教のドグマではたしかにそう言っている。そしてたまたま、奇妙な偶然の一致として、これは人間の歴史が現に明らかに示している事実でもある。「あんな地位」の人に買収は利かぬと人が言う時、別にキリスト教を持ち出して議論するまでもない。歴史を見れば十分だ。ベイコン卿は靴みがきではなかった。しかるに堂々とチップを取った。マールボロ公は道路の掃除人ではなかった。しかし心付けを取ったことでは同じではなかったか。たとえこれ以上はありえぬ理想的なユートピアが到来しても、どんな地位にあるどんな人間もどんな瞬間に道徳的に堕落するかもわからない。殊にもこの私ごとき、今この瞬間にも私の現在の地位から転落するか知れたものではないのである。

キリスト教と民主主義とが血族関係にあると言わんがために、漠然としてセンチメンタルな言論がさかんに行なわれてきているが、しかしこの両者が今までたびたび喧嘩したことは厳然たる事実であり、これらの言論も、この事実をくつがえすほど強力でもなければ明晰でもなかった。キリスト教と民主主義の共通点は、実はもっとずっと深いところにその根拠がある。ことさらに反キリスト教的であり、特別に非キリスト教的である観念は何かと言えば、それはカーライルの考え方である。つまり、自分に統治の能力があると自信する男こそ統治の任に当たるべきだという思想である。他の一切がキリスト教的であるとしても、こればかりは確実に異教的と言わねばならぬ。もしキリスト教信仰が政治に関して何らかの意志表示をするとすれば、このカーライルの政治論とは正反対のことになるはずだ。自分に統治の能力があると自信し*ない*男こそ統治の任に当たるべきである。

カーライル流の英雄ならば言うだろう――「私は王になりたい」。だがキリスト教の聖徒はこう言うにちがいない――「私は司教にはなりたくない」。キリスト教の偉大な逆説に何らかの意味があるとすれば、それはこういう意味のはずである。つまり、われわれは王冠を両手に捧げ、地球上の陸地をくまなく探しまわって、自分には王冠を戴く資格などないと思っているただ一人の男を見つけ出さねばならぬということだ。カーライルは完全にまちがっている。われわれが王冠を与えねばならぬ人間とは、自分は統治しうると思っている例外的な人間ではない。王冠を与えねばならぬのは、自分は統治などできないと思っているもっと例外的な人間なのである。

さて、現在行なわれている民主主義の弁護として、もっとも肝心な論拠の一つが実はこのことにほかならぬ。普通選挙というような制度そのものが民主主義ではもちろんない。ただ、ほかにもっと簡単な方法が見つからないというだけである。けれども、単なる選挙制度そのものでさえ、ある意味できわめて深くキリスト教的なのだ。つまり、この制度は、あまりにも遠慮深くて自分の意見など言い出せないという、まさにそういう人びとの意見を引き出そうとするものだからである。これは一種神秘的な冒険である。自分を信じない人びとをことさらに信じようとする試みだ。この謎は厳密にキリスト教特有の謎である。仏教の現世否定には本当の謙虚はない。温厚なヒンドゥー教徒は温厚ではあろうが、しかし真の謙譲を持ってはいない。ところが、普通なら著名な人びとの意見を徴するだろうものを、わざわざ無名の人びとの意見を求めるという考え方には、心理的にたしかにキリスト教的なところがある。普通選挙が格別にキリスト教的だと言うのは変だと思われる読者もあるかもしれぬ。選挙運動で投票を勧誘するのがキリスト教的だと言えば、気が変だと思われるない。

読者もあるかもしれない。だが投票の勧誘は、その本来の精神において実にキリスト教的なのだ。それは無名な謙虚な人びとに向かって、「起ち上がれ、友よ」と呼びかけることなのだ。あるいは、選挙運動に多少の欠陥があるとすれば――と言うのはつまり、敬虔という点で完全無欠ではないとすれば、それはただ、運動員のほうの側には、必ずしも謙虚を深める効果がないというためにすぎない。

貴族主義は制度ではない。それは一個の罪である（たいていはごくごくの微罪ではあるが）。人間が自然に陥りがちな虚勢に陥ることであり、力を持つ者にたいする讃嘆に陥ることにすぎない。世の中にこれほど容易で、これほど明白なことはほかにあるまい。

現代には、「力」というものについて、現代にしか通用しない妙な曲解が行なわれているようだが、これに反論する方法は無数にあるとしても、一つこういう反論を試みるがよい。つまり、いちばん素速く、いちばん大胆に行動するものは、同時にいちばんか弱く、いちばん繊細なものであるということだ。もっとも敏速なものは即ちもっとも敏感なるものである。鳥が活発なのは、鳥が柔いからである。石が不活発で動きが取れぬのは、石が硬いからにほかならぬ。石はその本性からして落下せざるをえないが、それは硬さが弱さであるからだ。鳥はその本性からして上昇するが、それは繊細さが力であるからだ。真の力には一種の軽妙さがある。空中に漂流しうるほどの飄然たる性質がある。奇蹟の歴史を調査した現代の科学者たちは、偉大な聖人の一つの特性として、心霊学で言う「空中浮遊」の能力があったことをしかつめらしく認めておられるが、実はもう一歩突っこんでこう言ってもよかったのだ。偉大な聖人の特性の一つは、彼らに軽佻浮薄の能力があったということである。天使たちが空中を浮遊できるのは、自分のことを軽く考えうるからにほかならぬ。自分のことを糞真面目に重々しく考えるなら、天使はたちまち地上に落下するだろう。キリスト教圏では、いつでも本能的にこの事実を察知してきた。殊にキリスト教芸術は本能的にこのことをわきまえてきた。たとえばフラ・アンジェリコの描いた天使の姿を思い出してみるがよい。鳥のように描いてあるばかりか、むしろほとんど蝶のように描いてある。中世の真面目な美術では、ほとんどいつも、軽やかにひらめく裳裾が一面に描かれ、生き生きと踊り跳ねる脚がいたるところに描かれているではないか。現代のラファエル前派の連中が、本物のラファエル以前の美術で真似ができぬことの一つは、まさしくこの軽さなのである。たとえばこの派の画家の一人、バーン・ジョウンズには、中世芸術のあの深い軽さがどうしてもよみがえらせることができぬ。古いキリスト教絵画では、人物の上に広がる青空は、青か金色のパラシュートのように見える。人物は今にもゆらゆらと飛び立って天を遊泳しそうに見える。乞食のボロボロの外套も、天使の輝く翼のように、今にもその乞食を空中へ浮かび上がらせそうに見える。ところが王様の姿はどうか。重々しい黄金に包まれ、真紅の衣を誇らしげに身にまとって、まさにその黄金や衣の本性からして下へ下へと沈んでいる。誇りは軽佻浮薄も空中浮遊もできぬからだ。誇りはあらゆるものを引きずり下して、すべてを荘重で重厚なしかつめらしさに投げ入れる。そして荘重ほど容易なものは実はほかには一つもない。自分のことだけを重々しく考える重厚さというものにならず、人間は自然に「落ち着く」ことができる。だが、晴れやかに自己を忘れる軽薄さには、人間は実は本性に反してよじ登らねばならぬ。灰色の沈鬱には人間は「落ちる」ことができるが、青色の空には力をこめて両手を差し伸ばさねばならない。生真面目は美徳ではない。生真面目はむしろ罪悪だと言えば、それは異端になるかもしれないが、しかし生真面目さよりはよほど筋の通った異端であることには変わりがない。生真面目ということは、実は、自分のことをことさら重大視するという、人間の陥りがちな悪癖に落ちこむことでしかない。というのも、それは何より容易なことだからである。『タイムズ』の気の利いた社説を書くほうが、『パンチ』に気の利いたジョークを書くよりはるかに容易なことである。荘重さは人間から自然に流れ出してくるが、笑いは一つの飛躍にほかならない。重々しくするのはやさしい。が、軽々しくするのはむずかしい。サタンはこの意味での重力の法則に従って落下したのである。

ところで、ヨーロッパがキリスト教化して以来、ヨーロッパにはいつでも貴族制があったが、しかし心の奥底ではいつも貴族制を一種の弱点だと見てきたことは、ヨーロッパ独自の名誉として誇るに足る事実である。貴族制はいわば、必要悪として認めねばならぬものと見なされるのが一般だったのだ。その意味がよくわからぬと言う読者があれば、試みにキリスト教的ヨーロッパを脱出して、何か別種の思想的雰囲気の中に入ってみるがよい。たとえばヨーロッパの階級とインドのカーストを比較してみればよいのである。インドでは貴族ははるかに厳粛なものだ。なぜならはるかに真剣に知的な制度だからである。階級の上下はそのまま精神的価値の上下だと真剣に考えられている。パン屋は屠殺者よりも、神秘にして聖なる意味で上だと見なされるのだ。けれどもいやしくもキリスト教徒であるならば、男爵のほうが屠殺者よりも、そんな聖なる意味において上だと言う者は一人もいない。どれほど無知なキリスト教徒でも、どんなにつむじ曲がりのキリスト教徒であろうとそんなことは考えぬ。いやしくもキリスト教徒であるならば、どれほど無知であろうと、どれほどの奇人であろうと、公爵は絶対に地獄に落ちるはずがないなどと言ったためしはない。異教の世界なら、自由人と奴隷との間に（私はよくは知らないが）、何かそうした重大な区別があったのかもしれぬけれども、しかしキリスト教の世界では、貴族というのはいつでも一種の冗談と思われてきたのである（もっとも、十字軍や重要な国際会議では、貴族諸公もそうとう派手に立ち回って、同じ冗談にしても、かなり性の悪い冗談をやったことは事実である）。けれども、とにかくヨーロッパでは、本当に心底から貴族制を真面目に厳粛に考えたことは一度としてなかった。貴族性をしばらくの間でも糞真面目に考えることができたのは、たとえばオスカー・レヴィ博士のように（ちなみに、ニーチェ主義者の中で、ともかく筋の通ったことを言う唯一人の人間だが）、たまたま出て来た非ヨーロッパ的な外来の人だけである。私自身の印象では――もっともこれは私の愛国心から出た偏見かもしれないが（とはいえ、実は偏見ではないと私は思うけれども）――イギリスの貴族は、現実の貴族すべての典型であるばかりか、その精華であるように思える。つまり、貴族制の欠陥と美点とをすべてこもごも具えているのである。物事に拘泥せず、親切で、人目に立つことではなかなかの勇気を示す。だが、こういう美点と重なりあって、イギリス貴族には一つの重要な美点がある。その重大にして明白なる美点は、誰もイギリス貴族を真面目に相手にすることなどはまずもって夢にもできかねるという一事にほかならない。

　要するに私は、ユートピアにも平等の法則がなければならぬことを、例によってのろのろと、自分の頭で、いわば一字一字考え出していったのだ。そして、例によって私は、その時になってようやく発見したのである。キリスト教は、私などよりはるかに前に、すでにちゃんとそこにいたのだ。私のユートピア探索の物語の一部始終は、みなこのおかしくも悲しい発見に彩られている。私は私の設計室から飛び出して、いざ新しい塔を建てようと勢いこんで来てみると、何のことはない、すでにそこには、私の建てようと思っていたまさにその塔が、陽光にきらめいて、何千年にもわたってすっくと立っているではないか。私のために、神は、古来の意味において（一つにはまた今日の意味においても）、祈りに答えて下さったのだ――「主よ、われらがなすすべてのことを先回りして導きたまえ」。いささかも見栄で言うつもりはないが、私は自分一個の頭から、一つの制度として、結婚の誓いを発明することができたと思った。ところがすでにその誓いは、とうの昔に発明されていたことを知って溜息をついたのである。けれども、私が考えついたユートピアの想像図が、ことごとく新しきエルサレムのうちにかなえられているのを発見したいきさつを、一つ一つ、委細をつくして書いていたのではあまりに話が長くなる。ここではこの結婚の件だけを取り上げることにする。この一例だけでも、私とキリスト教との出会い――むしろ衝突と言ってよいかもしれぬが、その有様はおおかた察していただけようというものだ。

普通、社会主義に反対する人びとが、人間性の本質からしてこれだけは変えられないとか変えられるとか言う場合、一つの重大な区別のあることをいつも忘れている。今日描き出されている理想の社会像の中で、とうてい実現の可能性のない望みもあるが、同時に、とうてい望ましくはない望みというものもあるのだ。すべての人間が同じように美しい家に住むべきだという夢は、実現可能であるかもしれないし、実現不可能であるかもしれない。だが、すべての人間が同じ一つの美しい家に住むべきだという夢は、実は夢でも何でもない。それは悪夢というものだ。男はあらゆる老婦人を愛さねばならぬというのは実現不可能の理想だろう。しかし男はあらゆる老婦人を自分の母親とそっくり同じに愛さねばならぬというのは、単に実現不可能な理想というだけではなく、実現されてはならない理想というものだ。今挙げたような例では、読者は首をかしげられるかもしれない。が、とにかくもう一つ、私にとってはいちばん切実な例を挙げよう。どんなユートピアを考えるにしても、私にとって何より大事な自由がなければ、そんなユートピアは考えることもできねば許すこともできない。つまり、自分自身を縛る自由ということだ。完全な無政府状態では、単に規律や忠誠がありえぬというだけではない。何の愉快もなくなる。賭を例にすれば誰にでもよくわかるだろう。賭に縛られるのでなければ賭などする値打ちは何もない。約束をすべて破ってしまえば、道徳が滅ぶばかりではなく愉しみも消えうせる。ところで、賭にしろ何にしろ、こういう愉しみというものは、人間が本来持っている冒険欲の変形であり、畸形なのだ。本書でも今まで大いに語ってきたロマンスの本能を、いびつな形で満足させる擬態なのである。で、冒険においては、その危険や、報酬や、罰や成功は本物でなければ話にならぬ。さもなければ、冒険は、単なる束の間の夢、非情な悪夢でしかなくなるのだ。賭をする以上、負けた時には金を払わされるのでなければ、賭には何の詩もなくなる。果し状を突きつける以上、是が非でも実際に戦うのでなければ、決闘には何の詩もありはしない。誓いを立てる以上、その誓いを破った時呪われるのでなければ、誓いなど面白くも何ともない。おとぎ話を作る時だって、主人公が鯨に呑みこまれた時、ひょっこりエッフェル塔の上にいたなどというのでは、おとぎ話にも何もなりはしない。蛙に変えられてしまった主人公が、フラミンゴみたいに動き始めたというのでは、おとぎ話の約束は守れないのだ。どれほど自由奔放なロマンスを書くにしても、事件の結果は現実的でなければならぬ。事件の結果は取り返しのつかぬものでなければならぬ。そして、現実的にして取り返しのつかぬ結果の最大の例の一つが、キリスト教の結婚なのである。だからこそ結婚が、ヨーロッパのロマンスのすべてを通じて、最大の主題となり中心となってきたのだ。そしてこれこそ、いかなるユートピアにたいしても、私が絶対に要求せねばならぬ最後の要件なのだ。自分のした取り引きには是が非でも責任を取らされるのでなければならぬ。自分の誓った誓いや約定は何としても冗談にされては困る。いかなるユートピアにおいても、私の名誉は私自身に報復されねばならぬことを私は要求したいのである。

現代のユートピア主義者たる私の友人たちは、みな一様に胡散くさげな面持ちで顔を見合わせる。それもそのはずだ。結局のところ彼らが望んでいるのは、これというほどの束縛はことごとく破棄てることであるからだ。けれども、私の耳には、またしても、さながらこだまのごとく、この世の彼方から一つの答えが響いてくる。「私のユートピアに着いた時、お前には本当の義務、真の約束ができるだろう。だからこそお前には本当の冒険もできることになる。だが、もっとも困難な義務、もっとも厳しい冒険は、ここに到り着くという、まさにそのことにほかならないのだ」。

8

正統のロマンス

現代がいかに喧騒に満ち、奮闘努力を要するかを嘆くのは、今日ではほぼ決まり文句になっている。けれども実は、現代の第一の特徴は底知れぬ怠惰と倦怠にある。事実はむしろ、本当は怠惰であるからこそ見かけの喧騒が生じているのだ。ごく外面的な例を挙げよう。現代の街路はタクシーやマイカーで喧騒をきわめている。だがこれは、人間が活動しているからではなく、実は人間が活動していないからこそなのだ。人間がもっと活動し、要するに自分の脚でもっと歩きさえしたならば、喧騒ははるかに少なくなるはずだ。今日の世界は、もっと奮闘努力さえすれば静かになるのである。見かけの物理的な喧騒についてこう言えるとすれば、見かけの精神的な喧騒についてもまた同様のことが言えるだろう。現代用語のカラクリのほとんどは、労力節約のカラクリにほかならない。本来節約すべき限度をはるかに越えて精神的労力を節約するのだ。科学が発明した現代用語は、科学の発明した車輪やピストルと同じ役目を果たしている。すでに安楽を享受している人びとを、さらに速く、もっと快適に運ぶことが目的なのだ。重々しげな言葉が、重々しい列車さながら、轟音を発してわれわれの傍を疾駆している。これに乗って運ばれているのは、自分の力で歩くにはくたびれすぎ、自分の力で考えるには無精すぎる連中である。試みに、自分の抱く意見を単純率直な言葉だけで表現しようとしてみるがよい。一度だけでもたいへんいい訓練になるにちがいない。たとえばこんな言い方がある――「不定期刑の社会的有用性は、すべての犯罪学者によって、刑罰のより人間的かつ科学的な観念に向かっての今日の社会学的進化の一部を成するものと認められている……」。こんなものの言い方なら、何時間しゃべりつづけても、頭蓋骨の中の例の灰色の物質をほとんど微動だに動かす必要はない。だが、もしこんな言い方ならどうであろうか――「私はジョウンズを監獄に送りたい。そしてブラウンにその年限を決めて貰いたい」。いやが応でも自分の頭を使って考えなければならぬことに気がついて、ぞっとするにちがいない。重々しい言葉は難しい言葉とはちがう。難しいのは単純率直で卑近な言葉だ。「地獄に落ちる」という言葉のほうが、「精神的堕落」などという言葉より、よほど哲学的に精妙な深みをそなえている。

現代人は、こうした快適に重々しげな言葉によりかかって、自分で推論する苦労を棚上げにしているわけだが、この手の言葉は、格別に破壊的で思想を混乱させる一面を持っている。同じ重々しげな言葉が、場合に応じてまったく別の意味に使われうるからだ。実際これが困ったところなのである。よく知られた例を取ろう。「理想主義」という言葉は、一個の哲学を意味することもあれば、単に道徳的な修辞を意味することもある。同様に、「物質主義」という言葉が、一個の宇宙論の用語として使われることもあれば、単に道徳的な攻撃の道具に使われる場合もある。一般の人がこの両者を混用している現状にたいして、学問的、科学的な物質主義者が文句を言うのも当然というものだろう。もっと安直な例を出そうか。ロンドンでは「進歩派」を憎む連中が、南アフリカの植民地へ行けばいつでも「進歩派」を自認するのだ。

この例に負けず劣らず無意味な混乱が起こっているのが、宗教上、政治上の「自由主義（リベラリズム）」という言葉である。自由主義者は自由思想家でなければならぬ、というようなことがよく言われる。なぜといって、自由主義者とはすべて自由なるものを愛する人の意味だからという。そんなことを言うのなら、理想主義者はみな高教会派(ハイ・チャーチマン)でなければならぬことになる。なぜなら理想主義者とは、すべて高いものを愛する人間であるからだ。同じ理屈で、低教会派(ロウ・チャーチマン)は誰でもみな、歌ミサは嫌いで読誦だけのいわゆるロウ・マス（Low Mass）が好きでなければならなくなるし、開放的な広教会派(ブロード・チャーチマン)は開けっ広げの冗談が好きでなければならなくなる。これは要するに言葉の上の偶然の一致というにすぎない。現実には、今日のヨーロッパで自由思想家とは、独力で自由に思考する人間を意味してはいないのだ。一度独力で考えてしまってからは、ある特定の結論だけに固執している連中を言うのである。つまり、あらゆる現象の起源は物質であり、奇蹟は起こりえず、人間の個々の霊魂の不滅はありうべくもないと信じる連中を指して自由思想家というのだが、しかしこの結論のどれを取っても、別に取り立てて自由とも言えはしない。それどころか、これらの観念はほとんどが、実に厳然として不自由であり、反自由なものである。このことを立証するのが実は本章の目的なのだ。

以下のページで私ができるだけ手短に指摘したいと思うのは、神学の自由化を主張する連中がことさら強調する問題が、どれ一つを取ってみても、少なくともそれが社会の実際に及ぼす影響という点から見て、明らかに自由とは正反対だという事実である。教会に自由をもたらそうとする現代の試みは、そのほとんどが、要するに世界に専制をもたらそうという試みであるにすぎぬ。というのも、今日教会の自由化とは、あらゆる方向に自由化するという意味でさえないからだ。漠然と「科学的」と称される特殊な一連のドグマを自由にすること——つまり一元論とか、汎神論、あるいはキリストの神性を否定するアリウス派流の主張とか、あるいは運命論であるとか、そうしたものだけを自由にしようというにほかならない。だがこれらが本来ことごとく圧制にくみする物であることは立派に立証できる（以下その一つ一つを順番に取り上げて行くつもりである）。実際驚くべき事実は——もっとも、よく考えてみれば驚くべきことでも何でもないことではあるのだが——ほとんどあらゆるものがみな圧制の連合軍なのだ。圧制にくみするとしても、ある一点を絶対に踏み越えることのないものは、その中にあってただ一つしかない。正統である。なるほど少しばかり正統思想をねじ曲げれば、ある程度まで独裁者を弁護する理屈を編み出すこともできなくはない。だがそれと同時に、独裁者を全面的に正当化するドイツ流の哲学を編み出すのは、実はいともたやすいということも忘れてはならぬ。

さて、新しい神学なるもの、今日的教会なるものの特徴たる新説を順次取り上げることにしよう。すでに前章の結論で、そのうちの一つの正体は明らかにしたことを思い出していただきたい。いちばん旧式だと言われる教義が、実は地上の民主主義を守る唯一の防壁であることをわれわれは見たはずだ。もっとも人気のない教義こそ、実は人びとに力を与える唯一の支柱であることを見たはずだ。要するにわれわれは、寡頭支配を論理的に否定しうるものはただ、原罪を認めること以外にはないことを見たのである。このほかの問題についても、事情はすべて同じだというのが私の主張するところなのだ。

最も明らかな例を第一に取り上げよう。奇蹟の問題である。理由は何だかわけがわからないが、奇蹟を信ずるより奇蹟を信じないほうが自由主義的だという固定観念が存在している。なぜそうなのか私には想像もつかないし、教えてくれる人も一人もない。ともかく想像を絶した理由でもって、奇蹟の数を少なくとも最小限度に食いとめようとする聖職者が開明的、自由主義的ということにな っている。奇蹟の数を最大限に見ようとする人が自由主義者と認められることは絶えてない。キリストが墓よりよみがえり給うたことを信じない自由を固執する人だけがいつでも自由主義的と見なされて、自分の叔母さんが墓からよみがえったと信ずる自由に固執する人は決して自由であるとは考えて貰えないのだ。教区で問題が起こる時というのは、たいていの場合、聖ペテロが水の上を歩いたという奇蹟を司祭が認めようとしない時であって、自分の父親がハイド・パークの池の上を歩いたと主張したからという例は滅多に聞いたことがない。議論の達者な世俗主義者なら直ちにこう言うだろう――その理由なら簡単だ、奇蹟などというものは、われわれの経験に照らして信じられるはずがないからだ、と。だが実はそんなことが理由ではないのだ。あるいはまた、マシュー・アーノルドが単純に信じ切って主張したように、「奇蹟は起こらぬ」からでもない。なぜといって、現に今日、八十年前には思いもよらなかったほど多くの超自然的な現象が、たしかに起こったと主張されているではないか。現代の科学者は、一時代前の科学者よりも、はるかにこうした不可思議な現象の可能性を信じている。現代の心理学では、実に奇妙な、恐怖を催させるほどの異様な現象が人間の心に生起することを、実際毎日のように明らかにしているではないか。旧式の科学なら、そんなものは奇蹟だとして、少なくとも常識ではとても信じられぬと否定しただろう。だがそういうことが、新式の科学ではそれこそ一時間ごとに真実と主張されているのである。ただ一つ流行に取り残されて、いまだに奇蹟を否定するなどという旧習を守っているのは新しい神学だけなのだ。

けれども実は奇蹟を否定するのは「自由」だとするこの観念そのものは、奇蹟の証拠や反証とはまったく何の関係もない。単に命脈のつきた偏見――しかも単なる言葉の上だけの偏見にすぎぬのであって、そしてこの偏見の起源も、最初のうちは持っていたかもしれぬ多少の生命も、決して自由な思考にあったのではなくて、要するに物質主義の盲信でしかなかったのである。十九世紀の人間が復活を否定したのは、当時の自由主義的なキリスト教が疑うことを許したからにほかならなかった。彼が奇蹟を否定したのは、きわめて厳格な唯物論によって、奇蹟を信ずることを許されなかったからにすぎぬのである。テニスンは実に典型的な十九世紀人だったが、十九世紀の人間の誠実な懐疑には一個の信があると言った時、彼の同時代人が本能的に感じていた前提を語っていたのである。たしかに彼らの懐疑には信念があった。彼らの言葉には深刻な真実――ほとんど恐るべき真実がこもっている。彼らが奇蹟を疑ったのは、不変にして神の愛なき運命を信じていたからだ。人間の干渉を峻厳に拒否する宇宙の運行を深く真率に信じていたからだ。不可知論者の懐疑は、実は一元論者のドグマにすぎなかったのである。

超自然的な事実やその証拠については後で話す。今ここで問題にするのは一つの明確な論点である。それはつまりこういうことだ――奇蹟を論じるに当たって、もし自由の観念がどちら側にあるかを問題にするのなら、言うまでもなく奇蹟を支持する側にあるはずだ。改革とか、正しい意味での進歩が何を意味するかと言えば、要するに精神が徐々に物質を支配して行く過程を指すにちがいない。ところで奇蹟とは、精神が一瞬のうちに物質を支配することにほかならぬ。たとえば人びとに食物を与えたいと思う場合、荒野の只中で奇蹟的に食物を供することは不可能だと考えるのは無理からぬとしても、それは自由に反すると考えることはできぬだろう。貧乏な子供たちを本当に海岸へ連れて行ってやりたいという場合、空飛ぶ竜に乗って行くのは自由に反すると考えることがどうしてできようか。現実にはできそうもないと考えるだけではないか。休日というものは、自由主義と同様ただ人間の自由を意味するにすぎないが、奇蹟とは、要するに神の自由を意味するにすぎないのである。諸君の良心にかけて、人間の自由も神の自由も、二つながら否定するのは諸君の自由だ。しかしその否定を自由主義の勝利と呼ぶことは自由ではない。カトリシズムによれば、人間も神も、共にある種の精神的自由を持っている。カルヴィニズムは人間から自由を取り上げて、それをもっぱら神に委ねた。ところが科学的物質主義は、天地の創造者自身からさえ自由を奪った。黙示録が悪魔を縛ったように、唯物論は神さえも縛ったのである。宇宙全体の中に、何一つとして自由なものを残さないのだ。しかもこういう行為を助ける人びとが、こともあろうに「自由主義的」神学者と呼ばれているのだからたまらない。

これは、今も言うように、もっとも単純で明白な場合である。奇蹟を懐疑することに、何かしら自由や改革に通ずるものがあると考えることは、まさに文字どおり事実の正反対というものだ。奇蹟が信じられぬというのなら、それで万事は終りである。奇蹟を信じないからといって、それで格別自由であるというわけではない。もちろんそれで、その人の名誉が傷つくわけでも、論理が傷つくわけでもないどころか、そのほうがよほど目出度いことであるのかもわからない。けれどももし奇蹟を信じられる人がいるなら、そのほうがはるかに自由であることも同様に確実だ。なぜといって、奇蹟とは第一に魂の自由を意味するし、第二に魂が環境の圧制を支配することを意味するからである。世の中には、この事実をまことナイーヴに無視する人がある。最も有能な人でさえ例外ではない。たとえばバーナード・ショー氏がそれだ。奇蹟という観念にたいして、臆面もない旧式の軽蔑を公言してはばからぬ。まるで奇蹟は自然界の背信行為だとでも言わんばかりである。だが、彼は本来、意志の万能を信奉する人ではなかったか。そして奇蹟とは、彼自身のこのお気に入りの思想の木がついに咲かせた究極の華であるはずだ。彼がこれに気がつかぬのは実に奇妙と言うほかない。霊魂不滅の問題についてもまた、彼はまったく同様の自己矛盾を犯している。霊魂の不滅を希求するなどは、けちな利己心の表われにすぎぬと彼は言うのだが、その彼がたった今、生命の希求は健全にして英雄的な利己心だと言ったばかりであることを忘れている。自己の生命を無限に拡大しようとすることが高貴でありながら、霊魂の永生を願うことがどうして卑怯なことでありうるのか。もし人間が残酷な自然や慣習を乗り越えることが望ましいのなら、奇蹟が望ましいことには疑問の余地はありえない。ただ問題は、奇蹟が起こりうるかどうかだが、そのことは後で論ずる。

さて次に、現代の奇態な謬見のもっと大きな問題に移らなければならない。つまり宗教を「自由化」することが、何らかの意味で世界の自由化を促進するという謬見である。こうした謬見の例は汎神論の場合に見られる。いや、汎神論というよりむしろ、超越者は宇宙に内在すると考えるいわゆる「内在論」と称する立場であり、そして現代ではこれは多くの場合仏教を意味している。けれども、第一の例と比べると、この問題ははるかにむずかしいものだから、これに手をつけるにはあらかじめもう少々の準備をしておく必要があるだろう。

満員の聴衆を前にして、進歩的人士が得々として説くところは、概して事実とは正反対であることが一般である。実際、こういう演説が嘘っぱちであるというのは常識と言ってもよい。その一例がこうである。つまり、倫理協会とか宗教会議などで決まって繰り返される文句の一つに、当たりのいい寛容を標榜するこういう文句がある――「世界のさまざまな宗教は、祭式や形式こそちがっているが、その教えるところはみな同じだ」というのである。これは嘘だ。事実とは正反対だ。世界のさまざまな宗教は、祭式や形式では大してちがってはいない。大いにちがっているのはその教えるところなのである。同じ理屈で行くと、それはたとえばこういうことになるだろう――『教会時報』誌と『自由思想』誌と、外見がまったくちがっているからといって内容までちがうと思ってはいけない。なるほど一方は羊皮紙に彩色があり、他方は大理石に彫り刻んであるし、一方は三角で他方は百角形ではあろうが、内容を読んでみれば言っていることは同じだとわかるはずだ、と。もちろん事実は正反対で、ほかの点では何から何まで同じだが、ただ内容だけは大ちがいなのである。別の例で説明するなら、たとえばサービトンに住む無神論者の株屋も、ウィンブルドンに住むスウェーデンボルグ流の株屋も、外見はことごとく同じことだ。二人のまわりをぐるぐる廻って、相手の迷惑などお構いなしにどれほどしげしげ眺めまわしてみたところで、一方の株屋の帽子にどことといってスウェーデンボルグ風のところもなく、他方の傘にこれといって無神論的兆候も見当たるはずはない。二人の相違は二人の魂の中にしかないからである。宗教にしても同じことだ。進歩的人士の言うように、問題は、宗教によって制度はちがうが精神は変わらぬなどという陳腐な決まり文句にあるのではない。まったく逆で、制度はいずれも似たようなものなのだ。世界の大宗教はほとんどどれもみな、外面的には同じ制度を擁している――同じく聖職者があり、聖典があり、祭壇があり、修道者の団体があり、特別の祭礼と祝日がある。いや、教義を説く方法まで同じである。ただちがうのは、その教えの内容そのものだ。異教の楽天主義も、東方の悲観主義も、どちらも同じように寺院を持っていたものだ。自由党でも保守党でも、同じように新聞を持っているのと同じことだ。お互いに根本から対立する宗派同士でも、それぞれの聖典を持っている点では変わりはない。お互いに敵対する軍隊同士でも、それぞれ大砲も持っている点では同じであるのと同様だ。

人類の宗教はみな同じだとする主張の有力な一例として、仏教もキリスト教もその精神は同じだという主張がある。この説を取る人びとも、これ以外の宗教の倫理は除外するのが普通だ。ただし儒教だけは例外だが、この連中が儒教を歓迎するのは、儒教は実は宗教とは言えぬからである。けれども回教となると、連中も用心してなかなか賞めようとはしない。せいぜい回教の道徳を下層階級の楽しみに当てはめる程度で留めておくのが通例だ。回教の結婚観に到っては滅多に持ち出すことはない（しかし実は回教の結婚観については、大いに弁護すべき点があるのだけれども、今は触れぬ）。ましてやヒンドゥー教のサッグ――つまり、破壊の神カリーに奉仕するために、ひそかに人を殺し、持ち物を奪い、地中に埋めるというような信仰や、あるいは呪物信仰などという段になってくると、全宗教の一致を説くこの人びとも、さすがに冷淡な態度を取らざるをえないらしい。けれども、少なくとも仏陀の偉大な宗教の場合には、彼らは真剣にキリスト教との共通性を感じているのである。

通俗科学の先生方は――たとえばブラッチフォード氏がそれだが――キリスト教は他の宗教、特に仏教とは非常によく似ていると常々主張している。一般の人もこれを信じているし、実は私自身もかつてはそう信じこんでいた。けれども、この似ている理由というのを説明している本を読んでみて、私の考えは少々変わってきたのである。そこに説かれている理由には二種類あった。第一の相似は、実は全人類に元々共通のものであって、だからこの場合特別に相似として挙げてみても意味をなさぬし、第二の種類に到っては、そもそも相似でも何でもないものだった。つまり著者は、元来あらゆる宗教に共通な点がこの二つの宗教の間でも共通だと大真面目に説明するか、そうでなければ、誰が見ても似ても似つかぬ点を取り上げて、似ている似ていると言ってきかない始末なのである。たとえば第一の種類の相似として、キリストも仏陀も、天上から響き渡る神の声を聞いたのが共通だと言うのだが、一体神の声が地下の石炭置場から響くなどということがあるものだろうか。あるいはまた、この二人の東方の賢者が、どちらも足を洗うということに重要なかかわりがあったのは、実に不思議な呼応を示すものだと大真面目に論じられているけれども、そんなことを言うのなら、二人共に洗うべき足を持っていたこと自体驚くべき呼応だと言いたくもなる。第二の種類の呼応に到っては、要するに呼応でも何でもないことは今も言うとおりだ。たとえば、二つの宗教を一致させようと懸命な著者が言うには、ラマにたいする尊崇の念から、その法衣を千々に引き裂く儀式があって、引き裂かれた法衣は非常に尊い物とされるという事実があるが、これは大いに注目に値すると説いている。しかしこれはキリスト教の場合とは似ているどころか、まさに正反対である。キリストの衣服が引き裂かれたのは、尊崇の念どころか嘲弄のためだったし、また引き裂いた衣服が大いに尊ばれるなどということもいっこうになかった。もしあるとすれば、屑屋に売って入る金が多少の目当てであったにすぎぬ。もしこんなことがお互いに似ていると言えるのなら、剣を肩に触れて騎士に任ずるのと、剣を首に当てて頭を切り落とすのと、二つの儀式は誰が見ても共通だと主張することもできるだろう。騎士の名誉を与えられるか、それとも首を切られるか、切られる当人にとっては同じどころの話ではない。こんな瑣末な問題をことごとく「相似」として論じ立てるのは、これこそ子供らしい衒学というもので、ここでわざわざ取り上げるのも馬鹿馬鹿しいのだけれども、それをあえてした所以は、この著者が持ち出している哲学的な類似なるものも、実はやはりこの二つの種類に帰するからであって、つまり針小棒大の議論か、さもなければまるで議論にもならぬ議論であるからだ。たとえば仏教が慈悲を重んじ、自己抑制を重んじているからと言って、別にそれでキリスト教と格別似ているなどということには少しもならぬ。単に人間共通の経験にまったく反してはいないというにすぎない。仏教徒が主義として残忍や過激を嫌うというのも、正気の人間なら誰しも主義として残忍や過激を嫌うからにほかならぬ。けれども、だからといって、仏教もキリスト教も、こういう点について同じ哲理を説いていると言うのは大まちがいだ。なるほど人類はみな、われわれが罪の網の目に捕らえられていると認める点では共通であるし、また人類はほとんどみな、この網の目から脱出する道がどこかにあると認める点でも共通である。しかしその脱出の道がいかなるものであるかという点になると、この世に仏教とキリスト教ほどあからさまに矛盾する宗教はまたとないと私は思う。

話を少し前に戻すが、学究的ではないにしても、諸事に明るいほとんどの人びとと同じように、仏教とキリスト教とが似ていると考えていた時分でさえ、二つの宗教の間にはいつも私を悩ましていた相違があった。それぞれの宗教芸術があまりにも対照的だという事実である。表現のスタイルの技術的な問題ではなく、明らかにその表現が伝えようとしている精神がちがうのだ。二つの理念がどれほど対照的であると言って、ゴチックのカテドラルのキリスト教の聖人と、中国の寺院の仏教の聖者の像ほどかけ隔ったものはありえまい。実にあらゆる点で対蹠的なのだ。だがその相違を最も端的に要約するとすれば、仏教の聖者がいつでも目を半眼に閉じているのにたいして、キリスト教の聖人がいつでも目をかっと見開いているという点を挙げねばなるまい。仏教の聖者はなだらかに調和の取れた体つきをしているが、しかし目は眠りに閉ざされて重たげである。中世の聖人の体は骨も露わなほどに異様に痩せこけているが、目だけは驚くばかり生気にあふれている。これほど対照的な表象を創り出した二つの精神の間に、何らかの共通性が本当に存在しているとはとてものことに信じられない。どちらもなるほど誇張はあろう。純粋な信仰が生み出した超現実のイメージではあろう。しかしそれにしても、これほど両極端に反対の誇張を創造しうるものには、たしかに真の隔絶があるにちがいない。仏教徒は異常な集中力で内部を見つめている。キリスト教徒は強烈な集中力で外部をにらみつけている。この手がかりをしっかりとたどって行けば、たしかに何か興味ある発見が得られるはずである。

またつい最近のことだが、ベザント夫人が面白い論文を書いて、世界には実はたった一つの宗教しか存在しないと論じているのを読んだことがある。夫人によれば、現実に存在しているあらゆる宗教は、この唯一の真の宗教を個々に反映したもの、ないしバラバラに歪んで映したものにすぎないという。では、その真の唯一の宗教とは何か、それも自分にははっきり説明できるという。彼女に言わせれば、この普遍的教会は要するに普遍的自我にほかならぬ。つまりわれわれはみな実は一人の人格であり、人と人との間に個人という人格の壁は実在しないという教義である。私流に言い換えれば、彼女は隣人を愛せとは教えない。われわれがすなわち隣人となれと説くのだ。この教えに従えば、すべての人間は全き調和を発見するという。これがベザント夫人の説くところの、深遠にして示唆するところきわめて多大な宗教のあらましである。生まれてから今日まで、私はこれほど猛烈に反対すべき教えを一度も聞いた覚えがない。私は隣人を愛したいと思う。だがそれは、隣人が私にほかならぬためでは断じてない。隣人が断じて私ではないという、まさしくそのためにほかならぬ。私は、世界を讃美したいと思う。けれどもそれは、まるで鏡を見るように――つまり、世界が実は私自身であるからではない。私は、まるで女を愛するように――つまり、まったく私とは別個の存在であるからこそ愛するのだ。自他の区別があればこそ愛が可能なのであって、もし自他の区別がなければ愛もまた不可能となる。なるほど人間は、漠然とした意味で自己を愛することはあるかもしれぬ。しかし自己と恋に落ちることはまずありえない。もしあったとすれば、その恋の口説は恐ろしく単調平板となるほかないだろう。世界が孤立した自己の群に満ちていればこそ、真の自己犠牲もはじめて可能なのであって、もしベザント夫人の原理に立てば、宇宙全体が巨大な自己、あくまでも自己満足と自己中心主義に溺れる人格にしかすぎなくなる。

仏教が現代の汎神論や内在論の側に立つのはまさしくこの点においてであり、キリスト教が人間性と自由と愛の側に立つのもまたこの点なのである。愛は人格を求める。当然愛は分裂を求めるのだ。キリスト教徒は本能的に、神が宇宙を小さな断片に分割したことを喜ぶ。なぜならそれは生きた断片だからである。キリスト教の本能として、「子供はお互いに愛する」とは言うけれども、大人に自己自身を愛せよとは言いたくないのだ。キリスト教と仏教とを分かつ哲学的な深淵がまさにここにある。仏教徒や神智論者にとっては、人間の人格とは人間の堕落にほかならぬのにたいして、キリスト教にとってはそれこそが神の目的であり、神の宇宙創造の眼目そのものにほかならない。神智論者の言う宇宙の霊は、人間がこの宇宙の霊を愛することを求めるが、その目的たるや、要するに人間がその霊の中に自己を没入させることにあるだけだ。ところがキリスト教の中心たる神は、人間がその中心から外へ投げ出したけれども、その目的はただ、人間がその中心を愛することにある。東洋の神は、いわば脚か手を失くして、いつも探しまわっている巨人のごときものであるのにたいして、キリスト教の神は、人知を絶した気前のよさでみずからの右手を切り放ち、その右手が自分の意志によってみずからと握手することを待っている巨人だとも言えようか。ここでわれわれはまたしても、キリスト教の本質にまつわるあの倦むことのない性格を発見する。現代の哲学はすべて、人を縛り、手かせ足かせをはめる鎖である。だがキリスト教は剣であって、束縛を断ち切り、解き放つ。宇宙を自己から切り放ち、生きた魂とすることを真に喜ぶ神の観念はキリスト教以外に抱きうるものではない。正統のキリスト教に従えば、この神と人間との分離は聖なるものである。なぜならそれは永遠の分離であるからだ。人間が神を愛しうるためには、人間の愛すべき神が必要であるばかりではなく、神を愛する人間の存在もまた不可欠である。宇宙は巨大な坩堝であり、あらゆる物がそこで溶解し融合すると観ずる漠然たる汎神論者は、福音書に説かれたあの驚天動地の言葉から本能的にたじろいで身を引くにちがいない――つまり、神の子が地上に来給うたのは、単に平和をもたらさんがためばかりではなく、人と人とを引き裂かんがためだというあの言葉だ(マタイ伝一〇・三四)。この言葉は、その文字どおりの意味においてもまったく真理の響きを放っている。真の愛を説く者は、必ずや憎しみを生まずにはおかぬという意味である。このことは、神の愛については言うまでもなく、民主的な結社についてさえ同様に当てはまることだ。見せかけの生半可な愛なら妥協と陳腐な哲学に終わりもしようが、真の愛はいつでも流血に終わるのが古来変わらぬ事実であった。だが、主のこの御言葉には、この文字どおり誰の目にも明らかな意味を越えて、もう一つ、さらに恐るべき真実が秘められている。主の語り給うところによれば、神の子は剣として兄と弟とを切り裂き、彼らは永遠に憎み合うことになるという。けれどもさらに、父なる神ご自身もまた剣なのだ。この剣は暗黒の始源において兄と弟を切り裂かれた。そのためにこそ、兄と弟とはついに真実に愛しあうことが可能となったのである。

画像に描かれた中世の聖人の目に、ほとんど狂気とも思える幸福があふれているその意味は、実にこのことにほかならぬ。そしてまた、優雅をきわめた仏像の閉じた目の意味するところもまたここにあったのだ。キリスト教の聖者が幸福なのは、彼が真実に世界から切り離されているからである。彼は世界の万象から離れて立ち、万象を驚嘆のうちに凝視している。だが、仏教の聖者が万象に驚嘆すべき理由がどこにあろうか。全宇宙には実はただ一つのものしかなく、そしてこの人格を持たぬ唯一の存在が、みずからに驚嘆するいわれはありえない。驚異の念を歌おうとした汎神論的な詩は少なくないが、どれも本当に成功した例はないのも当然で、汎神論者には本来驚異はありえないのである。神にしてもその他何物を歌うにしても、本当に自己とは別個の存在として讃嘆することができないのである。ところがキリスト教徒の賞讃は、たしかに自己の外に向かって、賞讃する信者とは別個の隔絶した神に向かっての賞讃である。けれども今ここでわれわれが直接問題にしているのは、この賞讃が、倫理的な行動や社会の改革の必要性ということにどういう効果をもたらすかということだ。そしてたしかにこの効果は十二分に明らかである。汎神論からは、道徳的な行為に向かう衝動が特に強く生まれてくる可能性はありえない。というのも、汎神論の示唆するところに従えば、その本来の性格からして、あれかこれかの選択の基準はないからだ。あれもこれも、まったく同じ程度に善であるからだ。ところが行為なるものは、その本性の性格からして、あれのほうがこれよりもはるかに好ましいという判断を前提にする。スウィンバーンは、彼の懐疑論の最も華やかなりしころ、この問題を解決しようとさんざ奮闘したけれども、もとより成功するはずはなかった。「夜明け前の歌」は、ガリバルディとイタリア独立運動に着想した作品だが、ここで彼は、新しい宗教、より純粋な神の出現を宣言している。この新しい神たるや、もし本当に現われたならば、世界中の聖職者をことごとく縮み上がらせる態のものだ。

汝は今　何をかなす
神の方（かた）を望みて叫ぶ言葉は
「我は我にして　汝は汝
我は低くして　汝は高し」
されど汝が見出さんとせし者は我なり
汝は我にほかならぬことを知るべし
すなわち我は汝にして　汝は我

けれども、こういう理屈から直ちに出て来る明らかな結論は、ガリバルディの相手の暴君もガリバルディ自身と同様神の子であり、ナポリのボンバ王は、まことみごとに「我」を発見したのである以上、万物のまことの善そのものと見なさねばならぬという結論である。しかし事実はもちろんそんなところにはない。西欧において暴君を駆逐する力は、まさに直接西欧の神学――「我は我にして汝は汝」と観ずる西欧の神学から生まれるものだ。仰ぎ見て宇宙に善き王の存在を認識する、その同じ精神的分離の原理に従って、今仰ぎ見た時、ナポリに悪しき王の存在することを認識したのである。ボンバを駆逐したのは、ボンバの神を讃仰する者たちだったのだ。ところがスウィンバーンの神を讃仰する者は、幾世紀もの間アジアの地に遍在してきたけれども、ついに一人の暴君を駆逐したためしもなかった。インドの聖者がおだやかに目を閉じていられるのは、彼が目をこらしている物が、我と汝、われわれと彼ら、さらには「それ」までもが一と化する境地であるからにほかならない。それは大いに理性にかなった瞑想であるかもしれぬ。だがこの瞑想によってインド人が、彼らを支配するインド総督カーゾン卿の行動に目をこらす術を教えられるということはない。そんなことは理論的にありえないし、事実においてもまたなかったことである。これにたいしてキリスト教は、いつでも外の世界に向かって怠りなく注意を目ざめさせてきた。いつも目をこらし、祈らねばならぬと命ずることがキリスト教の印であった。これが西欧の正統信仰にも典型的に表われているし、またこれは西欧の政治にも典型的に表われている。だが、これらが結局において拠って立つ観念は、超絶的な神の観念――人間とは本質的に次元を異にする神、したがっていつ人間の目から姿を消すかもしれぬ神という観念である。なるほど世界の大宗教というほどのものは、人間は神を求めて、エゴの迷路の内奥にどこまでも深くわけ入らねばならぬと説いてはいる。けれども、われわれは山上の鷲のごとく神を狩らねばならぬとする宗教はキリスト教以外にはない。そしてわれわれはこの狩の途上で、あらゆる怪物をことごとく打ち殺したのである。

こうして、この点でもまたわれわれは同じ結論にもう一度帰着する。われわれが民主主義を尊重し、西欧の自己革新のエネルギーを尊重するとすれば、古い神学にこそこれらを発見できるのであって、現代流の新しい神学に見出すことはまずできない。改革を求めるのなら、正統に固執しなければならぬ。特にこの問題（R・J・キャムベル氏が大いに論じたこの問題）——つまり、神は宇宙と人間に内在するのか、それとも神は宇宙と人間を超絶する存在であるのかという問題ではそう結論せざるをえないのだ。ことさら神の内在論に固執するなら、われわれが手に入れるものは内省であり、孤立であり、寂静主義であり、社会的無関心であり、要するにチベット的世界であるだろう。だが特に神の超越性を力説するならば、われわれが得るのは驚異であり、好奇心であり、道徳的、政治的冒険であり、正しき義憤であり、要するにキリスト教世界である。神が人間のうちにあると主張するかぎり、人間はいつまでも人間のうちにある。だが神は人間を超えると主張することによって、はじめて人間は人間を超えることができたのである。

世間で時代遅れと言われている教義はこのほかにいくらもあるが、そのどれを取ってみても結論は同じであることがわかるはずだ。たとえば、三位一体という問題がそれである（これはなかなか深い問題で、軽々しく論ずべきことではないけれども）。ユニテリアン派は三位一体を認めず、キリストと聖霊には神格を否定して、いわば純粋な一神論の立場を取る。この派の人びとの卓抜した知的尊厳と高遠な知的名誉に敬意を表することを忘れてはならないが、彼らがしばしば改革者の立場を取るのは実は偶然のことでしかない。小さな教派には改革派の態度を取っているものは非常に多いが、みな同様に偶然そうしているだけで、必然的な根拠があるわけではないのである。実際、三位一体の代りに純粋な一神論を主張することには、自由主義的なところはいささかもないし、改革に類縁を持つところもまったくない。アリウス派の異端にたいして三位一体を説いたアタナシウス信経の神は、人間の理知にとっては一つの謎であるかもしれぬ。しかしこの神は、マホメットの孤高の神よりは、サルタンの神秘や残忍さをもたらす危険ははるかに小さい。単なる畏怖すべき統一であるがごとき神は、王であるばかりではなく東方的な王と言うべきだ。人間の心は、とりわけヨーロッパ的人間の心は、三位一体という観念のまわりに集まる不可思議な暗示や象徴によって、はるかに深い満足を得る。それはいわば、正義と同時に慈悲も同席して論じあう会議というイメージであり、世界の最も内奥の私室においてさえ、一種の自由と多様が存在するという観念である。というのも西欧の宗教においては、「人間がただ一人でいることはよろしくない」という観念がいつも鋭く感じられてきたからだ。社会的本能とでも言うべきものが到るところで発揮されてきたのであって、一例をあげるなら、本来東方に起源する隠者という観念も、西欧流の修道士の観念によって事実上駆逐されてしまったのである。つまり、禁欲主義さえも社会的となり、同胞の交わりから切り離されることがなかったのだ。トラピスト会の修道士たちは、沈黙を通じてむつまじく交わったのである。もし、生きた複合性を愛するということが、真に西欧的なるものを区別する基準であるとするならば、当然、いわば一位一体を主張するユニテリアン派より、三位一体という正統思想のほうがはるかに健康であることは論をまたぬことになる。三位一体を信じるわれわれにとっては、神ご自身がすでに一つの社会を構成しているのだ。これはもちろん実は神学上の測るべからざる秘義であって、かりに私が神学者であり、この問題を直接論じる能力があったにしても、今ここでそれをすることは場ちがいというものだろう。今はただこう言っておけば足りる——この三重の謎は、ブドウ酒のように心を慰さめ、イギリス人の家庭の暖炉のように万人に開かれているのだ、と。理知を驚かすこの謎は、ことごとく心情を静めてくれる。けれども砂漠の彼方、乾ききった土地と恐ろしい太陽の照りつける国から、孤高の神の残忍な子等が襲来する。半月刀を振りかざす一位一体の神の信者たち、いわば真のユニテリアンたちは世界を荒廃に帰せしめたのだ。神もまた、ただ一人でいてはよろしくないのである。

同じことはまた、魂はいつ地獄に堕ちるかもしれぬという問題についても言うことができる。これも実はなかなかむずかしい問題で、このために狼狽している人びとも少なくない。ともかく、すべての魂が救われるように祈るべきことは言うまでもないし、そして事実すべての魂が必ず救われるということもありうるだろう。それはたしかにありうるのだが、しかしそう考えることが、人間の活動と進歩に格別好ましいというわけでないこともまた事実だ。西欧の戦闘的にして創造的な社会にあっては、むしろ、誰もかれもみな地獄に堕ちるかもしれぬという危険のほうを強調しなければならぬ。誰もかれも、今にも切れそうな綱の先にぶらさがっていること、あるいは今にも崩れそうな断崖にしがみついていることを強調すべきなのである。結局は何もかもよくなるだろうという言い草は、なるほど理解できない言葉ではないかもしれぬ。しかしそれはトランペットの勇壮な響きとは呼びかねる。ヨーロッパはむしろ、今にも堕地獄が可能なことを強調すべきなのであり、そしてヨーロッパは今までいつでもこれを強調してきたのだ。この点では、ヨーロッパの最高の宗教は、ヨーロッパの最低の三文小説と軌を一にしている。仏教や東方の運命論では、人間の存在は一つの整然たる論理であり計画であって、ある一定の形に終わるはずのものと見なされる。だがキリスト教にあっては、人生は物語であって、どんな形で終わるか見当もつかぬ代物なのだ。手に汗握る波瀾万丈の小説というもの自体、実は純粋にキリスト教的産物なのだが、主人公は決して人喰人に食われはしない。しかし手に汗を握らせるためには、主人公はいつ人喰人に食われるかもしれぬということが不可欠の要件である。主人公は、いわば「食える」人間でなければならぬのだ。同じことで、キリスト教の倫理がいつでも人間に説いてきたことは、人間は地獄に堕ちるだろうということではなく、堕ちないように気をつけろということだった。要するにキリスト教の倫理では、人を「地獄に堕ちた奴」と言うことは悪であるが、人に地獄に堕ちるぞと言うことは厳密に宗教的、哲学的なことなのだ。

キリスト教はすべて、岐路に立った人間に集中する。茫漠として浅薄な哲学、あらゆる愚昧を寄せ集めた巨大な綜合哲学なるものはみな、時代とか、進化とか、歴史の究極的展開などということを論じている。が、真の哲学はただ一瞬を問題とする。この道を取るか、それともあの道を取るか――いやしくも考えることに興味のある人ならば、考えるべきことはこの問題においてほかにはない。永遠などということを考えるのはまことにたやすい。そんなものなら誰にでも考えられる。

だが、一瞬こそは実に恐るべき問題だ。そして、西欧の精神が文学において戦闘を重大な題材として扱い、神学において地獄を大いに問題としてきたのも、西欧の宗教がこの一瞬ということをいつでも強烈に感じてきたからにほかならぬ。西欧の宗教は、少年小説と同様、手に汗握る危険に満ちている。それはいつでも永遠の危機に直面している。実際、西欧の通俗小説と西欧の宗教との間には、決してかりそめのものではない相似が存在するのだ。通俗小説は粗野であくどいと言われるだろうか。だがそれは、退屈な物識り連中がカトリックの教会の聖像や聖画を評するのと同じ言い草にほかならぬではないか。人生は、われわれの宗教の説くところに従えば、雑誌の連載小説とはなはだ相似たものである。人生もまた、連載小説と同様に、「次につづく」という約束——それとも脅迫か——で終わるではないか。それにまた人生は、一種高貴なる粗野ともいうべき姿を示して、連載小説同様に、いかにもドラマティックに高揚した一瞬に幕を閉じる。死とは、明らかにきわめてドラマティックに高揚した瞬間にほかならぬからである。

だが大事なのは、そもそも物語が面白いのは、きわめて強力な要素として意志というもの——神学で言う自由意志がそこに含まれているからだという点である。計算の結果は好きなようにはならない。けれども物語の結末は好きなようになる。誰かが微分を発見した時に発見できる微分はたった一つきりなかったはずである。しかしシェイクスピアがロミオを殺した時には、かならずしもそうしなければならぬ義理はなかったはずだ。そのほうがいいと思えは、ジュリエットの乳母と結婚させることだってできるはずである。キリスト教的ヨーロッパが冒険的、空想的物語（つまりロマンス）に特に秀でている理由も、ヨーロッパが神学上の自由意志を大いに強調しているからにほかならぬ。これは非常な大問題で、ここで十分論じていればあんまり脱線がひどくなってしまうからこれ以上立ち入らないが、ともかく今の問題に即して言えば、今日大いに喧しい犯罪論に反対すべき理由も、その真の根拠はまさしくこの自由意志の原理にある。つまり今日では、犯罪は一種の病気と見なされる。監獄もまた、病院と同じような衛生的な環境を与える場所としか考えられてはいない。罪は徐々に科学的な方法で癒すべきものとされている。が、こういう論議全体が見誤っている一つの事実は、病気は能動的な選択行為ではないのにたいして、悪とはまさに能動的な決断だという事実である。喘息病みをなおすのと同じように女たらしをなおそうというのなら、私の反論は、安っぽいかもしれないが誰の目にも明らかすぎるほど明らかな反論だ――「自分から女たらしになりたいと思っている女たちしと同じように、自分から喘息病みになりたいと思っている喘息病みがいたら連れて来てほしい」ということだ。病気を癒すのなら、ベッドに静かに寝ていればよいかもしれぬ。しかし罪を癒されたいのなら、じっと寝てなどいてはならない。まったく逆で、起き上がって物凄く飛び回らなければならぬはずである。実際、病院で寝ている人を指す英語が、今の論点全体をいみじくも表現して余すところがない。英語では患者のことをpatientと言う。文字通り忍耐強く受身に耐える人が患者だ。ところが罪人とは罪を犯す者、能動的に一つの行為をあえて行なう人である。もし風邪をなおしたいのなら、忍耐強く寝ていることに我慢しなければならない。しかしもし文書偽造をなおしたいのなら、偽造に我慢ができなくならなければいけないのだ。心の底から我慢がならなくならねば話にならぬ。道徳上の改革はすべて、受動的な意志ではなくて能動的な意志に発しなければならぬのである。

こうしてわれわれは、ここでもまた、同じ実質的な結論に到達することになる。ヨーロッパの文明を他の文明から区別するものは、明確で具体的な改造であり、危険な革命であるが、こうした改造や革命を望む以上、時によっては破滅するかもしれぬという危惧もまた揉み消すことはできない。もしわれわれが、東洋の聖者のように、宇宙の万物がいかに調和しているかを瞑想したいだけならば、もちろん出てくる結論は、宇宙万物はいかにも調和を保って行くにちがいないという結論に決まっている。しかしもしわれわれが、宇宙の万物を調和させ、、、ようと望むのならば、宇宙の万物は今にも調和を破って崩壊するかもしれぬことを強調しなければならぬのである。

最後の問題に移ろう。現代では、キリストの神性をできるだけ小さく見つもろうとしたり、人間的あるいは「科学的」に説明しようとしたりする試みがよく見られるが、この場合にも、今まで述べてきた事実はやはり事実として当てはまる。こういう説明が正しいかどうか、それは後で論ずることにする。だが、もしキリストの神性が事実であるとすれば、この神性が恐ろしく革命的であることもまた事実である。正しい人間が窮地に陥ることもあるということなら、われわれにもことさら珍しいことではない。けれども神が窮地に陥ることがありうるなどということは、どんな反逆者が主張するにしても恐るべき傲慢の言と言うべきだろう。神が単に全能であるだけでは完全ではないと感じた宗教は、地上の宗教多しといえどもキリスト教をおいてほかにはない。神は、完全に神であるためには、王であるばかりでなく反逆者でなければならぬと感じた宗教は、地上のあらゆる宗教のうちキリスト教以外には一つとして見当たらぬ。すべての宗教のうちキリスト教のみが、天地の創造者の徳のうちに勇気をつけ加えたのである。およそ勇気の名に値する勇気とは、魂のまさにくず折れようとする瞬間を経験し、しかもなおくず折れぬことを意味するはずである。だが今私の入ろうとしている問題は、実際きわめて深く恐るべき問題であって、とても容易に論じうる性格のものではない。あらかじめ読者の諒承を求めておかなければならないが、時に私の言葉が道を誤り、不敬と聞こえることがあるかもしれぬ。ともかくこれは、最大の聖者や思想家さえ、賢明にも恐れて近づこうとはしなかった問題なのである。けれども、あの恐ろしい受難の物語には、万物の創造者が（何か人間の思議を超えた形において）、単に苦悩を経験したばかりではなく、懐疑をも経験したと感じさせるところがある。少なくともわれわれの深い情緒の反応には、明らかにそう感じさせるものがある。「汝の神なる主を試みてはならない」とは聖書の言葉だが、しかし汝の神なる主ご自身を試みることもできる。そしてゲッセマネで起こったこととは、まさしくこのことにほかならなかったのではあるまいか。そう思われてならないのである。かつて楽園の庭でサタンは人間を誘惑した。今ゲッセマネの庭で神は神を誘惑するのだ。神は何か超人間的な形において、われわれ人間の絶望の恐怖を経験したのである。大地がふるえ、太陽が大空から掻き消されたのは、磔刑の瞬間ではなく、十字架上でキリストの叫んだ瞬間だった。神が神によって捨てられたことを告白したその叫びの瞬間だった。そこで今、世の革命家たちに一つの宗教を選ばせてみるがいい。世界のあらゆる宗教のうちから唯一つの宗教、あらゆる神のうちから唯一つの神を選ばせてみるがいい。神自身が神に反逆した神をほかに見つけることは決してできまい。いや——人間の言葉で語るにはあまりに困難なことではあるが——無神論者に神を選ばせてみるがいい。神自身が無神論者の孤独を語った神は唯一つしか見つかるまい。神自身が一瞬間、無神論者に見えた宗教は、あらゆる宗教のうち唯一つしか見つかるはずはないのである。

以上述べてきた諸点を、古来の正統の根本要点と呼ぶことができるだろう。革命、改革が自然に溢れ出る泉だという点がその最大の利点であるが、同時にその最大の欠点は、これが明らかに抽象的な主張だという点にある。つまり最大の利点は、あらゆる神学のうちで最も冒険に富み、最も男らしいということだが、その最大の欠点は、要するに神学にすぎないということである。だからいつでも正統に反論して、本来の性格からして独断的であり、現実離れした空中楼閣だと非難することはできるだろう。だが、かりに空中楼閣であろうとも、この城を攻め落とそうと矢を射かける現代名うての名射手にはこと欠かない。実際彼らは全生涯をかけて、最後の一本の矢まで使い果たそうとするのだ。この古来の正統という奇想天外の物語を滅ぼすためには、わが身はおろかおのが文明全体さえ滅ぼすことを辞さぬ人びとがいるのである。そしてこれこそ、この信仰について挙げるべき最後の、しかも最も驚くべき事実にほかならぬ。この信仰を敵として戦う人びとは、いかなる武器を使うことも意に介しない。彼らの手にする剣がおのが指を傷つけようと、彼らの掲げるたいまつがおのが家を焼くことになろうと意に介しないのだ。自由と人間性の名において教会と戦おうとする者は、結局、教会と戦うことさえできれば一切の自由と人間性を抛つことに終わるのである。これは誇張の言ではない。その実例を列挙すれば、たちまち一巻の書物になってしまうだろう。たとえばブラッチフォード氏は、聖書を破り去ろうとする人びとの例に洩れず、アダムは神にたいして何の罪も犯してはいないと立証にかかったが、このことを立証しようとしてあちこち議論を持って回っているうちに、事の序でに認めざるをえなくなった結論というのは、ネロからベルギーのレオポルド王に到るまで、あらゆる暴君は人間にたいして何の罪も犯してはいないという結論だった。別の例を挙げるなら、私の知っているある男は、死後には彼の人格は絶対に存在せぬということをあまりに熱烈に主張するあまり、結局、現に今ですら彼の人格はまったく存在しないと主張せざるをえなくなっている。彼は仏教を持ち出して、あらゆる魂はお互いに溶け合って一つになるのだと言う。自分が天国へ行けぬことを証明するために、結局、自分は隣の町へさえ行けぬことを証明することになっている始末だ。私の知人の中には、宗教教育に反対する人びとがいる。だが彼らの議論は要するに、子供は自由に成長させねばならず、老人が若者を教えるのはよろしくないということであって、これでは結局、一切の教育をことごとく否定する理屈になる。私の知人の中にはまた、神の裁きなどというものは存在しえないことを示そうとして、結局、人間の裁きさえ、しかもきわめて実際的な裁きさえ存在しえないことを示すことに終わっている人がある。教会に火を放たんがために、自分の穀物倉に火を放ったと言うべきだろう。教会を打ちすえようとして、自分の杖を折ってしまったとも言えようし、教会に一撃を与えるためにはどんな棒でもお構いなし、たとえそれが自分の家の家具を壊して作った棒であり、しかもそれがもう最後に僅か一本残った棒でも構わぬというわけだ。誰かを愛するあまり、この世全体を破壊する狂信家を賞めることはできない。許すこともできかねる。だが、誰かを憎むあまり、この世全体を破壊する狂信者は何と言えばよいのか。神の存在を否定するために、人間の存在そのものを犠牲にするのだ。その犠牲を祭壇に捧げるのではなく、祭壇が無意味であり、玉座が空席であることを主張しようとするだけである。あらゆるものが生きる根拠とする第一義の倫理さえ喜んで滅ぼそうとする。何のためにかと言えば、それはただ、そもそも生きたためしのないものに、奇怪な、永遠の復讐を晴らすためにほかならぬのである。

だが、彼らが懸命に矢を射かけている当の空中楼閣は、依然として何の手傷も受けずに空中にかかっている。彼らにできたことはただ、彼ら自身が後生大事に抱えているすべての物を破壊することにほかならなかった。彼らには正統を滅ぼすことはできない。政治的な勇気と良識を滅ぼしたにすぎぬ。アダムは神にたいして罪がないという証明は彼らにはできない。どうして彼らにそんなことができるだろう。彼らは単に、彼ら自身の前提に迫られて、ツァーはロシアにたいして罪がないなどという奇妙な証明ができただけだ。アダムは神によって罰せられるべきではなかったことなど証明できはしない。ただ、ありふれた悪徳資本家も人間によって罰せられるべきではないなどという不思議な証明ができただけである。人格というものに東洋的な懐疑を抱くことによって、人間の死後に人格の存在はありえぬことを証明しようとしながら、現にこの世に生きている間さえ、愉快な、あるいは十全の人間存在もありえぬことを証明したにすぎぬ。人間理性の生み出す結論はことごとく誤りにすぎぬと主張することによって、人間の善行を記録する天使の帳面を破り去るどころか、毎日の帳簿をつけることさえ怪しくしたにすぎぬのだ。彼らの主張は人間の活力を麻痺させる。信仰はこの世のあらゆる活力の母であるというだけではない。信仰の敵はこの世のあらゆる混乱の父なのである。世俗主義者が聖なるものを破壊したことは一度もない。世俗主義者は世俗的なるものを破壊してしまったのだ。世俗主義者はせめてこのことでみずからを慰めるがよろしかろう。神に反逆した巨人族タイタンも空によじ登ることはできなかった。彼らにできたことはただ、地をことごとく荒廃に帰することでしかなかったのである。

9

権威と冒険

前章で問題にしたところを一言にしてまとめれば、結局こういうことになる。つまり、正統は単に、しばしば言われるとおり道徳と秩序を守る唯一の信頼すべき守護者であるばかりでなく、同時にまた、自由と革新と進歩の唯一の論理的なる守護者だということだ。わが世の春を謳っている圧制者を引き倒そうという時に、人間性の無限の進歩などという新式の理論を持ち出してみてもラチは明かない。原罪という古来の教義によらなければ結着はつかないのだ。生まれつきの残忍さを根こそぎ引き抜こうという時、あるいは意気沮喪した人びとの心を引き立たせようとする時に、物質は精神に先行するなどという科学的理論を持ち出しても話にならぬ。精神こそ物質に先行するという超自然的理論でなければ不可能なのである。人びとの心を特に呼びさまして社会に目を開かせ、現実的な問題をどこまでも追求させたいと思うのならば、「内在的神格」だの「内なる光」などをいくら強調してみたところで大した役には立たぬ。こうしたものは、せいぜい消極的な自己満足の境地を教えてくれるにすぎぬ。ぜひとも超越的な神を力説し、今にも飛び去り、消えて行くかもしれぬ光を強調しなければならない。それこそ神の不満、神の欲求の証しであるからだ。あるいはまた、愛に満ちた平衡を特に求め、恐怖の独裁という観念をしりぞけようとする時には、われわれは本能的に三位一体論者（トリニテリアン）となり、ユニテリアンとなることを拒むはずである。さらにまた、もしヨーロッパの文明が急襲と救助であることを望むのならば、当然われわれ自身の魂が、単に結局は見かけだけの危険にさらされているのではなく、本当の危険に陥っていることを力説せずにはいられないはずなのだ。そしてさらに、もしわれわれが、人びとに見捨てられ、十字架にかけられた者を尊ぼうとする以上、それが単なる賢人や英雄ではなく、まさにまごうかたなき神ご自身が十字架につかれたと考えたいはずである。最後に何よりも、もしわれわれが貧しい人びとを護りたいと望むのならば、何としても不動の規範と明確なドグマとに賛成するはずだ。早い話が、社交クラブの規制は時として貧しい会員に好都合なこともあるが、成り行きまかせの変化を許せば、クラブはたちまち富める者に好都合なものに変わっていくからである。

さて、ここでいよいよわれわれは、問題全体にぎりぎりの決着をつける最も重要な段階に達することになる。今もしここに、一通り物のわかる不可知論者がいるとして、かりに今までのところは私の議論に同意できたと仮定する。が、その不可知論者は、ここでやおら私をふり返り、こう言うとしたらどうだろう。「君は、人間が天国を追放されたという教義に、一個の実践哲学を発見したと言う。結構だ。君は、原罪の教義のうちに賢明にも主張されている民主主義の一面が今や無視されて、重大な危殆に瀕していることを発見したと言う。君の言わんとすることは僕にもわかる。君は地獄の存在を認める教義に一個の真理を発見したと言う。なるほど結構なことだ。君の確信によれば、人格神を信ずる者は外界に目を開き、進歩的であると言う。実におめでたい連中だ。僭越ながら祝意を表したい。けれどももしかし、もしこういう教義にこういう真理が含まれていると仮定するにしたところで、なぜこの真理だけを取り出して、教義のほうは捨てることができないのか。なるほど現代の社会が金持によりかかりすぎるのは、人間の弱さを認めないからだとしてもよい。たしかに正統の栄えた時代が大きな利点を持っていたのは（原罪を信じていた故に）、人間の弱さを認めていたからであるとしてもよい。だが、それにしてもなぜ、原罪などということを信じずに、単純に人間の弱さだけを認めてはならぬのか。もし君が発見したと称するように、地獄に堕ちるという観念が健全な危機感を表わしているとしても、なぜ地獄堕ちの観念などは放っておいて、単純に危機感のほうだけ取り出すことはできぬのか。もしキリスト教的正統という栗のイガの中に、良識の栗の実が入っているのが明らかだというのならば、なぜ栗の実だけ取ってイガは捨ててはならぬのか。一体なぜ——私は高度に学究的な不可知論者であるから、新聞の社説のごとき言いまわしを使うのは少々気恥ずかしいが、あえて言うなら——なぜ一体、キリスト教において善なるもの、君の価値ありと認め、真に理解しうるもののみをすなおに取り出して、他の一切、あらゆる独断的にして絶対的なるドグマの数々は捨ててはならぬのか。なぜならドグマなるものは、本来人間理性の能く理解しえざるところであるからである」。これはたしかに質問の名に値する質問である。これはまたまさしく最後の質問と称すべき質問である。そしてこれは、答えようとすることが喜びであるがごとき質問と言うべき質問である。

まず第一の答弁として、私が合理主義者だという単純な事実を挙げねばならない。私の直観的に感じ取ったことにたいして、私は何らかの知的な論拠を持ちたいと思うのだ。つまり、もし人間が本来罪ある存在と感じられるとすれば、人間は原初において罪を犯したと信ずるほうが、少なくとも私にとっては知的に便利なのである。人間が自由意志を行使しているという事実を説明するには、やはり人間には自由意志があると信じるほうが、何かしら不可思議な心理的理由からして、少なくとも私には都合がよろしいのだ。けれども、私がこの問題について合理家だということには、もっと確固たる理由がさらにある。私はこの書物を、ありきたりのキリスト教護教論にするつもりはない。機会さえあれば、本書などよりもっと正面切った護教論の演壇にかけ登って、キリスト教の敵を迎え撃ちたい気持は十二分にある。だが今は、私はただ、私自身がどのようにして宗教的確信を深めるに到ったか、その成長の過程を物語ろうとしているだけである。それにしても、しかし、事の序でにちょっとだけ脱線して言っておこう。キリスト教の世界観にたいする反論として、単に抽象的な議論の数々が行なわれているのを見れば見るほど、私はそういう議論などにはだんだん注意を払わなくなったということだ。つまり、受肉という問題の道徳的な意味あいは普通の常識だと気がついてみると、受肉にたいして言われている普通の知的な反論などはまったくの非常識だとわかってきたのである。以下私の論ずるところが、普通の護教論的論議が欠けているばかりか、弱体となっていると考えられては困る。だからごくごく手短に、この問題の純粋に客観的、科学的真実について、私自身の主張と結論を要約しておくことにする。

もし私が、純粋に知的な問題として、なぜキリスト教を信ずるのかと問われたとするならば、私はこう答えるより仕方がない——「議論のわかる不可知論者がキリスト教を信じないのとまったく同じ理由である」と。私は証拠にもとづいて、完璧に合理的、理性的に信じているのだ。ただし私の場合、証拠とは、議論のわかる不可知論者の場合と同様、実は個々のいわゆる論証ではない。一つ一つは小さいけれども、一つ一つみな同じ意味を持つ無数の事実の厖大な集積が私の証拠だ。世俗主義者がキリスト教にたいする反論として列挙する理由が、いかにも種々雑多で、しかも喧嘩腰だというだけでは、世俗主義者を非難する理由にはならない。人間の心に確信をもたらすのは、ほかならぬこういう喧嘩腰の論拠であるからだ。私の言う意味はつまり、人間が一個の哲学を確信するに到るには、四冊の本を読むことよりも、一冊の本と、一回の戦闘と、ある一つの風景と、そして一人の古い友人が強力な力を及ぼすこともままあるということだ。本とか戦闘とか風景とか、種々雑多な物があるという事実自体、それがみな同じ一つの結論を指すという事実の重大さを増すのである。ところで、今日の世間一般の教育ある人士がキリスト教を信じない理由というのも、彼らの名誉のためにあえて言うが、こういう雑多な、しかし生きた経験にもとづいているようだ。私に言えるのはただ、私がキリスト教を信ずる根拠もまた、彼らが信じない根拠とまったく同じく、雑多な性格のものだということだけである。というのも、こうした雑多な反キリスト教的事実なるものをよく見ると、私はそれが要するにどれ一つとして事実ではないことを発見するからである。こうした事実はみな、その本当の流れも力も、実はことごとく方向が逆であることを発見するからなのである。具体的な例を見よう。今日、一応の道理をわきまえた人びとがキリスト教を見限ったのは、およそ三つの事実を確信しての話であるにちがいない。つまり、第一に、人間は、その形態からしても、構造からしても、あるいはその性行動からしても、結局のところ動物と大差はなく、要するに動物界に属する一つの種にすぎぬという確信。第二に、太古の宗教はみな無知と恐怖に起源を持つという確信。そして第三に、聖職者なるものは昔から、その陰鬱と悪意でもって社会を毒してきたという考え――この三つである。こうした反キリスト教的論議はそれぞれまったく質を異にする。だがいずれもまったく論理的だし立派な論拠となりうるものだ。それにどれもみな、同じ一つの結論を指してもいる。これらの議論に反対すべき理由は唯一つ——少なくとも私の発見したかぎり、みな事実に反するということだ。もし、動物と人間についての本を見るのをやめて現実の動物の人間を見るならば（いやしくもユーモアと想像力を持ち、いやしくも奇怪なるもの、喜劇的なるものを感得する能力のある人ならば）、誰にでもすぐ目に見えるはずである。驚くべきことは、人間がいかに動物に似ているかではなくて、いかに似ていないかということなのである。人間がなぜこれほど馬鹿馬鹿しく動物とちがっていなければならぬのか、そのことのほうがよほど不思議であって、説明を必要とするとすれば、それはまさしくこのことのはずなのだ。人間と動物が似ているというのは、ある意味ではぜんぜん陳腐な決まり文句だ。けれども、これほどの相似を示していながら、しかもこれほど気ちがいじみた相違を示すということ——これは実際容易ならざるショックであり、謎である。類人猿に手があるというのは面白いことかもしれないが、しかし手を持ちながら、しかもほとんどまったく使わぬに等しいという事実のほうが、哲学者にははるかに面白い事実である。手を持ちながら、なぜ猿はお手玉をしないのか。ヴァイオリンを弾かないのか。手があるくせに、なぜ鑿をふるって大理石を刻んだり、ナイフをふるってビフテキを刻んだりしないのか。原始時代の建築とか、退廃期の芸術と称されるものがあるが、しかし象には、自前で象牙を持っているにもかかわらず、なぜ巨大な神殿を作ったり、ロココふうの象牙細工を作ったりしないのか。ラクダには、ラクダの毛の絵筆を作る材料はあり余るほどあるくせに、どんな下手くその絵でもいい、なぜ絵を描かないのか。今日の夢想家の中には、蟻や蜜蜂のほうが人間にまさる社会を作っているという人がある。なるほどこういう昆虫は一種の文明を持っているかもしれぬ。だがその事実そのものがわれわれに思い起こさせるのだ――彼らの文明はいかにも人間の文明におとっているではないか。有名な蟻の彫像で飾られた蟻塚などというものを見た人がかつてあったか。いにしえの大女王蜂の絵姿を彫りつけた蜂の巣などというものを発見した人がかつてあったか。もちろん答は否である。実際、人間と他の生物との間の隔絶は、あるいは自然科学的に説明できるかもしれないが、やはり隔絶であることには変わらない。野生の動物は奔放だと人は言うが、本当に奔放な野生の動物は人間しかない。束縛を破って脱出したのはただ人間あるのみだ。他の動物はことごとく温和な動物にすぎない。種族の頑固な掟に忠実に従っているにすぎない。他の動物はすべて飼い馴らされている。ただ人間だけはけっして飼い馴らされることはない。道楽者になるか、それとも修道者となるか、いずれにしてもおとなしく掟に従うことはない。必ず柵を破って脱出を試みる。つまり、こういうわけで、唯物論の論拠とされるこの第一の浅薄な理由は、もし何らかの根拠となるとすれば、まったく逆の議論の根拠となることがわかるのだ。生物学が終わるまさにその地点こそ、すべての宗教の始まる出発点にほかならぬのである。

キリスト教に反対する三つの議論のうち、かりに第二に数えた合理主義的な論拠なるものを検討してみても同じである。この議論によれば、われわれが宗教と称するものはみな、無知の暗黒と恐怖のうちに生まれたという。だが、この現代流行の観念の根拠とする事実を調べてみようとして、結局私の発見したのは、そんな事実などどこにも見当たらぬということだった。科学が先史時代の人間について確実に知っていることは一つもない。まさに先史時代の人間だからという、まことにもって結構な理由のしからしむるところである。なるほど考古学の先生がたの中には、かつて人間を犠牲に捧げるという風習が広く存在し、別に悪いこととは考えられなかったと主張する人がなくはない。そして、こういう風習は次第に姿を消したと主張なさるのだ。しかしこれは考古学者が頭の中で考え出したことでしかなくて、これが事実であることを示す直接の証拠は何一つない。あるのはごく僅かの間接的な証拠にすぎないが、しかもこの間接的な証拠が証明しているのは、むしろ考古学者の想像とは逆の事実なのである。今日に伝わる最古の伝説——たとえばイサクの物語とか、イピゲネイアの物語——では、人間を犠牲に捧げるということは大昔から伝えられた風習として描かれてはいないのだ。むしろ逆に、ごく新しいこととして描かれている。なぜだかわからぬが、ともかく神々の要求する異様な、恐ろしい例外と考えられている。歴史は何事も語らない。そして伝説が口を揃えて語っているところでは、大地はその原初の時にはもっと親和に満ちていたというのである。進歩などという伝統的観念はどこにもない。逆に人類はことごとく、原初における人間の堕落という伝統的観念を持っているのだ。実際、この点で実に奇とも妙とも思うのは、この観念が地球上の到るところに遍在しているという事実自体を捉えて、この伝説が信ずるに足らぬと考える根拠とされているということだ。学者の先生がたは文字どおりこうおっしゃる。つまり、人類のあらゆる人種がみなその記憶を伝えている以上、先史時代にこんな悲劇が起こったなどということは事実ではありえないとおっしゃるのだ。逆説にかけては必ずしも人後に落ちぬことを自任する私ではあるが、さすがにこの手の逆説にはとてもついては行けぬことを告白せざるをえない。

キリスト教にたいする反論として、かりに第三に挙げた論拠を取り上げても同じことだ。つまり、聖職者が世界に暗闇と悪意をもたらしたという主張であるが、少なくとも私自身がつくづく世の中を眺めても、要するにそんな事実は一つも見当たらないのである。ヨーロッパの中で、いまだに聖職者が影響力を持っている国々というのは、暗いどころか正反対で、いまだに野外で歌い踊り、色鮮やかな衣裳をつけ、芸術を楽しむまさにそういう国々にほかならぬ。カトリックの教義や規律は壁だと言うのなら壁としてもいい。しかしそれは遊び場を守る壁なのだ。キリスト教こそは、異教の快楽を維持してきた唯一の宗教である。たとえばこんな比喩はどうだろう。海の中に、断崖に囲まれた小島があり、島の上は平らな草原になっていて、そこで子供たちが遊んでいる。断崖のへりに壁がぐるりと立っている間は、子供たちは心の底から奔放にふざけまわり、どんな子供部屋もかなわないほどやかましく遊んでも安心だった。ところがその壁が急に壊され、断崖の危険がむき出しになってしまった。子供たちは海に落っこちはしなかったけれども、昔の友だちが彼らのところへ帰って来てみると、子供たちはみな、恐ろしさのあまり島の真中に身を寄せあってかたまっていた。彼らの歌声はもう絶えて聞こえることはなかったのである。

こうして、以上三つの経験的事実は、不可知論者を作る根拠となるはずのものが、こうして検討してみると、その実、百八十度方向を転換する。私は依然としてこう言わなければならぬ――「私に説明を聞かせてほしい。まず第一に、人間は動物の間にあってなぜこれほど異様にも奇矯であるのか。第二に、人類共通の伝統として、何か原初の至福があったという広汎な観念がなぜに存在するのか。そして第三に、カトリックの諸国には、古代の異教の歓びが部分的にも今日まで残されている理由は何であるのか」。この三つの問題はともかく解決してくれる説明が一つある。つまり、自然界は、今日の言葉で、いわゆる「心霊的」なるものの爆発ないし啓示によって、二度までも干渉されたとする説である。まず一度目には、天は地上に来たって、神の似姿という一つの力ないし封印をもたらし、それによって人間は自然界の支配権を与えられた。そして二度目には（帝国の交代ごとに人びとが待ち望んでいた時）、天は人間という恐るべき姿を取り、人類を救うために再び地上に下り来たったのである。このことによってこそ、なぜ地上に群がる人間がいつでも昔を懐しむかが説明できる。このことによってこそ、人びとが未来を待ち望む地上の唯一つの一角が、キリストの教会を持つ小さな大陸であるのか、その理由が説明できる。おそらくこれに反駁して、日本も進歩を信ずる国になったではないかと言う人もあるだろう。だが、「日本が進歩を信ずる国になった」と言う時、われわれが実際に意味するところは、「日本もヨーロッパ的な国になった」というにすぎぬのではないか。それならば、こんな反論は反論にはならぬと言わねばならぬ。だが、私がここで強調したいのは、私流の以上の説明そのものというよりは、むしろ私が最初に言ったことなのだ。私は、ごくありきたりの無神論者と同じように、三つか四つの奇妙な事実が、みな同じ結論をさしているという事実に手がかりを得る。ただ私は、これらの事実をつぶさに自分の目で眺めた時、その指し示している結論はまったく別だということをいつでも発見したというだけだ。

私は今、ごく普通のキリスト教反対論を三つ、思いつくままに列挙して論じてきたのだけれども、こんなものでは一個の理論の根拠とするにはあまりに範囲が狭すぎるというのならば、乗りかかった船である。もう後三つの例を取り上げよう。この三つとは、三つが組み合わさった時、キリスト教は何か力弱く、病的だという印象を生むような観念だ。第一に、キリストは温和な人物で、羊のごとく従順でこの世ばなれがし、現実世界に訴える力がいかにも弱く、力がないという、たとえばそういう考えだ。二番目。キリスト教は無知蒙昧の暗黒時代に生まれ、盛えたものであって、教会は現代のわれわれをそうした昔に引き戻そうとする、といった考え。そして第三。今日でも依然として信心深く、あるいは（もしそう言うほうがお気に召すというなら）、「迷信的」な人びと——たとえばアイルランド人——は、無力で、非実際的で、時代遅れだと考える立場。こういう観念を私がここに持ち出したのも、ただ、先刻と同じことを確かめるためにほかならない。つまり、こうした観念を、自分自身の目でつぶさに調べてみると、結論が論理的でないとかどうとかいうのではなく、まずもって事実が実は事実でも何でもないことを私は発見したのだ。新約についての本や絵を見るかわりに、私は新約そのものをよくよく見た。私がそこに発見した物語の主人公は、髪を真中で分けたり、歎願の姿勢で両手を組み合わせたりしている人とは似ても似つかぬ人物だった。これは実に驚くべき人物ではないか。雷鳴のごとき言葉を発し、不気味なほどに決然たる決断をもって行動し、テーブルを投げつけ、悪魔を叩き出し、風のごとく奔放にして人に知られず、山上の孤独からたちまちにして、一種恐るべき民衆の扇動へと飛び移る。しばしば、恐れる神のごとく行動した人物であり、そして、いつでも神のごとき存在だったのだ。キリストはまた、彼独自の異様な文体さえ持っていた。他のいかなるところにも発見できない文体だと私は思う。その特質は、いわば、「まして言わんや」を激越に積み重ねるところにあるとも言えよう。この「まして言わんや」は、雲を摩する城郭のいやが上にも累々と積み重なるごとく次々と積み上げられるのだ。キリストについて語る文章の調子はいつも、おだやかに従順な様子であった。これはおそらく賢明なことと言うべきだろう。だがキリスト自身の用いた文体は、まったく異様に巨人的である。ラクダが針の穴を跳び抜けたり、山が海中へ投げこまれたりというようなことが一杯なのだ。道徳という点から見ても、キリストの言葉は同様に恐るべきものである。彼はみずからを殺戮の剣と呼び、そして人びとに教えた——自分たちの上着を売ってでも剣を買え、と。一方彼が、絶対の非暴力、無抵抗という面についても、これよりさらに烈しい言葉を使ったということ自体、この人物の神秘をいっそう深く大きなものとしているが、それはまた同時に、むしろこの烈しさを強めてもいるのである。こんな男は要するに気ちがいだ、と言ってみても何の説明にもなりはしない。というのも、そもそも狂気なるものは、ある一つの方向にあくまでも集中するのが常だからだ。偏執狂とは、文字どおりただ一つのことに狂的に偏して固執することにほかならない。ここで読者にぜひ思い出して頂かねばならぬことがある。私がすでにキリスト教に与えた、あの難解な定義のことである。キリスト教とは、一個の超人間的なパラドックスであって、これによって二つの相対立する熱情が、お互いに相並んで燃えさかることのできるものなのだ。福音書の文体を真に説明できる唯一の説明は、これが、何か超自然的な高みから、何かさらに驚倒すべき矛盾の統合を見守っている者の言葉だということ以外にはないのである。

さて、順序として、次に挙げた例に移ることにしよう。つまり、キリスト教は暗黒時代の産物だという説である。この問題に関しては、私は現代の抽象論に満足できないで、少しばかり歴史を読んでみた。そして、歴史を読んで発見したことは、キリスト教は暗黒時代の産物であるどころか、暗黒時代を貫いて横切っている唯一の道であり、暗黒ならざる唯一の道だということだったのだ。

キリスト教こそは、二つの輝ける文明を結ぶ輝かしい橋だったのである。キリスト教信仰が無知と野蛮のうちに生まれたと説く者があれば、その男に与えるべき駁論は単純至極、それは事実ではないと言えばよい。キリスト教はローマ帝国の最盛期に生まれたものである。世界には懐疑派が群がり、汎神論は太陽のごとく明白自明の理とされていた。その時、コンスタンティヌス大帝は、この巨船の帆柱高く十字架を打ちつけたのだ。なるほど後に船は沈んだ。そのことに疑問の余地はない。だが、さらにはるかに驚嘆すべきことは、この船が再び海面に浮上したという事実である。しかも船体はことごとく塗り変えられ、陽光にきらめき、そして帆柱の頂きにはなお十字架が光っていたのだ。これこそ、この宗教のなしとげた驚天動地の大事業であった。沈没船を潜水艦に変身させたのである。大海を船に積みこみながら、その底でこの箱舟はなお生きていたのだ。いくたの王朝、あまたの種族の没落の瓦礫の下に埋められた後もなお、われわれは蘇り、そしてローマを想い起こしたのである。もしもわれわれの宗教が、時のまにまに滅び行く帝国の、単に一時の気まぐれな流行でしかなかったのなら、流行は時の流れの後を追って黄昏の中に没し去っていただろう。そして、かりにもしその文明が再び姿を現わしたとしても（ついに再び姿を現わさなかった文明は枚挙にいとまがないのだが）、その文明は何か新しい野蛮の旗をかざしていたにちがいない。ところがキリスト教会は、古い社会の最後に残った生命の火であり、新しい社会に初めてともった生命の火であった。教会は、すでにアーチの築き方を忘れかけていた人びとを捉えて、彼らにゴチック・アーチの発明を教えたのである。要するに、教会についてどれほど不条理なことを言うにしても、われわれみなが一度は耳にしたことのある、あの説ほどの不条理はない。教会がわれわれを暗黒時代に引き戻そうとしているなどと、いったい何を根拠にそんなことが言えるのか。教会こそは、われわれを暗黒時代から連れ出した唯一つのものにほかならぬではないか。

キリスト教反対論の第二の三揃を数え上げるについて、私はその第三点として、宗教は人間を惰弱にするという愚論を加えておいた。つまり、たとえばアイルランド人のような人びとが、迷信のおかげで気力を失い、沈滞すると思っている連中の説である。私があえてこんな説を加えたのには理由がある。一見事実を衝いているかに見える言説が、注意して見れば実はまったくの虚偽の言説にすぎぬことが明らかになる、といった例を、これほど端的に示すものはちょっと類がないからである。アイルランド人は非現実的だとよく人は言う。だが、人が彼らにたいして何を言うかはしばらく忘れて、人が彼らにたいして何をしているかをよく見てみれば、アイルランド人は非現実的であるどころか、きわめて現実的であり、しかもまさに痛ましいほど現実に成功していることがわかるはずだ。アイルランドの国土が貧しいということ、その人口が英本国に比べて少ないということ——これは、彼らの活動の前提として彼らに課された条件にすぎない。だが、こういう条件を負わされた上で、なお彼らほど大きなことをやってのけた民族は、大英帝国広しといえども彼ら以外にはないのだ。アイルランドの独立運動以外に、英本国の議会全体をあれほど激しく政策転換に追いこんだ少数民族運動は一つとしてない。アイルランドの農民のほかには、彼らの領主をあれほど辟易させた者は英国諸島中に一つとしてない。彼らは神父の言うなりだとわれわれはよく言うけれども、英国民中地主の言いなりにならぬのは彼らだけではないか。それは、実際のアイルランド人の性格をつぶさに眺めた時も、私はやはり同じ結論に達せざるをえなかった。アイルランド人は、特に固い職業に最も能力を発揮する。たとえば金物商、弁護士、それに兵隊だ。結局、以上見てきたどの場合にもみな、私は同じ結論に帰って来ることになったのである。懐疑家は事実にもとづいて議論しようとする。それはまったく正しい。ただ彼らは事実をはっきり見ていないのだ。懐疑家はあまりに簡単に物を信じこみすぎる。新聞や、さらには百科事典まで信用してしまう。今度の場合にもまた、懐疑派の提出した三つの疑問は、結局私に三つの疑問——彼らの疑問に対抗する三つの疑問を抱かせることに帰着した。普通ありきたりの懐疑派の疑問はこうだ。つまり、福音書の気障なセンチメンタリズムをどう説明するか。キリスト教が中世の暗黒と結びつき、さらに、アイルランドのキリスト教派が政治的に無能だという事実をどう説明するか、というのである。けれども私は、これにたいして逆にこう質問したい。熱烈に、ほとんど激越にこう質問したいのだ。「いったい、この比類なきエネルギーは何であるか。まず最初に、生ける裁きとして地上を歩み給うた人のうちに現われ、そして、滅び行く文明とともに死にながら、しかもその文明を死の闇からよみがえらせたこのエネルギー。さらに、文無しの百姓共の心にあれほど揺るぎない正義の信念を燃え立たせ、他人が求めて空しく得られぬにもかかわらず、彼らだけにはみずからの求めるものを手に入れさせるに到ったこのエネルギー。その結果、大英帝国中で最も無力なはずの島が、事実みずからの力で立つことができているではないか。これほどのことをなしうるこのエネルギーとは、そもそもいったい何であるのか」。

この問いには答がある。このエネルギーは実にこの世の外から来るというのがその答だ。これは霊的な力である。あるいは少なくとも、霊魂に加えられた深い動揺の結果である。古代エジプト文明とか、今日も命脈を保つ中国文明など、人類の偉大な文明には、最大の感謝と敬意を払わなければならぬ。が、それにもかかわらず、こうした文明にけっして真似のできない特色がヨーロッパにはあるのだ。一日一日と繰り返される自己再生の力、建築や衣服の末に到るまで、一つ一つの事物に行き渡っている自己再生の力を示しているのは、ヨーロッパの文明以外に一つとしてないと言っても、エジプトや中国の文明にたいして不当であるとは言えないだろう。すべて他の文明は、最後には威厳に満ちて死滅した。が、われわれは日ごとに死ぬ。われわれは常に、ほとんど猥雑なほどの産褥のうちに生まれつづける。西欧キリスト教の共同体の歴史には、一種不自然な生命力があると言っても誇張ではあるまい。それは超自然の生命力だと説明しても差支えあるまいと思う。とうの昔に死体になっているべきはずのものの中に、たえず働きつづけている恐るべき電流と言うこともできよう。それというのも、そもそもわれわれの文明は、他のあらゆる類例に照らしても、あらゆる社会学的蓋然性から判断してみても、ローマ最後の「神々の黄昏」に当たって当然死滅していてしかるべきはずだったのだ。われわれの現在の状態にたいして、この事実は、少々怪談じみるが深い洞察をもたらすものだ。私はもちろん、今これを読んでおられる読者一人一人も、みな今日の世界には実は何の用もない人間なのである。われわれは一人残らず亡霊なのだ。今日生きているキリスト教徒はことごとく、死んだ異教徒が涼しい顔で歩きまわっているのである。ヨーロッパが沈黙のうちにアッシリアやバビロンで集められようとしていたその時、何かがその肉体の中に侵入したのだ。そしてその時以来、ヨーロッパは不可思議な生命を保ってきた――それ以来、たえず跳躍を繰り返してきたと言って過言ではない。

以上私は、懐疑派の主張を代表する議論を六つ、かなり長々と論じてきたのだが、その意図したところはただ、私の最大の論点を読者に伝えるところにあった――つまり、私のキリスト教支持は論理的だという一点である。ただし単純に論理的というのではない。さまざまな事実の積み重ねである。この点、普通の不可知論者の立論と変わりはない。ただ、普通の不可知論者はその「事実」なるものをことごとく取りちがえている。さまざまな理由によって信仰を懐疑するが、その理由がみな誤った理由ばかりなのである。たとえば中世は野蛮だから疑うというが、しかし中世は野蛮ではない。ダーウィニズムが立証されたから懐疑するというが、ダーウィニズムは少しも立証などされてはおらぬ。奇蹟が起こらぬからというが、しかし奇蹟は現に起こっている。修道士は怠け者だというが彼らは実に勤勉だし、修道女は陰気だというけれども実はことのほか快活である。キリスト教美術は悲しげに色蒼ざめているというが、実際には格別に明るい色で彩られ、目もあやな黄金で飾られているではないか。さらにはまた、現代科学は超自然的なものから離れ去って行きつつあるから神が信じられぬというが、実は科学は急行列車よりも烈しい勢いで超自然的なるものへ近づいているのである。

こうして、実に無数の事実がみな同じ一つの方向を指して流れているのであるけれども、その中に一つ、特に確実な問題があることは言うまでもあるまい。この問題はここでは他のものと区別して手短に(しかし独立して)論じておく必要がある。つまり奇蹟が現に起こっているという客観的事実である。宇宙が整然と秩序を保っているのは、宇宙が非人格的である証拠だと考える謬見が世間によく行なわれているが、これが謬見にすぎぬことはすでに他の章で示したとおりである。なるほど、宇宙が人格的なものであるとしたところで、宇宙が必ず整然たるものでなければならぬという論理的必然はない。整然たる秩序を欠いていることもありうるが、しかし私自身は、宇宙が物質的必然に支配されていると考えるより、一つの人格によって創造されたものだと考えるほうが筋が通ると確信している。この私の揺るがぬ確信は、たしかにある意味では論理を超えたものではある。それは私も認めるが、しかしながら私はそれを一個の信念とか直観とかとは呼びたくない。そういう言葉は単なる感情と混同されるからである。これは厳密に知的な確信である。だがこれは一切に先行する知的確信なのだ。自分が生きていること自体を善いことだと確信しているのと同様である。だから、私が神を信ずることを神秘的と呼びたい人は呼ぶがいい。その言葉自体について喧嘩するいわれはない。けれども、人間の歴史に現に奇蹟が起こっているという私の確信そのものは、まったく神秘的でも何でもない。私がこのことを信ずるのは、人間的な証拠にもとづいてのことであって、コロンブスのアメリカ発見を信ずるのといささかの変わりもないのだ。この点については、単純に論理的な事実があるのみであって、その事実をただ事実として述べ、明らかにすればそれでよいのだ。どういう次第かわからないが、ともかく世の中には実に奇態な観念が生まれている。奇蹟を信じない人は冷静、公平に判断している人びとであり、奇蹟を信じる人は何かのドグマに従って奇蹟を認めているにすぎぬという観念だ。事実は完全にこの逆である。奇蹟を信じる人びとは（正しいにしろ誤っているにしろ）、証拠があるからこそ信じているのであり、奇蹟を信じない人びとは（正しいにしろ誤っているにしろ）、奇蹟を否定するドグマを持てばこそ奇蹟を否定しているにすぎない。リンゴ売りのばあさんが奇蹟の証言を申し立てたとする。その時、公正で、当然で、民主的な処置は何かと言えば、リンゴ売りのばあさんが殺人の証言を申し立てた時とまったく同様、その証言を信用することのほかにはないだろう。あるいはまた、百姓が地主の旦那について語る言葉を信用するのなら、百姓が幽霊について語る言葉もまったく同様に信用することが、まさしく常識にかなった、民衆的なやり方と言うものだ。百姓であるからには、地主についても幽霊についても、大いに健全な懐疑を抱いているはずだからである。ところが、そういう懐疑があるにもかかわらず、百姓が幽霊の存在を認める証言を集めれば、それこそ大英博物館を一杯にするくらいあるのである。人間的証言ということになれば、超自然の存在を認める人間的証言は、それこそ息もつかせぬ奔流のごとくある。もしこれを信じないというのなら、それは二つのことのうちどちらか一つを意味するしかない。百姓の幽霊の話を信じないというのは、百姓の話であるからか、それとも幽霊の話であるためか、理由は二つに一つしかないだろう。つまり、民主主義の根本原理を否定するからか、それとも唯物論の根本原理を肯定して、理論的に奇蹟は起こりえないと主張するか、どちらかしかないのである。もちろんそう主張するのはまったくその人の自由だ。しかしその場合、ドグマに縛られているのは実はその人だということになることだけは明らかだ。あらゆる現実の証拠を認めるのはわれわれキリスト教徒であり、合理主義者のほうこそ、自分の信条に強制されて、やむなく現実の証拠を否定しているのだ。けれども私はこの問題については何の信条にも縛られず、中世や現代の奇蹟を無私公平に眺めた結果、奇蹟は現に起こったという結論に達するのである。実際、この奇蹟という明白な事実を否定する議論はすべて、いつでも循環論に陥らざるをえない。たとえば私がこう言う——「中世の文献には、これこれの戦いがあったというのと同様に、これこれの奇蹟があったとたしかに記録されている」。すると合理主義者はこう答える——「いや、しかし中世人は迷信深かったから信用できない」。けれども、中世人はいったいどういう点で迷信深かったのかと問いただすと、結局のところ唯一の返答は、中世人が奇蹟を信じていたから、という答えに帰着してしまうのだ。あるいは私がこう言うとする——「百姓が幽霊を見たと言う」。すると答は——「いや、しかし、百姓は何でもすぐに信じたがるから当てにはできない」。そこで私がたずねる——「なぜ何でもすぐ信じると言えるのか」。答は結局、百姓は幽霊を見ると言うから、という以外にない。同じ理屈でいけば、アイスランドなどというものは存在しない、なぜなら愚かな船乗りしかそれを見た者はないから、そして船乗りは愚かである。なぜならアイスランドを見たなどと言うから——ということになるではないか。

キリスト教に反対する人びとが、奇蹟にたいして合理的に反論しうる論点が実はもう一つある。懐疑派自身はこの論点を忘れてはいるのだけれども、この点も今論じておくほうがやはり公正というものだろう。懐疑派はこう指摘することができるはずだ。つまり、ほとんどの奇蹟の物語には、精神的準備と受容というものがあるということだ。簡単に言うなら、奇蹟は、奇蹟を信ずる人にしか起こったためしがないということである。これはそのとおりであろう。で、もしそうとして、そのことによって奇蹟が真実であるかどうかをどうして判断できるかが問題である。われわれの検討しようとする問題が、信仰の結果ある種のことが起こるかどうかということである場合（もしそれが起こるものとして）、それがいつでも信仰の結果として起こるといくら繰り返してみても意味がない。信仰が一つの前提条件であるとして、信仰のない人が笑いとばすのにまったく文句をつけるべき筋合はない。それは彼らのきわめて健全な権利というものだ。しかし彼らに判断を下す権利はない。信仰を持つというのは、酒に酔うのと同じくらい馬鹿げたことであるかもしれぬ。かりにそう認めるにしても、しかしやはり、もし酔っぱらいから心理的な事実を引き出そうとしている時、お前は酔っぱらっているではないかとからかってばかりいるのは無意味なはずだ。たとえばかりに、われわれの調べようとしている問題が、怒った人は本当に目の前に真赤なモヤが見えるかどうかであるとしよう。そしてまたかりに、六十人もの真面目な人間が、たしかに怒った時、目の前に真紅のモヤが見えたと証言したとしよう。その場合、「いや、だって、その時あなたは怒っていたと自分で認めているんだからしようがない」——そんな返答をしてみたって意味をなさぬことは誰にも明らかなはずである。六十人の真面目な人間は（大声に声を揃えて）当然のことこう答えるにちがいあるまい——「一体全体、怒った時赤が見えるかどうかを調べるのに、怒ってみなくてどうしてそれがわかるというのだ」。同じ理屈で、聖人や修道者も合理的論拠に従ってこう答えるにちがいない——「信者に神秘な幻影が見えるかどうかが問題である時に、幻影そのものに関心があるのなら、信者に反対してみても意味はあるまい」。結局ここでもまた、懐疑論者の議論は循環論に陥っているわけだ。そもそも本書の最初にわれわれの見た、あのおなじみの狂気の循環論である。

奇蹟がはたして起こるものかどうかという問題は、常識と普通の歴史的想像力の問題であって、物理的な実験で最終的にケリがつくといった性質のものではない。精神的現象が問題にされる場合、「科学的条件」が具わっていなければ何事も証明されないなどというのはまったく頭の悪い衒学であって、ここでは当然無視して然るべきものである。たとえば死者の霊が生者と意志を通ずることができるかどうかを問題にしている時に、平常な感覚の生者同士でさえ、とても真面目に意志の疎通などできぬ条件を持ち出して、この条件下でなければこの問題の証明はできぬなどと主張するのは愚劣と言うほかないだろう。幽霊は暗がりが好きだからといって、それで幽霊の実在を否定することができるわけではない。恋人が暗やみが好きだからといって、恋の実存を否定できないのと同じことである。別の例を挙げよう。ある娘さんが許婚のことをサクランボちゃんとか何とか、むつまじい仇名で呼んだかどうかが問題となったとして、「もし十六人の心理学者が居並んだ前で、その言葉を繰り返したら信じる」などと言うとしたら、私はこう答えるにちがいない――「なるほど、それが君の要求する科学的条件だというのなら、君に真実のわかろう気づかいはさらにない。彼女がそんな条件の下でそんなことを口に出すはずがないからだ」と。そもそも共感のない雰囲気の中では、異常な共感を要するある種のことが起こらないとしても、それにびっくりしたりするのは非哲学的でもあれば、非科学的でもある。澄んだ空気の下でなければ、霧の実在は立証できぬと言うようなものではないか。日蝕を見るためには、一点欠けることのない太陽の光が前提だと主張するようなものである。

常識に従った結論として、私は奇蹟は起こると結論せざるをえない（この場合、「常識に従った結論」とは、たとえば、性とか真夜中とかいうものについてわれわれの到達する結論と同じような結論、ということであって、細かい点については、その本来の性質上、数多く伏せておかねばならぬことを十分承知した上での結論である）。私がこの結論に達せざるをえないのは、さまざまの事実が申し合わせたようにこの結論を指し示してやまないからである。つまり、妖精や天使に出会ったという人が、神秘家や病的な夢想家ではなくて、漁師とか百姓とか、質朴であると同時にそう簡単には欺されない人びとばかりであるという事実。あるいはまた、いわゆる心霊学に凝っているのではなくとも、たしかに心霊的な現象を目撃したと証言する人びとがあるという事実。さらにはまた、今日では自然科学さえこういう現象を次第に認めるようになってきているという事実――こういう雑多な事実が、みな同じ一つの結論を指しているのだ。実際、もしキリストの昇天を「空中浮遊」とさえ言い換えれば、科学はこの奇蹟すら認めるかもしれないし、復活にしたところで、何か新しい表現さえ見つかれば科学的と認められる可能性は大いにある。私の案としては、「生体電流再通過」などはどうかと思う。けれども、私の結論を支える最強の論拠はやはり先に挙げたディレンマにほかならない。つまり、懐疑派が超自然的現象を否定するには、反民主主義的発想によるか、さもなければ唯物論的ドグマ（むしろ唯物論的秘義と言うべきもの）によるか、その二つ以外にまったく根拠がないということである。懐疑派はいつでもこの二つの立場のどちらかを取る。平凡尋常の人間の言うことは信ずるに足らぬとするか、非凡異常な事件は信ずるべきでないと断ずるか、二つに一つなのだ。というのも、単なるまやかし、ペテン師的な霊媒、あるいは手品師まがいの偽奇蹟を繰り返してやって見せる「驚異」などについては、その反駁を今ここで取り上げる必要もまさかあるまいと思うからだ。そういう議論は、良い悪いを言う前に、議論とも言えない議論にすぎぬ。偽の幽霊がいるからといって、それで本物の幽霊の実存を否定する証拠にはならない。偽紙幣がある（にせさつ）からといって、それでイングランド銀行の実在を否定する根拠にはならぬのとまったく同じことだ。というより、もし偽紙幣が何かを証明するとすれば、それはむしろ、イングランド銀行が現に存在するという事実であろう。

さて、心霊的、精神的現象がたしかに起こるという確信に達したとして（私がそう信ずる根拠は雑多ではあるが論理的である）、次にわれわれは、現代の最悪の知的悪癖の一つに突き当たることになる。十九世紀の最大の災厄は、「精神的」という言葉がそのまま「善」の同義語になり始めたという事実にあった。知的に洗練されること、いわば肉体性を離脱することが、ただちに徳の高まることと考え始められたのである。進化論が提唱された時、単なる野獣性の正当化が始まるのではないかと惧れた人びともあった。だが、事実はさらに悪質な結果を生んだ。単なる精神性の正当化が始まったのである。進化論の説くところによれば、人間が類人猿から離脱しつつあるということは、そのままただちに、人間は天使に近づきつつあるということであった。けれども、類人猿から離脱して、実は悪魔に近づくということだってありうるではないか。あの混乱の時代を代表する一人の天才は、この点を実にものの見事に表現した。作家であり、かつ首相にもなったあのベンジャミン・ディスレイリは、自分は天使の側に立つものであると言ったけれども、たしかに彼は正しかったのだ。いかにも彼は天使の側に立っていた。地獄に堕ちた悪の天使の側に立っていたのだ。なるほど彼は、単なる肉体的欲望や動物的残忍を肯定してはいなかった。だが彼が肯定したものは、ことごとく地獄の王者の攻撃的侵略主義にほかならぬ。傲慢と、神秘と、あらゆる明白な善に対する軽蔑を肯定していたのだ。こうした底なしに堕落した傲慢と、天上の雲を摩する謙虚との間には、当然、さまざまな形、いろいろな大きさの霊が存在するはずだ。こうした無数の霊的存在に出会った時、人間は、はるかな異国で見知らぬ人びとに出会った時と同様、実にさまざまなまちがいをしでかすにちがいない。最初のうちは、誰が上で誰が下なのかさえわかりかねるに相違あるまい。かりに下界から亡霊が一人地上に現われて、ピカデリーの大通りをしげしげ見つめたと仮定してみよう。その亡霊には、普通の幌つきの馬車というものがよくわからぬのではあるまいか。馭者台に坐った馭者は、敵を撃滅して意気揚々と帰還する将軍に見えるかもしれない。幌の中の客のほうは、箱の中に閉じこめられ、出るに出られずもがいている捕虜に見えるのではあるまいか。同じように、精神的、霊的な事実をはじめて目撃した時、われわれには誰が本当の主人格なのか、見誤ることもありうるのだ。ただ神々を発見するだけでは不十分である。神々の存在は誰の目にも明らかだ。われわれはさらに、真にして唯一の神、神々のまことの主を発見せねばならぬのである。超自然的現象というものについて、われわれは長い歴史的経験を持たねばならない。それがあってこそ、はじめてわれわれにも、何が真に超自然であり、何が実は自然に属するかが発見できるのだ。この観点からして、キリスト教の歴史、さらにはそのヘブライ的起源に到るまでが、私にはまったく実際的かつ明瞭であると思われる。ヘブライの神が、実は多くの神々の中の一つにすぎなかった、などと教えられても、私にはいっこうに苦にならない。そんなことは最初からわかっている。研究調査の結果などを教えられる前から私はちゃんと知っていた。エホバの神も、バールの神も、かつてはまったく同じ重要な神に見えたはずだ。太陽と月とが同じ大きさに見えるのと同じ理屈である。長い時間をかけ、ようやくにして人間は、太陽のほうが比較にもならぬほど重要なわれわれの主であり、月は単なる地球の小さな衛星にすぎぬことを知る。それと同じことなのだ。無数の霊が存在する世界があると私は信ずるから、私はその霊の世界を、人間の世界の中を歩きまわるのと同じように歩きまわり、私の気にいり、私に善と思えるものを探すのだ。砂漠で清らかな水を探し求め、北極で暖い火を起こそうとするように、私は無と幻影の世界を探索し、水のように清らかな、火のように暖かい物を探し当てるまで探索の旅をつづけるのだ。その時こそ私は、永遠のうちにある住居（すまい）を見つけ、文字どおり帰郷の喜びと安堵を得ることができるだろう。そして、私の発見すべきこのような場所はただ一つあるだけである。

普通一般の護教論の立場からして、私にはキリスト教を信ずべき理由があるということは、以上の説明でほぼ言いつくしたかと思う（もっとも、こういう説明に重大な意味があると考える人にたいしての話であるが）。純粋に実験の記録として見る時に（依怙贔屓なしに公平にこれらの実験を観察するならば）、第一に、奇蹟は起こるという証拠があり、そして第二に、より崇高な奇蹟はキリスト教の伝統に属するという証拠があるのだ。しかしこういう、いわば素気ない議論でもって、私がキリスト教を信じる本当の理由がつくされていると言うつもりはない。単に、たとえば儒教から道徳的な善を引き出すのと同じように、キリスト教から道徳的に好ましい点を取り出すというようなことではなく、キリスト教そのものを丸ごと信じる真の理由は別にある。

そうなのだ。私がキリスト教に信仰としてこの身を委ねるのには、もっとはるかに堅固で、もっとはるかに中心的な理由がある。単に一つの哲学の体系として、そこから単にあれこれとためになる教えを摘み取るなどというのではない。そしてその真の理由とは、教会が、私の魂との具体的、実際的な関係において、死んだ教師ではなく、現に生き生きと血の通った生きた教師だということだ。単に昨日確実に私を教えてくれたばかりでなく、明日もまた必ずや確実に私を教えてくれるであろう教師なのである。かつてある時、私は十字架の形の意味するところを突然に把握した。いつかある時、私は司教冠の形の意味するところを突然に把握する日が来るにちがいない。ある朝突然、私はなぜゴチックの窓が尖っているかを理解した。ある朝突然、私はまた、なぜ神父さんが髭を剃っているのか理解するかもしれない。プラトンは真理を教えたかもしれぬ。しかしプラトンはもう死んでいる。シェイクスピアはある一つのイメージで心を揺すったかもしれぬ。しかしシェイクスピアがさらに新しいイメージで心を揺することはない。だが、考えてもみるがよい。こうした偉大な人物がいまだに生きてわれわれと一緒に生活しているとすればどうなるか。プラトンが明日また突然新しい講義を始める。シェイクスピアがいつ何時新しい歌を一つ書いて世間を驚倒させる——そんな状態でわれわれが今生きているとしたらどんなものか。自己の信ずる生きた教会とたえず接触して生活している人は、プラトンやシェイクスピアといつでも明日の朝食に顔を合わせるかもしれぬ人と同じである。今まで思ってもみなかった新しい真実を、いつ何時発見するかもしれぬ人である。こういう生活に比較しうる生活が他にあるとすれば、それは唯一つ、われわれがみな人生を始めたころのあの生活のほかにはあるまい。父親と庭を歩いている時、蜂は刺すものだとか、バラの花はいい香りがするものだとか話して聞かされた時に、父親の哲学から道徳的意味を引き出そうなどという子供はない。蜂に刺された時に、興味ある偶然である、などと瞑想にふける人もいない。バラの芳香を感じる時に、「私の父は、花が香るという深遠にして精妙なる真理を、おそらくは無意識にではあろうが、具現するところの、粗野にして野蛮なる象徴と解すべきであろう」などと考える子供もあるまい。子供は父親を信じる。子供にとって、父親はさまざまの事実を伝えてくれる生きた泉であるからだ。自分よりも確実に多くのことを知っていて、今日真実を教えてくれるばかりでなく、明日もまた真実を教えてくれるにちがいないものだからである。そして、もし父親についてこうしたことが言えるとすれば、母親についてはもっと切実に言えることであるに相違ない。少なくとも私の母についてはそうであった（そして私は本書を私の母親に捧げたいと思うのだ）。今日、世間では女性の隷従ということについてかなり無意味な論議がかまびすしいが、われわれがみな女性の専横、女性の特権にどれだけお蔭を受けているかは誰も触れない。つまり、子供の教育に関しては女性が絶対の権力を握っていて、女性の手を離れる年代には、もう教育は無意味になっているということだ。というのも、子供を学校へやって教育を受けさせようという年ごろには、もう何を教育するにしてもすでに手遅れになっているからである。そのころにはもう肝心要（かなめ）のところは終わってしまっていて、そしてありがたいことに、それはほとんど例外なく女性の手によって行なわれている。男は一人残らず、そもそも生まれるということ自体によって女性に支配されているのだ。女性の男性化などということが言われるが、誰一人として女性化されていない男はいないのである。こうした女性の特権に抗議して、かりに男共がデモ行進を企てることがあったとしても、少なくとも私だけはその行進に参加することはないだろう。

というのも、私には一つの確実な心理的事実がはっきりと思い出せるのだ。私が最も強く女性の権威の下にあったまさにその時代、私は最も強く想像の焔と冒険にあふれていたのである。母親が蟻は嚙むものだと言った時、事実蟻は私を嚙んだし、冬になると、まさしく母の言ったとおり雪が降った。だからこそ全世界が私にとってはおとぎの国であり、願いや夢が嘘のようにかなえられる不思議の国だったのである。実際それは、何かヘブライの時代に生きているようで、次から次へと予言が実現されたのだった。子供の私が家の庭へ出て行く時、庭は私にとって恐るべき場所だった。その理由は、私には謎の手がかりがあったということにほかならない。もし手がかりがなかったら、庭は恐るべき場所ではなく、実に退屈すべき場所であったにちがいない。ただの無意味な荒地など、人間の心に印象を残すことすらないものだ。けれども子供のころの庭が魅惑に満ちていたのは、そこにあるあらゆる物が明確な意味を持ち、そしてその意味を次から次へと見つけて行くことができたからなのだ。いわば一インチずつ私は「熊手」という、実に醜悪な形態を持つ物体の意味を発見して行くことができたし、あるいはまた私の両親が、なぜ「猫」なるものを飼っているのか、その理由について漠然たる推察をかたちづくっていくことができたのである。

こうして、単に偶然に見つけた道徳的規範としてキリスト教を受け入れるのではなくて、母としてキリスト教を受け入れたその時以来、私にとってヨーロッパと全世界が、もう一度子供のころのあの庭のごときものと目に映るようになってきたのだ。猫だとか熊手だとか、象徴に満ちた物の姿を見つめたあの小さな庭と見えてきたのである。今私は、かつてのあの腕白小僧の無知と期待をこめて身のまわりのあらゆる物を見つめる。さまざまの典礼や教義が、さながらかつての熊手のごとく醜悪で異様なものと見えることもありうるけれども、しかし私は経験によって知っているのだ、こうしたものが、不思議にもいつか草となり花であることが私にもわかる日がきっと来る。聖職者なるものが、ひょっとして猫のように無用のものと見えることがあるかもしれぬ。だが同時に聖職者は魅惑に満ちた存在でもある。なぜなら、聖職者がこの世にあるということには、何かしら不思議な理由があるにきまっているからだ。こんな例は無数にあるが、その中から一つだけ取り上げてみる。肉体上の処女性をきわめて重視するということは、たしかに歴史的にキリスト教の一つの特徴であるのだが、私自身はそれに本能的な共感を感じたことは今まではない。けれども、私自身を離れて世界全体に目を向けるなら、処女性の尊重ということが、単にキリスト教の特徴であるばかりではなくて、異教の特徴でもあり、さらにさまざまの世界での高貴な人間性共通の特徴であることに気づくのだ。ギリシア人がこれを感じていたことは、彼らのアルテミスの彫刻を見ればわかる。ローマ人の場合にも、ヴェスタ女神に仕える処女の巫女の衣装の壮麗さを見れば理解できるし、偉大なエリザベス朝時代の劇作家たちの、最も醜怪な罪悪を最も露骨に描き出した連中さえ、女性の厳格な純粋というものに、まるで世界を支える柱にでもすがりつくように固執しているではないか。それより何より、現代の世界にしてからが、性的な純真さを嘲弄している一方では、性的な無垢ということを手ばなしで讃嘆してもいる。つまり、今日の世界の子供に対する崇拝がそれである。子供が大好きな人なら誰でも認めるように、子供たち特有のあの不思議な美しさは、ほんの僅かでも肉体的な性の翳りが現われるとたちまち傷つけられてしまうからだ。こうした人間の経験のすべてに加えて、キリスト教の権威に裏付けられる時、私の結論は、要するに私がまちがっていて、教会が正しいのだということのほかにはない。あるいはむしろ、私は不完全で、教会は真に普遍的だということだ。世の中は種々さまざまと言うが、言ってみれば教会の中も種々さまざまなのである。私自身が独身生活を守るようにとは教会は求めはしない。けれども、私には独身生活の意味がよくわからないという事実を、私には音楽がよくわからないという事実同様、私はすなおに認めるのだ。バッハの問題と同様に、最もすぐれた人間的経験が私の手の届かぬところにあるということである。

いわば独身生活というものは、家の庭の中で私がまだその名前を——甘美な名であれ恐るべき名であれ——まだ教えて貰っていない草なのである。だが、いつか私にもその名前を教わる時が来るであろう。

こういうわけで、結論としてこれが、単にキリスト教から断片的、世俗的な哲理を引き出すのではなく、キリスト教そのものを私が受け入れる理由なのである。つまり、単にキリスト教があれこれと真実を教えてくれるものだからではなくて、そもそも真理を告げ知らせてくれるものであることを明らかにしているからこそなのだ。ほかの哲学はみな、一見いかにも真実らしく見えることを言う。ただ一つキリスト教だけは、一見いかにも真理らしくは見えないが、しかし事実真理であることを繰り返し繰り返し語ってきた。あらゆる宗教のうちこれだけが、一見魅力的ではない点においてまさに真理の確信を与えてくれるのだ。子供のころの家の庭で父親がそうであったように、キリスト教の正しさは、後になってはじめてたしかに正しいということがわかってくるのである。たとえば神智論者は、輪廻転生というような、一見いかにも魅力的な観念を説く。しかしその論理的帰結をよくよくたどれば、結局、精神的傲慢とカースト制度の残酷さに到るだけである。というのも、もし人が前世の罪業の結果乞食に生まれつくものならば、誰しも乞食を軽蔑することになるだろうからである。これにたいしてキリスト教は、一見いかにも魅力のない観念を説く。たとえば原罪という観念だ。ところがその帰結をよくよくたどるなら、ペイソスと同胞意識と、そして哄笑と憐れみに到りつく。なぜなら原罪があってはじめてわれわれは、乞食を憐れむと同時に王侯を盲信しない信念を得るからだ。科学者は人間に健康を約束する。またしても一見いかにも善なるものだ。

ところが後になってようやく、彼らの言う健康とは、実は肉体的隷従と精神的倦怠にすぎぬことが明らかとなる。これにたいしてキリスト教は、いきなり地獄の深淵をわれわれの目前に突きつけて人を飛び上がらせる。ところが後になってようやく、飛び上がったのは実は一種の運動、体操のためであって、これがわれわれの健康にはこの上もない薬であったことが知れてくるのだ。後になってようやくのことに、実はこの地獄に堕ちるかもしれぬ危険こそ、あらゆるドラマとロマンスの根元であることを悟るのである。神の愛を讃えるべき最大の論拠は、一見神の愛は少しも愛らしくないという事実にほかならぬ。キリスト教のいかにも人に好かれそうにないところが、よくよく吟味してみれば、実はまさしく人の支えとなるところであることがわかってくる。キリスト教の外側には、倫理的な自己否定と専門の聖職者という、なかなか手ごわい護衛が取りまいている。だが、この一見非人間的な護衛の輪の内側には、子供のように踊り、大人のようにブドウ酒を飲む、昔ながらの人間的な生活がある。それというのも、異教的な自由の枠となりうるものは、キリスト教においてほかにはありえないからだ。ところが現代の哲学の場合には事情はまったく逆になる。一見いかにも芸術的で洗練され、いかにも自由で解放されているように見えるのは外側だけで、その内側にあるのは絶望にほかならぬのである。

その絶望とは何か。宇宙に何らかの意味があると心の底から信ずることができないということだ。だから何らのロマンスを発見する希望もない。もしロマンスがあるとしても、何のプロットもないロマンスなのだ。秩序のない混沌の土地では何の冒険も期待できぬ。だが権威の確立した土地を旅するならば、どれほど多くの冒険でも期待することができる。懐疑のジャングルの中には何の意味も発見することもできないが、教義と秩序の森の中を歩む者には、無尽蔵の意味を発見することができるのである。ここでは、あらゆる物に首尾一貫した物語がある。私の父親の家にあった道具や絵と同じである。というのも、この世はまさに私の父の家であるからだ。私はかつての私の出発点に今もう一度帰って来たのだ。そしてこれこそ正しい帰着点なのだ。私はあらゆる良き哲学の、少なくともその門に入ることができた。私は第二の子供時代に帰って来たのである。

けれども、この広やかにして冒険にあふれたキリスト教的宇宙には、最後にもう一つ、実に説明のしにくい特徴が残っている。が、この問題全体にしめくくりをつけねばならぬ今、ともかくこの難しい説明をあえて試みることにする。宗教について本当の議論をしようとすれば、それはいつでも、逆様に生まれついた人間は、もし正常に帰った時、はたして自分でそれがわかるかどうか、という問題に帰着する。そもそもキリスト教の最大のパラドックスは、人間の尋常の状態が、人間の正気にして正常な状態ではないと主張することだ。正常自体が異常だとすることだ。それこそ原罪ということの真意にほかならぬ。サー・オリヴァー・ロッジの新しいカテキズムはなかなか面白いものだが、その最初の二つの質問はこうである。第一に、「お前はいったい何者であるか」。第二に、「それでは、人間の堕落とは何を意味するか」というのである。今でもよく憶えているが、私はこの質問に自己流の答を書いて面白がっていたものだ。だがすぐに私は、こんな答などいかにも支離滅裂で頼りにならぬことに気がついた。第一の、「お前はいったい何者であるか」という問いには、私の考えついた答はただ、「そんなことは知るものか。神様だけがご存知だ」というのであった。第二の質問――「それでは、人間の堕落とは何を意味するか」にたいしては、私は真から真面目にこう答えたものである――「私がそもそも何者であろうと、私は実は私自身ではない」。これこそわれわれの宗教の最大のパラドックスというものだ。われわれが本当の意味では一度もわからなかったあるものが、単にわれわれ自身以上のものであるばかりではなく、われわれ自身よりもさらにわれわれ自身にとって本然のものですらあるのだから。そして、これが正しいかどうかを決める手がかりは、結局のところ、本書の冒頭で示したあの単純な実験しかない――つまり、気ちがい病院の独房か、それとも開かれた扉を出て行くかという実験しかないのである。私が知的な解放ということを本当に知ったのは、正統の何たるかを知ってからのことだった。けれども、本書の結論として、最後にもう一つ、究極的な歓喜という観念にこの実験を特に当ててはめてみなければならない。

異教は歓喜の宗教であるのにたいして、キリスト教は悲哀の宗教であると人はよく言う。だが、異教は完全な悲哀であり、キリスト教は完全な歓喜であると証明することもまったく同様に容易であろう。こんな対照は何の意味もないし、どんな証明の根拠にもならない。人間に関することであるかぎり、何事であれ歓喜と悲哀の両方を持っているはずである。問題なのは、この二つがどう分けられ、どうバランスを取っているかということだけだ。この点から見てきわめて興味深いのは、異教徒は、大体において、大地に密着すればするほど幸福となるが、天に接近すればするほど悲しげになるということである。最上の異教徒の陽気さは、カトゥルスやテオクリトスの陽気さに見られるように、生きてあることに感謝するかぎり、人類が決して忘れたことのない永遠の陽気さにほかならない。しかしこれはすべて生活上の事実についての陽気さであって、生命の起源についてのものではないことに注意しなければならぬ。異教徒にとっては、生活上の細かな事物は、山から湧き出る小川のようによろこばしいものだ。けれども大きな物というのは、彼らにとっては海のように辛いのである。異教徒が宇宙の中心を見つめる時、異教徒は恐怖に打たれるほかはない。彼らの神々の背後には――その神々自身、単なる暴君にすぎぬのだが――運命の女神が坐っている。死の恐怖を与える運命の女神――いや、それよりもっと悪い。運命の女神自身が死んでいるのだ。合理主義者の言うところでは、古代の異教世界はキリスト教世界より文明的であったというが、合理主義者の立場から見るかぎりそれはそのとおりにちがいない。彼らの言う「文明的」とは、癒すことのできぬ絶望の影におおわれているという意味にほかならないからだ。古代世界がキリスト教世界よりもっと現代に近いというのはいかにも本当である。古代と現代をつなぐ絆は、どちらも生存について、あらゆる物について悲惨を感じているということである。ところが中世の人びとは、生存について、あらゆる物について、少なくとも幸福を感じていた。なるほど異教徒は、現代人と同様に、単にあらゆる物について悲惨を感じていたにすぎぬことは私も認める。その他のあらゆる物については彼らはたしかにまったく陽気だった。なるほど中世のキリスト教徒たちは、ただあらゆる物について心の平和を得ていたにすぎぬことは私も認める。他のあらゆる物については彼らは戦いを挑んでいた。けれども、宇宙についてどう感じるかという根本的な問題に関するかぎり、宇宙に根本的な満足を感じていたのはフィレンツェの狭苦しくも血なまぐさい街路に住む人びとであって、アテネの劇場やエピクロスの庭園を逍遙した人びとではなかったのである。ジョットーの生きていた町は、エウリピデスの町よりもたしかに暗鬱だった。しかしジョットーの宇宙ははるかに陽気な宇宙だったのだ。

小さなことについては陽気でありながら、大きなことについては悲しげにならざるをえぬ人びとは無数にいた。しかしながら（ここで私は、いよいよ私の最後のドグマを誇らしげに提出するが）、こんな状態は人間の本然の姿ではありえない。人間は、歓喜が人間にとって根源的なものであり、悲しみは表面的なものにすぎぬ時こそ、まさしく人間自身となり、いかにも人間にふさわしいものとなる。憂愁などは、いわば罪のない間奏曲であり、束の間に過ぎて行く弱気の状態と言うべきであって、賞讃の心こそ魂の永遠の脈動でなければならぬ。悲観論はせいぜい感傷的な半日の休日にしかすぎない。ところが歓喜は哄笑に満ちた労働であり、これによってこそ世のあらゆる物が生きて行くことができるのだ。しかるに異教徒や不可知論者の目に映ずる人間の条件に従えば、人間が根源的に必要とするこの歓喜という条件は決して満たされることはない。歓喜は本来外へ外へと広がって行くものだ。ところが不可知論者の目から見れば、歓喜は内へ内へと縮まって行くものであり、世界の片隅にへばりついているはずのものである。悲哀はそもそも一点に集中すべきものであろう。ところが不可知論者にとっては、悲哀の荒野は人知を越えた永遠を通じてどこまでも広がっている。これこそ、私が逆立ちで生まれたと呼ぶ状態にほかならない。懐疑論者は、文字どおり上下逆様だと言うべきだ。彼の脚は空中で無意味な恍惚に酔って踊っているくせに、その頭脳は虚無の深淵に落ちこんでいるからである。現代の人間にとっては、天は現に地の下にある。なぜかと言えば、その理由は単純であって、要するに頭の上に逆立ちしているからである。その上に立つにしては、いかにもか弱い台座と言うほかあるまい。だが、逆立ちをやめて足の上に立ち上がった時、現代人にも正常に帰ったという事実は自覚できるはずである。人間には、正常の姿勢でありたいという、父祖伝来の本能が具わっているはずであって、そしてキリスト教こそは、人間のこの本能を突然、しかも完璧に満たしてくれるものなのだ。キリスト教によれば、歓喜は何かしら途方もなく巨大なものとなり、悲しみは何かしら特殊で矮小なものとなってしまう。この意味で、キリスト教は人間本来の本能をこの上もなくみごとに満足させてくれるのである。われわれの頭上に広がる蒼穹が沈黙しているのは、宇宙が本来阿呆であるからではない。この沈黙は、涯もなく目的もない、世界の血も涙もない沈黙ではないのだ。むしろ、われわれの周囲にあるこの沈黙は、息をひそめて病人を見守っている病室の沈黙のごときものであって、小さな、あわれな沈黙である。おそらくわれわれは、いわば慈愛に満ちた喜劇として悲劇を許し与えられているのかもしれぬ。なぜならば、神の創り給うた世界の恐るべき力は、酔っぱらいのドタバタ喜劇のようにわれわれを打ちのめすだろうからである。天使のすさまじい哄笑に比べれば、われわれ人間の涙など深刻ぶるには当たらない。ひょっとするとわれわれは、星座をめぐらす部屋の沈黙のうちに坐っていながら、天界に響き渡る笑いのどよめきがあまりに大きすぎて聞こえないだけかもしれないのである。

歓喜は、異教徒の時代にも広く人に知られたものではなかったが、キリスト教徒にとっても巨大な秘密である。この支離滅裂な書物を閉じようとする今、私はもう一度、キリスト教のすべての源泉となったあの不思議な小さな書物を開いてみる。そして私はもう一度確信を新たにされるのだ。福音書を満たしているあの異様な人の姿は、他のあらゆる点についてと同じくこの点においてもまた、みずから高しと自信したあらゆる思想家に抜きんでて、ひときわ高くそびえ立つのをおぼえるのである。この人の涙は自然にほとばしった。ほとんど不用意と思えるほどに自然であった。ストア派は、古代と現代を問わず、みずからの涙をかくすことを誇りとした。だがこの人はみずからの涙を一度もかくしはしなかった。日常茶飯の事物に触れて、たとえば生まれた町を遠く眺めた時にすら、面（おもて）をかくすこともせず、あからさまに涙を見せて憚らなかった。だが彼には何かかくしていることがあった。厳粛な超人や帝国を代表する外交家たちは、みずからの怒りを抑えることを誇りとしている。だが彼は一度もみずからの怒りを抑えようとはしなかった。寺院の正面の階段から机や椅子を抛り投げ、どうして地獄に堕ちないですむと思うのかと人びとに詰問もした。だが彼には何かかくしていることがあった。私は敬虔の心をもってこれを言うのだが、この驚くべき人物には、恥じらいとでも言うほかない一筋の糸があった。彼が山に登って祈った時、彼には、あらゆる人間からかくしているものが何かしらあったのだ。突然黙りこくったり、烈しい勢いで人びとから孤立することによって、彼が人の目からかくしていることがたしかに何かあったのだ。神がこの地上を歩み給うた時、神がわれわれ人間に見せるにはあまりに大きすぎるものが、たしかに何かしら一つあったのである。そして私は時々一人考えるのだ——それは神の笑いではなかったのかと。

解題

生涯と作品

ピーター・ミルワード

「驚異」の感覚の喪われようとする時代のために

G・K・チェスタトンの名前は、日本でもすでに広く知られている。彼の巨軀が膨大な重量に達したのに劣らず、彼の著作もまた膨大な総量にのぼるが、そのかなりの部分は、過去五十年間にわたって日本語に訳されてきた。最初に訳されたのが、絶大なる人気を博すかの〈ブラウン神父物〉――カトリック神父を探偵とするという、まこと意表をつく小説群だったことは言うまでもない。次に翻訳が出たのはさまざまの小説作品、なかんずく『木曜日の男』だった。つまり、まず日本の読者の注目を引いたのは、偉大なストーリー・テラーとしてのチェスタトンだったわけである。そして実際、彼はまさしく偉大なストーリー・テラーだった。

しかし彼は、けっして単なるストーリー・テラーにとどまらなかった。彼の小説群の背後には、一見いかにも奇矯、グロテスクと見えながら、実は深い意味が隠されている。むしろ一個の哲学と呼んでもよい。そして彼のこの哲学は、現代の大方の哲学とは異なり、「驚異の哲学」と称することができよう。ほかならぬ本書、彼の最高傑作のひとつたるこの『正統とは何か』の中でも、彼はいみじくもこう告白している。「私の最初にして最後の哲学、私が一点の曇りもなく信じて疑わぬ哲学――私はそれを子供部屋で学んだ」。何よりもまずこの哲学こそ、彼がそのさまざまな著作を通じて、小説であろうとエッセイであろうと詩であろうと、読者と分かち合おうと願ったものだった。そしてこの哲学こそはまた、かけがえのない「驚異」の感覚が喪われる危険のいよいよ深まっている今日、ますます強く必要とされているものと言わねばならない。

　このような観点からして、一九七三年以降、チェスタトンの著作のうち、思想・文芸・哲学関係の作品を選んで、日本の読者に紹介する試みが続けられてきた。春秋社刊『G・K・チェスタトン著作集』全十巻、ついでその続篇として、最近ようやく完結した第II期著作集〈評伝篇〉全五巻がそれである。そして、この一連の著作集の最初の配本として出版されたのが、ほかならぬ『正統とは何か』だった。この計画全体の趣旨からして、まことに適切な刊行だったと言えよう。

「正統」を語るためのパラドックス

　さて、『正統とは何か』(Orthodoxy)の原著が出版されたのは、エドワード七世時代のロンドン、一九〇八年のことだった。だが実はこの作品には、執筆の機縁となった先行作がある。一九〇五年に、いかにも挑発的なタイトルを冠して出版された『異端者の群れ』がそれである。ここで、いかにも古めかしい「異端」の罪を告発された著作家たちは、まことに逆説的と言うべきか、ヴィクトリア朝末期からエドワード七世期にかけて、まさに流行の尖端をゆく人々だった。彼らを一人一人きびしく槍玉にあげたチェスタトンは、けだし当然のことながら、反論の集中砲火を浴びる。いやしくも他人を「異端」呼ばわりするのなら、みずからのいう「正統」とは何であるのか、すべからく明示すべきだという反論である。これまた当然のことながら、チェスタトンは直ちに筆を執ってこの反論に応酬した。こうして書かれたのがこの『正統とは何か』である。ある批評家はこの書を評して、「正統（オーソドキシー）」と称するよりは、むしろ「逆説（パラドキシー）」と呼ぶべきだと書いたが、しかしチェスタトンにとっては、彼のいう「正統」を語るためには、「逆説」こそもっとも適わ（ふさわ）しく、また、もっとも彼自身の肌に合った表現手段だったのである。

それにしても、そもそもG・K・Cとは何者なのか、チェスタトンの本格的な文壇登場後まだ間もない当時の英国の読者は、当然知りたがったに相違ない（ちなみに生前チェスタトンは、論敵にして友人だったジョージ・バーナード・ショーが、そのイニシャルによってG・B・Sと通称されたのと同様、しばしばG・K・Cと呼ばれていた）。そしてこの疑問はおそらく、今日の日本の読者にたいしてもまた、答えるに値する疑問だろう。

驚異のルネッサンス

そこで、しばらく時間を遡ってその出生をたどるなら、G・K・Cは一八七四年、ロンドン西部ケンジントンに生を享けた。セント・ポール校で中等教育を受け、その後スレイド美術学校に学ぶ。チェスタトンについて注目しておくべき第一点は、彼がこうして生粋のロンドンっ子だったという点で、そのロンドンへの愛着ぶりは、「チェスタトンの『一九八四年』」と称される奇想小説『ノッティング・ヒルのナポレオン』（邦訳名『新ナポレオン奇譚』）に結晶している。当時から数えて、八十年後のロンドンを描いた未来空想小説である。

世紀の変わる一九〇〇年、十八歳のG・K・Cは、二冊の詩集によって早くも文学的デビューを飾った。『戯れる白髭』、『野性の騎士』というタイトルそのものが、この新人文学者の才能の、いかに奔放不羈であるかを物語っている。けれども、彼の「驚異」の哲学者としての声望をはじめて確立した作は、一九〇四年、マクミラン社の「英国文人叢書」の一冊として出版された評伝『ロバート・ブラウニング』だった。チェスタトンがここで展開した批評は、時としてあまりに奔放であり、彼の描くブラウニングはブラウニングその人よりも、むしろあまりにチェスタトン自身に似ていたために、出版社はあえて、内容に関しては責任を負わぬと断ったほどだったが、にもかかわらず、この評伝は批評家たちから高い評価を得た。彼らはチェスタトンのうちに、いわば新しい「驚異のルネッサンス」の主唱者を認めたのである。

この一九〇四年から一九一四年、第一次大戦勃発までの十年間は、まさしくチェスタトンの「黄金時代」と称するに値しよう。この時期の最大の傑作は『正統とは何か』だろうが、この時期はまた小説の名作が次々と現われた時期でもある。まず、先程も触れた『ノッティング・ヒルのナポレオン』(一九〇四)から始まって、『木曜日の男』(一九〇八)でいち早く頂点に達し、ついで『球と十字架』(一九〇九)、『マンアライヴ』(一九一二)、そして『飛ぶ旅籠』(一九一四)と矢継ぎ早に続く。ブラウン神父物語の最初の二巻、『ブラウン神父の童心』(一九一一)と『ブラウン神父の知恵』(一九一四)が現われたのもこの時期だった。同時にまた、各種の新聞・雑誌に発表したエッセイを集めた随筆集が、おびただしく出版を見たのもこの時期で、その代表的なものとして、『棒大なる針小』(一九〇九)と『有象無象を弁護する』(同年)を挙げておこう。この、最後に挙げたエッセイ集の中には、「ノンセンス文学弁護」と題する一篇の含まれていることは、特に注目に値する。この頃までには、チェスタトンはすでにノンセンス文学のジャンルで、エドワード・リアやルイス・キャロルなどの押しも押されもせぬ後継者として、十分にその地歩を確立していたのである。それも単に実作においてばかりか、さらにその強力な理論家として。

文芸批評の天才

だがチェスタトンの天才は、詩人、小説家、エッセイストとしてと同時に、文芸批評や伝記の分野でも目ざましく発揮された。つまり彼はいわゆる文学者というより、むしろ本質的に、古きよき時代の「文士」だったのである。この面での彼の才能がはじめて文壇の注目を引いたのは、すでに述べたとおり一九〇四年の『ブラウニング』だったが、おそらくあまりに主観性の強いこの処女作よりも、彼の文芸批評を代表する作品として挙げるべきは、やはり『チャールズ・ディケンズ』(一九〇六)だろう。というのもこのディケンズのほうが、ブラウニングよりはるかにチェスタトンの肌に合っていたからだ。けれども性に合うという点では、彼の親友にして論敵だったかのG・B・Sを論じた『ジョージ・バーナード・ショー』（一九〇九）のほうが上かもしれない。ショー自身も、この評伝をきわめて高く評価した（ただし、思想上の論点に関しては、ほとんどすべての点で意見を異にしたことは言うまでもない）。これに続いて、小冊ながら傑作の名に値する名篇、『ヴィクトリア朝の英文学』（一九一二）が来る。一般読者を対象として、「家庭大学叢書」の一点として執筆されたものである。

たった一人の人間がこれほど膨大な作品群を生み出しえたとは、まことと驚嘆すべきことと言うほかない。この時期のチェスタトンは、まさにロンドン文壇の寵児だった。同じ時期に活動していた作家の中には、その後チェスタトン以上に有名になった人々もいるかもしれない。しかしチェスタトンこそ、同時代人にもっとも深く愛された人物であり、もっとも高く評価された文人だった。読者は彼の作品を、必要にせまられて読んだのではない。面白いから読んだのである。そして読むたびに必ず、思いもかけぬ愉快、喜悦を満喫することができたのである。

こうした文筆活動の中心となったのは、ロンドンの新聞街フリート・ストリートだった。というのもチェスタトン自身は著作家、ましてや哲学者というより、むしろあくまでジャーナリストと自認していたからだが、公人としてのこのような活動の背後にどのような個人生活があったのか、ここで一瞥しておかねばならない。

私生活の光と影響

青年チェスタトンはフランセス・ブロッグという少女と恋に落ち、一九〇一年、結婚。彼女に影響され（同時にまた、生涯の盟友ヒレア・ベロックがカトリックだったこともあって）、いわゆるアングロ・カトリシズムに惹かれていった。英国国教会のうちでも、カトリック的傾向の強い高教会派である。同じく彼女の影響によって、チェスタトンはロンドンの文壇付き合い、さらにはパブに入り浸る生活から離れ、一九〇九年、ロンドンの西二〇キロあまり、バッキンガムシャーの田舎町ベコンズフィールドに居を移し、静かな田園生活を送ることとなった。

執筆活動や転居に加えて、私生活にはさまざまな問題が持ち上がった。第一に、弟セシルとの関係である。子供の頃から、弟とは愛憎の交錯した関係にあった。いつも議論を闘わせつづけていたが、最後にはチェスタトンのほうで折れるのが常だったらしい。弟のほうが鼻柱が強く、兄のほうが宥め役に回ったのである。しかし問題というのは、もちろんそんな兄弟喧嘩の話ではない。弟セシルが、マルコーニ事件に捲き込まれてしまったことである。無線通信会社のマルコーニ社と政府高官との間に、工事の入札や新株の売買について疑惑が持ち上がり、政界全体を揺るがす大事件となったスキャンダルだが、セシルもこの事件との関連で告訴され、裁判に敗れたのだ。チェスタトンにとって、大きな心労の種となったことは言うまでもない。その後セシルは一九一四年、第一次大戦が勃発すると、フランスの前線で戦い、一九一八年、終戦直前に戦死をとげた。弟の出征後チェスタトンは、セシルが編集長を務めていた言論誌『新証言』の編集と経営を引き受け、その後、誌名を『週刊G・K』と変更して、結局、生涯にわたってその重責を負うことになる。

こうした事情を考えれば、けだし当然のことかもしれないが、大戦の始まる直前、チェスタトンは極度の過労のために倒れ、しばらく意識不明の状態に陥った。彼の伝記を書いたM・フィンチの言葉を借りれば、「彼の肉体は、その持ち主があまりにも配慮を怠ったために反逆を起こした」のである。なかんずく「食事が不規則であり、絶え間なく酒を飲み、息つく暇もないスケジュールに追い立てられ、旅行が重なって疲労が蓄積し、夜ごと深夜まで仕事せざるをえない毎日によって、いつか倒れることはほとんど不可避だった」のだ。この病気、それに戦争のもたらす心労、その上、戦争直前のマルコーニ・スキャンダルなどが加わって、チェスタトンの「黄金時代」は陰鬱な幕を閉じる。だがこの苦しみの中から、やがて大戦後の新しいチェスタトンが立ち現われることになる。

キリスト教的歴史観に基づく展開

この新しい時期でもっとも重要な出来事は、やはり、永く待ち望まれていたローマ・カトリックへの改宗だろう。一九二二年のことである。チェスタトンをカトリック教会に迎え入れたのは、まこと適わしいことに、かのブラウン神父のモデル、ジョン・オコンナー神父その人だった。この回信のひとつの結果は、『カトリック教会と改宗』（一九二六）に見ることができるだろうが、チェスタトンの新しい世界観をもっともよく代表する著作といえば、やはり、『正統とは何か』に続く次なる傑作、『人間と永遠』（一九二五）だろう。この著作の機縁となったのも、やはりひとつの論争だった。一方は、チェスタトンとベロック（ショーが発明したユーモラスな呼称に従えば「チェスタ＝ベロック」）、対するにＨ・Ｇ・ウェルズとの間で、ベストセラーとなったウェルズの『世界文化史大系』（一九二〇）をめぐって起こった論戦である。ウェルズが、当時流行の進化論の立場から歴史を捉えたのに対して、チェスタトンは、言うまでもなくキリスト教的歴史観に立脚し、キリストの受肉とキリスト教会の成立こそ、人類史の中核をなすものであると説いた。中世の偉大な修道者にして聖人の伝記、『アシジの聖フランチェスコ』（一九二三）と『聖トマス・アクィナス伝』（一九三三）の二作もまた、同じ系列に属するものと見てよいだろう。

だがこの新しい時期においても、チェスタトンの活力は、肉体的にも精神的にもいささかの衰えも見せなかった。この時期もまた、かつてと同様の旺盛な創作力を示した――と言うより、むしろかつてにまして旺盛に創作活動を続けたのである。ただ、今やカトリックとなった彼の姿勢は、以前よりは論争的、さらには挑戦的となったとは言えるかもしれない。偉大な小説の時期はすでに去っていたけれども、ブラウン神父物語は相変わらず書き継がれ、相変わらず読者を楽しませつづけていたし、文学者の評伝もまた次々と現われた。一九二七年の『ロバート・ルイス・スティーヴンソン』、それに一九三二年に出た『チョーサー』は、彼のおびただしい著作の中でも特に出色の作品である。そのほか、文学をはじめ種々雑多な主題をめぐるエッセイ集が、相変わらず続々と書きつづけられたことは言うまでもない。そしていよいよ、彼の生涯の終わりにあたって『自叙伝』が出版される。まさに没年、一九三六年のことである。ある意味では、わずか六二年という短い生涯ではあった。しかし一九〇〇年のデビュー以来、これほどの短期間にこれほどの仕事を残しえたとは、ほとんど信じがたいまでに充実した生涯だったと言わねばならない。

（訳＝安西徹雄）

訳者あとがき

安西徹雄

『G・K・チェスタトン著作集』の第一巻として、本訳書の初版が出たのは昭和四十八年、一九七三年のことである。すでに二十年以上も前、私が翻訳の仕事を始めてまだ間もない頃だった。その後、本書は幸いにも多くの版を重ね、また、筑摩書房の「哲学の森」シリーズなど、各種のアンソロジーに収められることにもなったが、今回、第二期の著作集〈評伝篇〉全五巻がようやく完結を見た機会に、特に本書が選ばれ、装を改めて単行書として出版されることになったのは、訳者にとって望外の喜びである。しかも今度は、日頃畏敬する西部邁氏が、現代日本の思想情況に照らして、特に本書のために長文の序論をお寄せ下さったばかりか、著作集全巻に解題を書きつづけられたミルワード先生も、G・K・Cの生涯と著作と思想について、新しい解説を書きおろして下さった。お礼の申しあげようもない。

最後に、この二十年間、ひとかたならぬお世話になった春秋社編集部の小関直氏、それに、この新装版の編集にあたって下さった藤野裕美さんに、心からのお礼を申し述べると同時に、ついに著作集全巻の刊行を完成なさった御努力にたいして、最大の敬意と慶賀の意を表しておきたい。

一九九五年九月

新装版（二〇〇九年）のための序

西部　邁

私には悪い癖があって、評判の高い書物にあえて遅れて接することがしばしばなのである。それは、たぶん、そうした書物から発せられる放射能によって自分の精神が焼き焦がされるのを恐れてのことだったと思う。その種の放射能を適宜的確に摂取し、そうすることによっておのれの成熟を促進させる、ということが私の関心事であったため、放射能摂取の構えが当方に十分に備わっていないあいだは、影響力の強そうな書物にはできるだけ近づかないようにしていたわけだ。

こうした読書法の当否はともかくとして、ギルバート・キース・チェスタトンの書物群を私が敬して——断じて疎んじてのことではない——遠ざけていたというのは本当のことである。書物にかんする情報に疎い私にも、チェスタトンが英国流保守主義の真髄を諧謔に満ちた文体で披瀝していることは、いつの間にか聞こえていた。とくにこの『正統とは何か』がそうであることは、故福田恆存およびその周辺にいる方々の片言隻句から推し量ることができたのである。だが、三十歳代の終わりに至るまで、私の精神には異端に与せんとする傾向がまだ残存していた。正確にいうと、何が正統であり何が異端であるかをきちんと識別する前に、この世で正統の地位をあてがわれている言説にたいしてまずもって懐疑のまなざしを向ける、それが私の反骨精神であり、その盲目の精神のせいで、私の知的な作業は異端派に特有の硬直ぶりからなかなか逃れられないという仕儀に見舞われていたのである。

四十の声を間近かに聞くようになった頃、私は、英国に一年ばかり滞在したことが直接の切っ掛けとなって、近代保守思想の系譜に少しずつ馴染んできた。そしてその方面の書物を読み進むにつれ、あのブラウン神父ものの推理小説で名高いチェスタトンが、今世紀の初めあたりに、類いまれな鋭利さと奔放さをもって保守思想の深さと広さを開示しているのだと知らされた。だから、保守思想を学術的な枠組においてとらえるという作業がどうやら完了したと思われた段階で、私のうちにチェスタトンに本気で取り組みたいという欲望がやみがたく高まってきたのである。

しかし、余暇ばかりであったような私の英国滞在もようやく終わりを迎え、ふたたび多忙に追われる身となっては、チェスタトンの諧謔あふれる文体のなかにひそかにつらぬかれている骨太な保守思想を、原文で読み解くのは至難であった。それゆえ、春秋社の刊行してくれていた『G・K・チェスタトン著作集』は、それらの訳文が十分に配慮のゆきとどいたものであったせいもあって、私にはまことに有り難い存在であった。四十歳の初め、どんな種類のものであれ原稿を書くときには、保守思想の養分をたっぷりと含んだチェスタトンのたくさんの警句がいつも私の脳裡をかけめぐっているという気配であった。

このようにあくまで保守思想という哲学的見地からチェスタトンに近づいていった私には、彼のことを単なるユーモア作家とみなす（日本の文学者方面の）常套のチェスタトン観は鼻持ちならぬもののように思われた。ましてや、戦後日本のいわゆる進歩主義的な思想に首まで漬かっているような文学者たちが、『ブラウン神父』のことにふれながら、その「ヒューマニストとしてのユーモア」とやらについて喋々するのを耳にすると、言語道断とはこのことだ、と憤慨せずにはおれなかった。なぜといって、チェスタトンが唾棄すべき異端とみなしたのは近代を彩るものとしての進歩主義の思想そのものであったからである。ヒューマニズムの名において伝統にたいして破壊を仕掛ける革新主義、それは近代における正当の立場であっても、断じて正統なものではありえない。というのも正統とは、歴史の流れの連続性にかかわるもの、とりわけその連続性を確保するためのものとしての伝統の保守にかかわるものだからである。

私がかつて反発していた戦後日本の正統思想は、チェスタトンからみれば、むしろ異端的なものである。知的界隈の世論によって正当視されている思想が異端であって、そこで不当視されてきた思想のほうが、歴史・伝統の流れに棹差そうとしている点で、正統であるとわかったとき、私は是非もなく自分を保守思想家の小さな群れの末席に位置づけたくなった。この十五年間、この席から声を発しつづけて後悔するところがみじんもないのである以上、自分の人生にそうした転回を与えてくれたことにたいし、私はやはりチェスタトンに深甚なる謝意を表すべきなのであろう。

相対主義との闘い

チェスタトンが死活の勢いで批判したのは、価値および認識には絶対的基準はありえないと言い張るばかりか、そうした基準を探索する営みにたいして冷笑や軽蔑を投げかけるような思想、つまり相対主義の思想にたいしてである。『正統とは何か』の第2章は「脳病院からの出発」と題されているが、チェスタトンが相対主義者のことを狂人とみなしたのは、「何も信じず誰も信じぬこの男が、自分自身の悪夢の中にたった一人で立ちつくす時が来るだろう」とわかっていたからである。

自分のいっていることとやっていることのすべてを当初から相対的な言い分をしか持たぬとみなしているものは、自分の振る舞いに本格的な関心や情熱を持つはずがない。彼はたかだか、既存の言説や行動にもじりなりよじれなりを、つまり差異化を、もたらす一瞬において、束の間の効力をしか持たぬおのれの機知のはたらきに、いささかならず卑しい満悦を覚えることができるだけである。おのれの言動が正義や真理から遠く隔たっているとわかっていても、このおおよそ無限遠にある思想の光源に少しでも近づくべく思想を紡ぐ、そうするのでなければ人は相対主義者となり、相対主義者はいずれおのれ自身を相対化して虚無主義者となり、ついには——自殺するのでないとしたら——狂人になりはてる。この忌むべき相対主義を理性の名において思想の高みに登らせてしまった忌むべき時代、それが近代だとチェスタトンは喝破したのである。

狂人とは理性を失った人ではない。狂人とは理性以外のあらゆる物を失った人である。（脳病院からの出発）

この広く知られているチェスタトンの科白は理性のはかなさをみごとに射当てている。私流に説明すれば次のようなことだ。理性には前提が必要なのだが、いかなる前提をおくべきかは理性によっては定められないのである。それを定めるのは主として感情のはたらきである。しかしどんな感情であってもよいというのではない。長く持続した感情、いいかえれば伝統と化した感情だけが理性に確かな前提を与えてくれる。なぜならば伝統は、現在の世代と同じく知性的にも道徳的にも不完全であった過去の世代が、それでもなおかつ長い時間の流れで少しずつ堆積させてきたいわば歴史の知恵とでもよぶべきものを、含んでいるからである。

チェスタトンは、ニーチェのことを評して、「ニーチェには、生まれながらの嘲弄の才能があったらしい。哄笑することはできなくても、冷笑することはできたのだ。……孤立した傲慢な思考は白痴に終わる。柔かい心を持とうとせぬ者は、ついには柔かい脳を持つことに到りつくのである」といっている。ここでいわれている「柔かい心」とは、伝統に内包されている人類の知恵を洞察せんとする精神の構えのことだ。その構えをかなぐり捨てた現代の知識人には、ニーチェにおいてもそうであったように、「自殺狂の気味」がある。それも当たり前の話で、理性の前提を破壊するということは「思想を破壊する思想」を生み出すことにほかならず、そういう自己破壊のはてに待ち構えているのは自殺のみである。

歴史の知恵を思い遣る心には信仰の要素が強く漂う。つまり、歴史の知恵は確証しえぬものであり、そして確証しえぬものに確信を抱こうと努めるところから思想が始まるということだ。確証しえぬものへの確信、それは信仰である。チェスタトンは信仰について、また宗教について、具体的には何一つ語っていないが——というより具体的に語りえないのが本当の信仰であり宗教であるのだが——この種の精神的要素が理性の根幹をなすのだということについては繰り返し強調している。

宗教が滅べば、理性もまた滅ぶ。どちらも共に、同じ根源の権威に属するものであるからだ。……そして、神によって与えられた権威を破壊することによって、われわれは人間の権威という観念まであらかた破壊してしまったのだ。(思想の自殺)

この文句の意味は、自己を超越する次元にまで視線を及ぼす精神の力量を持つことこそが自己を権威あらしめる唯一の方途だ、ということである。逆にいうと、自己(人間)を無条件に権威の源泉とした近代のヒューマニズムは、超越(神仏)への思いを非理性的として嘲けってきたため、とうとう自己を無価値なものとして足蹴にする破目になったということだ。

「人間は自分自身を疑って然るべきものだった。しかし真実を疑うべきではないはずだった」。価値における正義であれ認識における真理であれ、ともかく真実なるものの存在を信じようとするのでなければ、またそれを信じられないでいる自分を疑うのでなければ、人間の言動は根本的に無意味なものになる。人生は無意味さ、と斜に構えるのはまだ短かくしか生きていない青少年には許されても、他の生命体をたらふく食しながらすでに長く生きてしまった年配者がそれをいうのは、仮に許されうるとしても、それこそ無意味な言辞になってしまう。

平衡感覚の保持

伝統とは何か、それを具体的に語ることは――神仏についてほどではないとはいえ――厄介な作業である。歴史によって運ばれ来たれしもの、つまりトラディションは、具体的には保存さるべきものとしての伝統と、廃棄さるべきものとしての因襲との混交である。それのみならず、トラディションの具体的な現われは、それが用いられる背景や脈絡に応じて、様々に変わりうる。たとえば、挨拶というトラディションは、ある場合には尊ぶべき丁寧さとなるが、ほかの場合には退けるべき慇懃さとなるというふうにである。そうとわかれば伝統の精髄はまずもってそこに示されている精神の形のようなものとして把握されるほかなく、そしてチェスタトンが示したのは、平衡感覚の形としての伝統ということなのであった。

正統は何かしら鈍重で、単調で、安全なものだという俗信がある。こういう愚かな言説に陥ってきた人は少なくない。だが実は、正統ほど危険に満ち、興奮に満ちたものはほかにかつてあったためしがない。正統とは正気であった。そして正気であることは、狂気であることよりもはるかにドラマティックなものである。正統は、いわば荒れ狂って疾走する馬を御す人の平衡だったのだ。（キリスト教の逆説）

ここでの正統とは直接的にはキリスト教のそれのことであるが、チェスタトンは伝統一般を「荒馬を御すための平衡感覚」めいたものととらえている。これが私にはずいぶんと示唆的であった。個人の人生も社会の歴史も荒馬の疾走のごとくに混乱に満ちている。そこには矛盾、葛藤、逆説、二律背反のすべてが含まれている。しかし人生なり歴史なりが曲がりなりにも一個の物語となっているのは、それの混乱に何とか平衡が与えられているおかげである。喩えてみれば、綱渡り師が手にする——みたところ何の変哲もない——一本の平衡棒、それが伝統だということだ。

そうだとすると、伝統の背後には人間の生が孕む一切の混沌の可能性が秘められている。それらを平衡させるものが伝統だとなれば、伝統はその本質においてダイナミックでありドラマティックである。一言でいえば、伝統ほどに面白く楽しめるものはまたとない、と察知するのでなければ、またそれゆえに実際に面白い人生を生き、楽しい歴史を展開してみせるのでなければ、とても保守主義者の名に値しない。チェスタトンがみごとであるのは、伝統という変わり映えのしないものを語るその語り口が、荒馬の御者の手綱捌きのように、躍動している点にある。

「二つの激烈な感情の静かな衝突から中庸を作り出していた」のがキリスト教であると彼はみた。宗教観のことはさておくとして、かかる中庸の知恵の歴史的蓄積が伝統であるという解釈はよくうなずけるものである。その一例としてチェスタトンが挙げたのは「勇気」という道徳である。たしかに、勇気とは激しく生きようとする遺志によって率いられるものなのだが、本格的な勇気とは激しい死の決意によって支えられるものでもある。つまり、生き延びるために死に急ぐ、死に急げども生き延びようとする、という逆説のただなかにあるのが勇気という徳なのである。

ここで、複数の徳のあいだの平衡ということが問題になる。たとえば勇気は、それのみが一元的に追求され、勇気の過剰という事態になったとき、ほぼかならず野蛮という不徳に転落していく。単一の徳の過剰は不徳に転ず、というのは否定しがたい成り行きであろう。勇気は思慮というもう一つの徳とのあいだで平衡させられなければならない。反対にいうと、思慮が過剰に及んで臆病という不徳に堕落していかないためにも、それは勇気とのあいだの平衡のうちになければならないということだ。「二つの激烈な感情の静かな衝突」とはこのことであり、そこでの平衡からいわば大胆にして細心という中庸の知恵がえられるわけだ。

伝統を保守せんとするものは、チェスタトンもそうであったように、利権、秩序、規則といった類のものに従順であろうと努める。しかしそれは、自己のうちに溢れ返ってくる相反する感情、欲望、行動を制御せんがためにそうするのである。チェスタトンは、秩序なしの自由が人を無気力に沈ませることをよく見抜いていた。それもそのはず、自己のうちに相反する方向に自由に動こうとする傾きがあったとき、それを野放しにしておけば、いずれの方向に、あるいは那辺の中間に、進むべきかがわからなくなって、人は不活動に陥るしかなくなるのである。

大衆ではなく庶民とともに

伝統とは、あらゆる階級のうちもっとも陽の目を見ぬ階級、われらが祖先に投票権を与えることを意味するのである。死者の民主主義なのだ。単にたまたま今生きて動いているというだけで、今の人間が投票権を独占するなどということは、生者の傲慢な寡頭政治以外の何物でもない。伝統はこれに屈服することを許さない。あらゆる民主主義者は、いかなる人間といえども単に出生の偶然によって権利を奪われてはならぬと主張する。伝統は、いかなる人間といえども死の偶然によって権利を奪われてはならぬと主張する。（おとぎの国の倫理学）

この素晴らしい文言のなかに、真正のデモクラットはかならずやコンサーヴァティヴでもなければならないということが高らかに宣されている。「われわれは死者を会議に招かねばならない。古代のギリシア人は石で投票したというが、死者には墓石で投票して貰わなければならない」とチェスタトンがいったのは、今生きているものが伝統を死者の墓石のようにして背負うほかに、聡明になる途はないということなのである。

しかし「伝統」の二字を刻印された死者の墓石は随処で荒らされている。それを荒らしているのは現代の知識人であり、それに追随する――庶民ならざる――大衆である。

最悪の時代の風潮は、ありもしない風潮に自己を適合させようとする何万、何億の小心な人間からできあがっているのだ。そして、今日のイギリスは日に日にそういう状態になりつつある。誰もかれも世論を口にする。その世論というのは、世論マイナス自分の意見である。誰もかれも、隣りの人が役に立つ働きをしてくれるだろうという間違った印象を抱いて、自分自身の働きを役に立たないものにしている。誰もかれも一般の風潮に隷従しようとする、その風潮自体が一つの隷従である。そして、気の抜けたビールかぬるま湯のような均一性の上に、この新しい退屈な陳腐な新聞が勢力をひろげる。（『異端者の群れ』）

チェスタトンは、伝統を担うものとしての庶民に大いなる期待を寄せ、そのために普通選挙法の実現に努力した人物である。しかし庶民が次第に姿を消し、それにかわって（新聞などによって）擬似知識人化されたものとしての大衆がその巨姿を現わしつつあると気づいてもいた。『棒大なる針小』において彼は次のようにいっている。

真の民主主義について、他の何物よりも真なることがあるとすれば、それはつまり、真の民主主義は衆愚の支配に断固として反対するという一事である。なんとなれば、真の民主主義の根本は市民の存在ということにかかっているからであって、そして衆愚の最上の定義は何かと言えば、その中に一人として市民の存在せぬ群衆であるという以外にはないからである。

ここまでくればチェスタトンを単なるユーモア作家として片づけるやり方がどれほど見当違いであ

るかはっきりする。彼は筋金入りの保守「主義者」である。元来、保守思想は単一の思想に熱狂することを平衡の喪失として嫌うものである。しかし伝統破壊がここまで完膚なく進行したとすれば、保守的人間はあえて「主義者」となるほかないのだ。つまり、伝統があたかも目前にあるかのように思いなして、いいかえれば幻像であることを承知しつつ伝統を設定して、その保守を訴えてみせるしかない。

その訴え方においてチェスタトンは巧みな芸を披露している。政治論から文学論に至るまでを、哲学から小説に及ぶ手法によって、描き出しており、そこにおのずと浮かんでくるのは文明の成熟を切望する保守主義者の不退転の決意につらぬかれた孤影である。それは、文明の紊乱に直面して右往左往している日本の知識人および大衆にたいしても厳しい批評の眼を差し向けているのである。

G. K. チェスタトン（Gilbert Keith Chesterton）
1874―1936。イギリスの小説家、詩人、批評家、ジャーナリスト。主な著書に、推理小説『ブラウン神父の童心』『ブラウン神父の知恵』『ブラウン神父の不信』『ブラウン神父の醜聞』『木曜日の男』『ポンド氏の逆説』『奇商クラブ』（以上、東京創元社）ほか多数。

安西徹雄（あんざい　てつお）
1933―2008。松山市生まれ。上智大学大学院修了。同大学名誉教授。主な著訳書に、『この世界という巨きな舞台』『英文翻訳術』『英文読解術』（以上、筑摩書房）、『劇場人シェイクスピア』（新潮社）、サイデンステッカー『東京―下町山の手』（ちくま学芸文庫）、『立ち上がる東京』（早川書房）、ミルワード『シェイクスピアの人生観』（新潮社）ほか多数。

正統とは何か

1973年５月30日　初版第１刷発行
2019年４月25日　新版第１刷発行
2023年５月10日　新版第３刷発行

著　者　G. K. チェスタトン
訳　者　安西徹雄
発行者　小林公二
発行所　株式会社　春秋社
〒101-0021
東京都千代田区外神田2-18-6
電話　03-3255-9611
振替　00180-6-24861
https://www.shunjusha.co.jp/

印刷所　信毎書籍印刷株式会社
製本所　ナショナル製本協同組合

ISBN 978-4-393-41613-6　Printed in Japan
定価はカバー等に表示してあります